L'ÉVANGILE DES ANGUILLES

PATRIK SVENSSON

L'ÉVANGILE DES ANGUILLES

TRADUIT DU SUÉDOIS
PAR ANNA GIBSON

OUVRAGE TRADUIT AVEC LE CONCOURS
DU CENTRE NATIONAL DU LIVRE

ÉDITIONS DU SEUIL
57, rue Gaston-Tessier, Paris XIXe

Titre original : *Ålevangeliet*
Éditeur original : Albert Bonniers Förlag
ISBN original : 978-91-0-017801-7

ISBN 978-2-02-143487-3

www.seuil.com

Later in the same fields
He stood at night when eels
Moved through the grass like hatched fears

SEAMUS HEANEY

Plus tard dans les mêmes champs
Il se tint le soir où les anguilles
Rampaient dans l'herbe telles des peurs écloses

L'ANGUILLE

Or la naissance de l'anguille arrive en cette manière : elle voit le jour dans une partie du nord-ouest de l'Atlantique appelée mer des Sargasses, qui semble comme faite pour elle, à tout point de vue. Car la mer des Sargasses est moins une entité maritime propre qu'une sorte de mer dans la mer. Difficile de dire où elle commence et où elle finit ; elle ne se laisse pas mesurer avec les instruments du monde ordinaire. Située un peu au nord de Cuba et des Bahamas, au large de la côte Est des États-Unis, elle constitue un espace mouvant. Il en va de la mer des Sargasses comme du rêve, on ne peut pas affirmer avec précision à quel moment on y entre, à quel moment on en sort ; on sait seulement qu'on y a été.

Cette évanescence tient au fait qu'elle ne possède aucune frontière terrestre ; seuls quatre grands courants océaniques la délimitent. À l'ouest, le Gulf Stream nourricier ; au nord, la branche qu'on appelle la dérive nord-atlantique ; à l'est, le courant des Canaries et au sud, le courant nord-équatorial. Vaste de cinq millions de kilomètres carrés, la mer des Sargasses se déplace tel un tourbillon lent et chaud à l'intérieur du cercle fermé de ces courants. Ce qui entre ici n'en sort pas si facilement.

L'eau y est limpide, d'un bleu profond. Elle atteint par endroits sept mille mètres de profondeur. La surface est couverte de gigantesques nappes d'algues brunes et collantes appelées *Sargassum*, ou algues sargasses, d'où son nom. Leurs sarments épais forment des tapisseries longues de plusieurs kilomètres qui couvrent la surface de l'eau et protègent une infinité de créatures : petits invertébrés, poissons, méduses, tortues, crevettes et crabes. Les profondeurs abritent d'autres formes de végétation. Une vie grouillante dans le noir, comme une forêt la nuit.

C'est ici l'origine de *Anguilla anguilla*, l'anguille européenne. Ici que les femelles et les mâles ayant atteint la maturité sexuelle viennent frayer au printemps. Ici que prend forme, à l'abri de l'obscurité profonde, une larve à la tête ridiculement petite et aux yeux mal développés. On l'appelle larve leptocéphale ; son corps est long de quelques millimètres à peine et présente la forme d'une minuscule feuille de saule. Tel est le premier stade de l'anguille.

La feuille de saule translucide commence aussitôt son voyage. Portée par le Gulf Stream, elle dérive sur des milliers de kilomètres à travers l'Atlantique en direction des côtes européennes. Cette pérégrination peut prendre jusqu'à trois ans ; pendant ce temps, la larve enfle comme une bulle, millimètre par millimètre, et lorsqu'enfin elle atteint les rivages de l'Europe, elle subit sa première métamorphose, se transforme en alevin ou « civelle ». Tel est le deuxième stade de l'anguille.

À l'image de leur précédente incarnation en forme de feuille, ces civelles sont minces, sinueuses et translucides, comme si la couleur pas plus que le péché n'avait encore trouvé place dans leur corps pâle. Longues de six ou sept centimètres, elles ressemblent, écrivait l'auteure et biologiste marine Rachel Carson, à « de minces tiges de verre, moins longues qu'un doigt ». En anglais on les appelle d'ailleurs *glass eels*, « anguilles de verre ». Elles sont fragiles, sans défense, et passent pour un mets délicat, notamment au Pays basque.

Arrivées aux abords des côtes européennes, la plupart d'entre elles vont remonter les fleuves et rivières et s'adapter aussitôt à une existence d'eau douce. C'est alors qu'elles connaissent une nouvelle métamorphose et prennent le nom d'anguilles jaunes. Le corps se développe, serpentin et musculeux. Les yeux sont petits, avec un centre noir nettement marqué. La mâchoire devient large et puissante. Les ouïes sont petites et presque entièrement dissimulées. Des nageoires minces et souples s'étirent le long du dos et sous le ventre. La peau se pigmente, prend des nuances de brun, de jaune, de gris, et se revêt d'écailles si minuscules et si fines qu'on ne les voit pas et qu'on ne les perçoit pas davantage au toucher – comme une armure imaginaire. Autant la civelle était tendre et fragile, autant l'anguille jaune est puissante et résistante. Tel est le troisième stade de l'anguille.

L'anguille jaune remonte les rivières et les cours d'eau. Elle peut nager dans les fleuves tumultueux comme dans les ruisseaux presque à sec envahis par la végétation. Elle traverse tout, lacs boueux, méandres tranquilles, torrents déchaînés et petits étangs tièdes. Elle peut au besoin sinuer à travers marais et fossés. Aucun obstacle ne l'arrête, et quand elle a épuisé toutes les possibilités et qu'il ne lui reste plus d'autre choix, elle peut même monter sur la terre ferme et ramper pendant des heures dans l'herbe et les broussailles humides jusqu'à trouver un nouveau point d'eau. L'anguille est un poisson qui transcende les présupposés même de son existence. Peut-être ne sait-elle pas qu'elle est un poisson.

Elle est donc capable de franchir des milliers de kilomètres, inlassablement, dans les conditions les plus extrêmes. Jusqu'au moment où, soudain, elle décide qu'elle est arrivée chez elle. Elle n'exige pas grand-chose de ce foyer d'adoption. C'est, ni plus ni moins, un milieu auquel il faut s'adapter ; un lieu qu'elle doit réussir à supporter et apprendre à connaître. Il peut s'agir d'une rivière ou un lac au fond vaseux, avec si possible quelques rochers et anfractuosités où se cacher et de la nourriture en quantité suffisante ; elle n'en demande pas plus. Une fois qu'elle l'a trouvé, elle y restera des années et ne se déplacera plus en principe au-delà d'un rayon de quelques centaines de mètres. Si on l'éloigne de force, elle y revient le plus vite possible. Dans le cadre d'une expérience, des anguilles pourvues d'un émetteur radio et lâchées à plusieurs kilomètres de chez elles sont revenues en l'espace d'une semaine à l'endroit exact où elles avaient été capturées. Personne ne sait vraiment comment elles font pour trouver leur chemin.

L'anguille jaune est un être réservé. De façon générale, elle mène sa vie en solitaire et se laisse guider par les saisons dans le choix de ses activités. Mais s'il fait froid, elle peut aussi rester longtemps dans une passivité totale, cachée dans la vase ; il arrive alors qu'elle s'entortille avec des congénères en une pelote enchevêtrée.

Elle chasse de préférence la nuit. Le crépuscule venu, elle remonte vers la surface et part en quête de nourriture, dévorant tout ce qui passe à sa portée, vers, larves, grenouilles, escargots, insectes, langoustines, poissons et, à l'occasion, petites souris et oisillons. Elle peut aussi se transformer en charognard.

Ainsi se déroule la vie de l'anguille jaune, avec ses alternances d'activité et de repos. Elle ne semble animée d'aucune intention particulière, hormis celle de s'abriter et de se nourrir au jour le jour. Comme si sa vie était avant tout une attente, comme si le sens de l'existence se réduisait à son simple rythme, ou alors à un avenir abstrait dont on ne peut hâter la venue qu'en faisant preuve de patience.

Et c'est une longue vie. Une anguille qui réussit à échapper aux accidents et aux maladies peut persévérer jusqu'à cinquante ans au même endroit. On en connaît, en Suède, qui ont atteint plus de quatre-vingts ans en captivité. D'après la légende, certaines seraient même devenues largement centenaires. Quand on retire à l'anguille le but exclusif de son existence, qui est de se reproduire, il semblerait qu'elle puisse continuer à subsister presque indéfiniment. Comme si sa capacité à attendre ne connaissait aucune limite.

Mais à un moment, généralement au bout de quinze à trente ans, l'anguille qui vit à l'état sauvage sait que le temps est venu. D'où lui vient cette certitude ? Nous ne pouvons sans doute pas le savoir. Mais une fois sa décision prise, sa longue attente connaît une fin abrupte, et son existence prend un tout autre caractère. Elle retourne alors à la mer et subit dans le même temps son ultime métamorphose. Sa couleur jaunâtre ou brunâtre disparaît, les nuances de sa peau s'affirment, avec des lignes nettement dessinées, noir sur le dos, argenté sur les flancs, comme si tout son être s'imprégnait de la puissante détermination qui l'anime. L'anguille jaune devient anguille argentée. C'est le quatrième stade.

Quand l'ombre protectrice de l'automne s'étend sur l'Europe, l'anguille argentée regagne l'Atlantique et entame sa longue route vers la mer des Sargasses. Et comme par un acte conscient, son corps s'adapte point par point aux exigences du voyage. C'est maintenant seulement que ses organes reproducteurs se développent ; ses nageoires s'allongent et deviennent plus puissantes ; ses yeux s'agrandissent et se colorent en bleu pour mieux voir dans les grands fonds de l'océan ; son système digestif cesse de fonctionner, son estomac se dissout, toute l'énergie dont elle a besoin lui est fournie par ses réserves de graisse ; son corps commence à produire œufs ou laitance. Dans ce nouvel état, rien ne lui permet plus de diverger du but poursuivi.

Elle est capable de nager jusqu'à cinquante kilomètres par jour. Elle peut descendre jusqu'à mille mètres de profondeur. C'est un voyage sur lequel nous savons encore très peu de chose. Tantôt elle l'accomplira en six mois, tantôt elle s'arrêtera et passera l'hiver quelque part avant de poursuivre sa route. On a constaté qu'une anguille argentée en captivité pouvait vivre jusqu'à quatre ans sans se nourrir.

C'est une navigation athlétique, éprouvante, qui suppose une détermination extraordinaire ; mais une fois dans la mer des Sargasses, elle touche au but. Elle est enfin de retour chez elle. Sous les tapis d'algues tourbillonnants, les œufs sont fécondés. Elle a atteint son objectif. Son histoire est bouclée, et elle meurt.

AU BORD DE LA RIVIÈRE

C'est mon père qui m'a appris à pêcher l'anguille. Dans la rivière qui serpentait le long des champs, en contrebas de la maison de son enfance. Nous y descendions en voiture dans le crépuscule du mois d'août. En quittant la route qui enjambait le cours d'eau, il fallait prendre à gauche, emprunter le chemin qui n'était guère qu'une double trace de pneus de tracteur dans la terre ; le chemin dévalait en pente raide et ensuite on continuait encore un peu en longeant la rive. À gauche, les champs de blé dont les épis mûrs frôlaient la voiture avec un bruit léger ; à droite le sifflement de l'herbe haute, au-delà de laquelle on devinait la rivière, large de six mètres environ, qui se déroulait, puissante et calme, au milieu de la végétation telle une chaîne argentée dans les derniers rayons du soleil.

Nous roulions lentement. Nous dépassions les rapides où l'eau tourbillonnait comme effarée autour des pierres, nous dépassions le vieux saule au tronc oblique. J'avais sept ans et j'avais déjà parcouru ce chemin d'innombrables fois. À l'endroit où les traces du tracteur s'arrêtaient devant un mur végétal infranchissable, mon père coupait le moteur. Tout devenait sombre et silencieux, en dehors de la rumeur patiente de l'eau. Nous avions tous deux des bottes en caoutchouc et un pantalon imperméable, le mien jaune, le sien orange. Nous prenions dans le coffre les deux seaux noirs contenant notre attirail de pêche, une lampe torche, un bocal de vers de terre, et c'était parti.

Le long de la rivière, l'herbe était rêche, mouillée et plus haute que moi. Mon père marchait devant. Il ouvrait un sentier en piétinant l'herbe avec ses bottes. Je le suivais ; la végétation se refermait sur moi comme une voûte. Au-dessus de l'eau, les chauves-souris traçaient en silence leurs signes noirs dans le ciel.

Une quarantaine de mètres plus loin, mon père s'arrêtait, regardait autour de lui et déclarait : « Ici, c'est peut-être pas mal. »

Un talus abrupt et boueux nous séparait encore du bord. Il fallait faire attention où on mettait les pieds, sinon on risquait de déraper et de tomber à l'eau. Le crépuscule approchait, il commençait à faire sombre.

Mon père tâtait le terrain en écartant l'herbe au fur et à mesure ; il descendait un peu, se retournait, me tendait la main. Je la prenais et je le suivais, avec la même prudence longuement apprise. Arrivés en bas, nous dégagions un espace où poser nos seaux.

J'imitais mon père pendant qu'il inspectait la rivière en silence ; je suivais son regard en m'imaginant voir la même chose que lui. Il n'y avait bien entendu aucun moyen de savoir avec certitude si cet endroit était, comme il l'avait affirmé, « pas mal ». L'eau était noire, quelques touffes de roseaux oscillaient çà et là de façon menaçante mais, dessous, tout était caché, impénétrable. Nous ne pouvions rien savoir, mais nous choisissions de croire, comme on est obligé de le faire parfois. La pêche, c'est quand même beaucoup une affaire de croyance.

« Oui, ça me paraît pas mal », confirmait mon père avant de se tourner vers moi. Alors je prenais un cordeau dans le seau et je le lui tendais. Il enfonçait le piquet dans la terre, déroulait rapidement la ligne, attrapait l'hameçon entre le pouce et l'index, choisissait avec soin un gros ver de terre dans le bocal. Se mordant la lèvre, il l'examinait à la lumière de la lampe de poche et, après l'avoir enfilé sur l'hameçon, il le soulevait à hauteur de son visage, feignait de cracher et prononçait la formule conjuratoire, *tvi, tvi*, deux fois, toujours deux fois, avant de lancer d'un geste souple. Puis il se penchait, tâtait la ligne, vérifiait qu'elle était bien tendue et qu'elle ne filait pas trop loin avec le courant. Il se redressait, s'étirait, disait : « Ça, c'est fait », après quoi nous remontions le talus.

Ce que nous appelions « cordeau » n'en était sans doute pas un à proprement parler. D'habitude, on entend par là une ligne mère à laquelle sont fixés des hameçons et des plombs à intervalles réguliers, avec un piquet à chaque bout. Dans notre cas, c'était beaucoup plus primitif. Mon père fabriquait nos cordeaux de la façon suivante. Il prenait un bout de bois qu'il épointait à une extrémité à l'aide d'une hache. Ensuite il coupait une longueur de fil en nylon épais, quatre ou cinq mètres, disons, qu'il fixait au piquet ainsi obtenu. Les plombs, il les fabriquait en coulant dans un tube d'acier du plomb fondu qu'il laissait durcir avant de le scier en tronçons de deux centimètres où il perçait un trou. Le plomb était ensuite fixé à quelques décimètres de l'hameçon – un hameçon unique, assez grand.

On fichait le piquet dans la terre, et l'hameçon garni de son ver de terre reposait sur le lit de la rivière.

Nous avions en général dix ou douze cordeaux, que nous appâtions et mettions à l'eau l'un après l'autre à une dizaine de mètres d'intervalle. Monter et descendre le talus, répéter chaque fois les mêmes opérations, tendre la main au même moment, refaire les mêmes gestes et prononcer la même formule rituelle, *tvi, tvi.*

Une fois le dernier cordeau appâté et mis à l'eau, nous revenions par le même chemin, en remontant et en redescendant le talus, pour les vérifier tous une dernière fois. Nous tâtions prudemment la ligne, histoire de nous assurer que ça n'avait pas déjà mordu, puis nous attendions un moment en silence, à l'écoute, le temps que notre instinct nous persuade que cet endroit était sans doute, oui, pas mal, et qu'il suffisait de patienter, il allait se passer quelque chose. Le temps de vérifier le dernier cordeau, la nuit était presque noire, et les chauves-souris silencieuses ne se voyaient plus que lorsqu'elles passaient à tire-d'aile devant la lune. Nous escaladions une dernière fois le talus, remontions en voiture et rentrions à la maison.

Je n'ai pas le souvenir que nous ayons jamais parlé d'autre chose, au bord de la rivière, que des anguilles et de la meilleure façon de les capturer. En réalité, je n'ai même pas le souvenir du moindre dialogue.

Peut-être parce que nous ne parlions pas. Nous nous trouvions à un endroit où le besoin de parole était très limité ; un endroit dont le caractère ressortait mieux, en fait, dans le silence. Le reflet de la lune, le sifflement de l'herbe, l'ombre des arbres, la rumeur monotone de la rivière et les chauves-souris comme des astérisques zigzaguant à travers tout ça. On était obligé de faire attention si on voulait devenir un élément de ce tout.

Bien sûr, cela peut aussi tenir au fait que je me souviens mal. Car la mémoire est traîtresse, elle trie, sélectionne et jette. Quand nous essayons de convoquer une scène du passé, il n'est pas certain que nous en retenions l'essentiel ni le plus pertinent ; nous nous souvenons de ce qui convient le mieux à l'image d'ensemble. La mémoire peint un tableau où les détails sont tenus de se compléter. Elle n'autorise pas les couleurs qui trancheraient sur la tonalité de la toile de fond. Disons donc que nous étions silencieux. D'ailleurs je ne vois pas de quoi nous aurions pu parler, à part de pêche.

Nous n'habitions qu'à quelques kilomètres de la rivière, et quand nous revenions à la maison, tard le soir, nous ôtions nos bottes et nos pantalons imperméables sur le perron, et j'allais me coucher tout de suite. Je m'endormais très vite. Quand mon père venait me réveiller, il était 5 heures du matin. Il n'avait pas besoin de dire grand-chose. Je me levais d'un bond, je m'habillais en vitesse ; quelques minutes plus tard, nous étions en route.

À notre arrivée, le soleil était sur le point de se lever. L'aube colorait le bas du ciel en orange foncé et l'eau semblait couler avec un bruit différent, plus distinct, plus clair, comme si elle se réveillait à l'instant d'un sommeil tranquille. D'autres bruits s'entendaient alentour. Un merle commençait à chanter, un colvert se posait sur l'eau dans un bruit d'éclaboussure. Un héron survolait la rivière, silencieux, aux aguets, son long bec brandi devant lui tel un poignard.

Nous fendions l'herbe haute détrempée, descendions de nouveau le talus, prudemment, de biais, jusqu'au premier cordeau. Mon père m'attendait. Nous examinions un moment en silence la tension de la ligne, à la recherche d'un mouvement, d'un signe d'activité sous la surface. Il se penchait, posait la main sur la ligne. Se redressait, secouait la tête. Ramenait la ligne et me montrait l'hameçon. Nettoyé de toute trace de ver de terre, sans doute par des gardons roublards.

Même chose avec le deuxième cordeau. Idem pour le troisième. Au quatrième, la ligne tendue disparaissait tout droit en direction d'une touffe de roseaux. Mon père tirait prudemment. Rien. La ligne était bloquée. Il marmonnait entre ses dents. Empoignant la ligne à deux mains, il tirait un peu plus fort sans réussir à la faire bouger d'un centimètre. Ce pouvait être le courant qui avait entraîné plomb et hameçon dans les roseaux. Mais ce pouvait aussi être une anguille. Dans ce cas, elle avait avalé l'hameçon avant de s'entortiller avec la ligne dans la végétation. Maintenant, elle ne bougeait plus et attendait son heure. En tenant la ligne dans la main, on percevait de temps à autre un mouvement imperceptible, comme si ce qui se trouvait là, prisonnier, à l'autre bout, sous la surface, s'armait de courage.

Mon père tirait, donnait du mou, tirait de nouveau, se mordait la lèvre, laissait échapper des jurons impuissants. Il savait qu'il n'y avait que deux issues, dans cette situation, et que la deuxième n'avait que des perdants. Soit il réussissait à dégager l'anguille et à la ramener, soit il arrachait la ligne et laissait l'anguille au fond, garrottée avec plomb et hameçon dans les roseaux.

Cette fois il ne semblait pas y avoir de recours possible. Il s'est écarté de quelques pas pour avoir un meilleur angle et il a tiré plus fort, tendant le nylon comme une corde de violon. Peine perdue.

« Non, ça ne marche pas », a-t-il constaté avant de tirer un dernier coup, de toutes ses forces, rompant la ligne dans un claquement sec.

« Avec un peu de chance, elle s'en sortira. »

Nous avons repris notre route, montant et descendant le talus, progressant d'un cordeau à l'autre.

Arrivé au cinquième, il s'est penché et l'a effleuré avant de se redresser et de faire un pas de côté.

« C'est pour toi », a-t-il dit.

En refermant ma main sur la ligne et en tirant doucement, j'ai immédiatement senti la puissance qui répondait à l'autre bout. Celle-là même que mon père avait sentie en touchant simplement la ligne du bout des doigts. J'ai eu le temps de penser que la sensation était familière. J'ai tiré un peu plus fort ; le poisson a commencé à bouger.

« C'est une anguille », ai-je dit.

Une anguille n'essaie pas de fuir en ligne droite, comme le ferait par exemple un brochet, mais se déplace de préférence latéralement, en sinuant, ce qui produit à l'autre bout de la ligne comme un effet de succion. Elle est étonnamment puissante pour sa taille et une excellente nageuse malgré la petitesse de ses nageoires.

Comme pour prolonger cet instant, j'ai ramené la ligne aussi lentement que possible, sans pour autant céder à la résistance. Mais la ligne était courte, il n'y avait pas de roseaux susceptibles de servir de refuge. Bien vite, j'ai vu le corps brillant, d'un brun jaunâtre, émerger de l'eau et se tordre dans la lumière du petit matin. Je l'ai saisie comme j'avais appris à le faire, derrière la tête. J'avais toutes les peines du monde à ne pas lâcher prise. Elle s'enroulait puissamment autour de mon avant-bras, jusqu'au-dessus du coude, comme un serpent ; ça faisait moins l'effet d'un mouvement que d'une force statique. Si je la perdais maintenant, elle s'échapperait en rampant dans l'herbe et serait de retour dans l'eau avant que je puisse la rattraper.

À la fin, nous avons réussi à ôter l'hameçon et mon père est allé remplir le seau à la rivière. J'ai lâché l'anguille dans le seau ; aussitôt, elle s'est mise à nager en rond en suivant la paroi, comme si ce mouvement lui était familier ; mon père a posé la main sur mon épaule en disant qu'elle était belle. Puis nous avons continué en direction du cordeau suivant, monter, descendre le talus. Et c'est moi qui portais le seau.

ARISTOTE ET L'ANGUILLE NÉE DE LA VASE

Il existe des sujets à propos desquels il faut choisir ce qu'on veut croire. L'anguille en fait partie.

Selon Aristote, toutes les anguilles viennent de l'argile. Elles surgissent comme du néant de la vase qui tapisse le fond de l'eau. Autrement dit, elles ne naissent pas d'autres anguilles qui se seraient reproduites de façon ordinaire, par union des sexes et fécondation des œufs.

La plupart des poissons, écrit Aristote au IVe siècle avant J.-C., pondent naturellement des œufs et répandent leur laitance. Mais l'anguille est une exception. Elle n'est ni mâle ni femelle. Elle ne pond ni ne fraie. Une anguille ne donne pas vie à une autre anguille. Son origine est ailleurs.

Il propose d'observer un petit étang marécageux durant une période de sécheresse. Quand toute l'eau s'est évaporée, on ne trouve plus la moindre trace de vie sur son fond durci. Aucun poisson ne pourrait y subsister. Mais viennent les premières pluies, l'étang commence tout doucement à se remplir, et voilà qu'un phénomène fantastique se produit. Soudain, l'étang est de nouveau rempli d'anguilles. Elles n'y étaient pas, et maintenant elles y sont. Elles doivent leur existence à l'eau de pluie.

La conclusion d'Aristote est que l'anguille advient, simplement, tel un miracle énigmatique et sinueux.

Le fait qu'Aristote s'intéresse aux anguilles n'a pas de quoi surprendre. Toute forme de vie l'intéresse. On dit de lui qu'il fut le dernier à « tout savoir », c'est-à-dire à détenir à lui seul la somme des connaissances acquises par le genre humain à son époque. Il fut entre autres un grand précurseur de l'observation et de la description du monde naturel. Deux mille ans avant Linné, son *Histoire des animaux* tente pour la première fois d'ordonner systématiquement le monde animal. Cette œuvre, qui répertorie un nombre considérable d'espèces sous l'aspect de leurs différences, en détaillant leur anatomie, leur mode de reproduction, leur alimentation et leur comportement, est restée une référence jusqu'au début du XVIIe siècle.

Aristote naît à Stagire, une cité de Chalcidique – péninsule qui, avec ses trois étroites langues de terre, évoque un gant à trois doigts, située tout au nord de la mer Égée. Son père, médecin personnel du roi de Macédoine, rêve peut-être aussi d'une carrière médicale pour son fils. Mais il meurt alors que celui-ci n'a encore qu'une dizaine d'années. Sa mère étant décédée elle aussi, le jeune orphelin est pris en charge par un parent et envoyé à Athènes à l'âge de dix-sept ans afin d'étudier à l'Académie, le plus important centre intellectuel de son temps. Le voilà donc propulsé dans une cité étrangère, ce jeune homme brillant, assoiffé de savoir, seul et brûlant de comprendre le monde comme peut le désirer quelqu'un qui a été séparé de ses origines. Pendant vingt ans, il étudie aux côtés de Platon et devient peu à peu son égal. Mais à la mort de celui-ci, on ne lui propose pas de prendre sa succession à la tête de l'Académie. Il part alors pour l'île de Lesbos. C'est là qu'il commence à étudier sérieusement les animaux et les plantes. Peut-être là aussi qu'il réfléchit pour la première fois à l'origine de l'anguille.

On ne sait pas grand-chose sur la manière dont il menait ses études de sciences naturelles. Il ne tenait pas de journal. Il expose ses conclusions avec assurance et en grand détail, mais explique rarement comment il y est parvenu. Il semblerait cependant qu'il ait réalisé lui-même une grande partie des dissections qui sont à l'origine de son *Histoire des animaux*. Et qu'il ait consacré beaucoup de temps à étudier les créatures aquatiques et, en premier lieu, l'anguille. Aucun autre animal n'a droit à une telle profusion de détails dans la description, que ce soit pour la conformation de ses organes internes ou celle de ses ouïes.

À propos de l'anguille, il lui arrive aussi souvent de polémiquer avec d'autres chercheurs, qu'il ne nomme pas. Comme si l'anguille était déjà de son temps source d'hypothèses, d'opinions contradictoires et de conflits. Aristote est catégorique lorsqu'il affirme que l'anguille n'est pas issue d'une copulation et n'est pas ovipare ; toute personne qui serait d'un avis contraire n'a simplement pas poussé son étude assez loin. La chose ne fait absolument aucun doute, écrit-il, car lorsqu'on ouvre une anguille ce n'est pas seulement qu'on ne trouve pas d'œufs ni de laitance : on ne trouve même aucune trace de « canaux ou spermatiques ou utérins ». Rien, dans l'existence de l'anguille, ne peut rendre compte de son origine. De la même façon, poursuit-il, ceux qui affirment que l'anguille serait vivipare sont égarés par leur ignorance, et leur opinion n'est en rien fondée dans les faits. Il en va de même pour ceux qui pensent qu'il existerait deux sexes chez l'anguille et qui en donnent pour preuve le fait que la tête du mâle est plus grosse que celle de la femelle. Ils confondent tout simplement sexe et espèce.

Aristote a manifestement étudié les anguilles. Peut-être à Lesbos, ou peut-être à Athènes. Il les a disséquées et examinées, à la recherche de leur système reproducteur et d'une explication à leur présence dans le monde. Il a sans doute plus d'une fois tenu une anguille dans son poing en se demandant quelle pouvait bien être cette créature. Et il est parvenu à la conclusion qu'elle était fort singulière.

La méthode mise au point par Aristote pour comprendre les animaux et les plantes a eu une influence décisive sur l'histoire de la biologie, et donc aussi sur les tentatives plus tardives pour comprendre l'anguille. Cette méthode était en premier lieu empirique. Selon lui, on ne pouvait décrire la nature que si on commençait par l'observer systématiquement, et on ne pouvait la comprendre que si on l'avait d'abord correctement décrite.

C'était une approche pionnière, et elle a rencontré un incontestable succès. Bon nombre d'observations consignées par Aristote sont d'une remarquable précision. Il est très en avance sur son temps notamment en ce qui concerne les animaux aquatiques. Il a décrit l'anatomie de la pieuvre et son mode de reproduction d'une manière confirmée par la zoologie moderne au XIXe siècle. Quant à l'anguille, il avance de façon tout à fait correcte qu'elle peut se mouvoir entre eau douce et eau salée, que ses ouïes sont d'une petitesse inhabituelle et qu'elle est active la nuit, tandis que le jour elle reste plutôt cachée en eaux profondes.

Mais il affirme aussi à son sujet des choses manifestement fausses. Il a beau l'observer avec méthode, elle l'égare sur de nombreux points. Il écrit qu'elle se nourrit d'herbes et de racines, parfois même d'argile, qu'elle est entièrement dépourvue d'écailles, que certaines vivent jusqu'à sept ou huit ans, et qu'elle peut survivre cinq ou six jours hors de l'eau, « plus par vent du nord, moins par vent du sud ». Sans compter, comme on l'a vu, qu'elle n'a pas de sexe et qu'elle vient du néant. Pour Aristote, la première incarnation de l'anguille est un ver minuscule surgi de la vase, sans implication du moindre être vivant. Ce ver se rencontre aussi bien dans la mer que dans les rivières et les étangs, « près des bords », là où abondent les végétaux en décomposition, et il se plaît au mieux dans les mares stagnantes peu profondes, ou dans les herbiers marins où l'eau est réchauffée par le soleil. « C'est là, en effet, que la chaleur a la force de faire pourrir », note-t-il, avant de clore abruptement la discussion en écrivant : « Voilà donc ce qu'il en est de la reproduction des anguilles. »

Toute connaissance a son point de départ dans l'expérience. Telle est l'idée première et fondamentale d'Aristote. Toute étude du vivant se doit d'être empirique et systématique. Il faut décrire la réalité telle qu'elle se présente à nos sens. D'abord on doit constater qu'une chose *est*. Ensuite seulement, on peut s'intéresser à la question de savoir *ce* qu'elle est. Et une fois qu'on a recueilli toutes les données relatives à ce qu'elle est, on peut éventuellement aborder la question plus métaphysique de savoir *pourquoi* elle est comme elle est. Cette façon de procéder inspire encore aujourd'hui la plupart des tentatives scientifiques pour comprendre le monde.

Mais pourquoi l'anguille précisément l'a-t-elle nargué ainsi de façon persistante ? Il a beau l'étudier minutieusement, les conclusions auxquelles il parvient sont si peu scientifiques qu'elles prêtent à rire.

Voilà bien ce qui rend l'anguille unique. Le monde des sciences naturelles a connu beaucoup d'énigmes au fil des siècles, mais rares sont celles qui ont perduré aussi longtemps et qui se sont révélées à ce point insolubles. Certes, l'anguille est notoirement difficile à observer, avec son cycle de vie étrange, son goût pour l'obscurité, ses métamorphoses et son comportement lors de la reproduction. Mais il n'y a pas que cela. Son caractère secret semble presque procéder d'une conscience, ou d'un destin hors du commun. Même lorsqu'on arrive à l'observer, même quand on l'approche de très près, elle continue de se dérober. Vu le nombre de chercheurs qui se confrontent à elle depuis des siècles, vu l'énergie et les moyens déployés, nous devrions tout simplement en savoir plus sur son compte. Le fait que ce ne soit pas le cas s'apparente encore quelque peu à un mystère. C'est ce qu'en zoologie on appelle « la question de l'anguille ».

Aristote est l'un des premiers à avoir consigné par écrit de grossières erreurs la concernant, mais il est loin d'être le dernier. Des professionnels éminents aux amateurs enthousiastes, innombrables sont ceux qui l'ont étudiée sans parvenir à un quelconque résultat. Les noms les plus illustres de l'histoire des sciences se sont penchés sur la question. En vain. Comme si l'observation et l'expérience ne suffisaient pas. Dissimulée dans la vase et l'obscurité, elle se dérobe encore et toujours. S'agissant de l'anguille, les meilleurs esprits scientifiques ont toujours été dans une certaine mesure livrés à la croyance.

Dans les temps anciens, elle était souvent distinguée des autres poissons. Elle était différente, par son apparence, son comportement, ses écailles invisibles, ses ouïes imperceptibles, sa faculté de survivre hors de l'eau. Tellement différente, à vrai dire, qu'il était facile de la prendre pour autre chose, par exemple pour un serpent d'eau ou un amphibien. Homère déjà semblait considérer anguilles et poissons comme des animaux distincts. Dans l'*Iliade*, quand Achille abandonne Astéropée au bord du fleuve après l'avoir tué, il est dit : « Il le laissa mort sur le sable, et baigné par l'eau noire. Et les anguilles et les poissons l'environnaient, mangeant la graisse de ses reins. » Il arrive, aujourd'hui encore, que certains s'interrogent : l'anguille est-elle vraiment un poisson ?

Cette incertitude a souvent engendré un rejet. L'anguille a suscité effroi ou dégoût. Elle est gluante et sinueuse, elle ressemble à un serpent, elle passe pour se repaître de cadavres, elle se meut secrètement dans la vase. L'anguille ne ressemble pas aux autres créatures ; elle a beau avoir été longtemps une présence familière dans nos rivières et dans nos assiettes, elle est toujours restée dans une certaine mesure étrangère.

L'énigme la plus persistante et la plus débattue, depuis toujours, est celle de sa reproduction. C'est seulement au siècle dernier qu'on a pu avancer une explication cohérente, sinon complète. Longtemps, on a simplement choisi de croire Aristote et sa théorie des vermisseaux auto-engendrés dans la vase. D'autres préféraient l'explication de Pline l'Ancien, ce naturaliste romain mort lors de l'éruption du Vésuve en 79, qui affirmait que l'anguille se reproduit en se frottant aux rochers, détachant de sa peau des lambeaux qui deviennent de nouvelles anguilles. D'autres encore suivaient l'explication d'Athénée, auteur grec du IIIe siècle de notre ère stipulant que l'anguille exsude une sorte de liquide qui s'enfonce dans la vase et s'y métamorphose en vie nouvelle.

D'innombrables théories plus ou moins fantaisistes se sont succédé au cours des âges. En Égypte on était persuadé que l'anguille surgissait du néant quand le soleil réchauffait les eaux du Nil. Dans différentes régions d'Europe on a cru qu'elle naissait au fond de la mer à partir de fragments de végétaux, ou du corps décomposé d'une anguille morte. On a cru qu'elle naissait de l'écume de la mer, ou qu'elle apparaissait lorsque les rayons du soleil éclairaient une certaine variété de rosée qui se dépose au printemps sur les berges des lacs et des rivières. Dans les campagnes anglaises, où la pêche à l'anguille était très populaire, on préférait la théorie selon laquelle une anguille advient lorsqu'un crin de queue de cheval tombe à l'eau.

Bon nombre de ces représentations tournent autour d'un noyau commun : l'idée que le vivant puisse naître du non-vivant, comme un lointain écho en miniature de la naissance de l'univers. Ainsi un moustique naît d'un grain de poussière, une mouche d'un bout de viande, une anguille de la vase. Cette théorie dite de la génération spontanée était répandue jusque dans les milieux scientifiques avant l'invention du microscope. Pour y adhérer, il suffisait tout simplement d'en croire ses yeux. Si par exemple on voyait des larves de mouche sortir d'un morceau de viande pourrie sans qu'on ait auparavant observé de mouches ni d'œufs, comment penser que ces larves n'avaient pas surgi là de façon spontanée ? De même pour les anguilles, qu'on n'avait jamais vu frayer, et chez qui on n'avait pas davantage identifié le moindre organe sexuel.

La théorie de la génération spontanée nous ramène tout naturellement au commencement de tout, à l'apparition de la vie originelle. S'il existe un commencement, si la vie a surgi de rien à un moment donné (et peu importe ici qu'on croie ou non à une intervention divine), il n'est pas si fou d'imaginer que ce surgissement puisse se reproduire, par exemple quand une anguille naît.

Mais *comment* précisément un tel phénomène est-il susceptible de se produire ? Là aussi, les explications n'ont pas manqué. Le Livre de la Genèse évoque le « souffle de Dieu » qui engendre non seulement lumière, terre et végétaux, mais aussi tous les animaux, alors que la Terre était auparavant déserte et vide. Les philosophes stoïciens de l'Antiquité parlent du *pneuma*, souffle vital, combinaison d'air et de chaleur nécessaire aussi bien à la vie terrestre qu'à la vie de l'âme. Dans tous les cas, on retrouve le postulat qu'il est possible, pour la matière inerte, de se transformer en matière vivante. Dans cette hypothèse, vivant et non-vivant se présupposent ; ce qui est apparemment mort peut contenir une forme de vie. Devant l'anguille, cet être qui résistait à toutes les explications, il était tentant de recourir à ce type d'argument. Ainsi, elle devenait le reflet de l'énigme de l'origine de toute forme de vie.

Ce qui la rend si spéciale, c'est qu'aujourd'hui encore nous restons dans une certaine mesure livrés à la croyance. Car même si ce que nous savons désormais sur son cycle de vie – le long voyage depuis la mer des Sargasses, les métamorphoses, la patiente attente, le voyage du retour pour se reproduire et mourir – est sans doute exact, dans le détail cela reste en grande partie de l'ordre de la conjecture.

Personne n'a encore vu deux anguilles se reproduire. Personne n'a vu une anguille féconder les œufs d'une autre anguille, personne n'a réussi à obtenir qu'elles se reproduisent en captivité. On pense que tous les œufs éclosent dans la mer des Sargasses, puisque c'est là qu'on a découvert les plus petits spécimens de larves en forme de feuille de saule, mais personne ne sait avec certitude pourquoi l'anguille s'obstine à se reproduire à cet endroit. Personne ne sait avec certitude comment elle peut supporter le difficile voyage du retour, ni comment elle s'oriente dans l'océan. On croit que toutes les anguilles meurent après s'être reproduites, puisque aucune anguille vivante n'a jamais été retrouvée après le frai, mais d'un autre côté, on n'a jamais observé non plus la moindre anguille morte sur le lieu de la reproduction. Personne n'a jamais vu d'anguille adulte, vivante ou non, dans la mer des Sargasses. Personne ne peut davantage expliquer toutes ces métamorphoses. Personne ne sait vraiment quel âge peut atteindre une anguille.

Plus de deux mille ans après Aristote, l'anguille demeure donc sous certains aspects une énigme de la science. À partir de là, il peut être tentant de voir en elle un symbole métaphysique – c'est-à-dire un symbole de ce qui existe par-delà le monde physique, qui dépasse ce que nous pouvons observer avec nos sens.

Il ne s'agit pas nécessairement de Dieu. La métaphysique est plutôt une tentative pour élucider la nature même de l'existence, *toute* la réalité. Elle dit que l'existence en soi n'est pas la même chose que les qualités de l'existant. Elle dit aussi que ces deux questions sont séparées et distinctes. L'anguille *est*. L'existence vient en premier. Mais *ce* qu'elle est – c'est une tout autre affaire.

Je veux croire que c'est aussi la raison pour laquelle l'anguille continue d'exercer une telle fascination. Il existe une attirance pour cette zone diffuse, entre croyance et savoir, où notre connaissance est prise en défaut – où elle laisse subsister en marge, aux côtés des faits établis, des traces de mythe et d'imaginaire. Car même si l'on se fie à la science et à l'ordre naturel qu'elle révèle, on veut parfois garder une toute petite ouverture au mystère.

Si l'on pense qu'une anguille doit avoir le droit de rester une anguille, il faut aussi, dans une certaine mesure, l'autoriser à rester une énigme. Jusqu'à nouvel ordre du moins.

Et de siècle en siècle, après Aristote, l'anguille est, de fait, restée une profonde énigme, objet de mille questions. Est-elle un poisson ? Ou autre chose ? Comment se reproduit-elle ? Pond-elle des œufs ou est-elle vivipare ? Est-elle asexuée ? A-t-elle deux sexes ? Où naît-elle ? Où meurt-elle ? Et toutes les tentatives d'élucidation la concernant ont été nimbées d'un incontestable voile de mystère.

Au Moyen Âge, deux théories étaient particulièrement favorisées, et d'ailleurs souvent combinées. D'après l'une, l'anguille était vivipare. D'après l'autre, elle était hermaphrodite.

Avec la révolution scientifique du XVIIe siècle, la question de l'anguille connut un regain d'intérêt, sur de nouvelles bases. L'héritage d'Aristote fut remis à l'honneur – en particulier son insistance sur la nécessité d'une observation systématique des phénomènes naturels – et la vision qu'on avait du monde, et donc aussi de l'anguille, se modifia.

Il fallut cependant attendre longtemps avant que les points d'interrogation ne se raréfient. La théorie de l'anguille vivipare, déjà rejetée par Aristote, reprit du galon, portée notamment par l'Anglais Izaak Walton, qui publia en 1653 le premier livre à succès consacré à la pêche, intitulé *The Compleat Angler*. L'anguille, y affirmait-il, est vivipare, mais aussi asexuée. Les nouvelles anguilles sont créées à l'intérieur des anciennes sans qu'il y ait eu fécondation.

Vint alors le médecin et homme de sciences italien Francesco Redi, originaire de Pise, qui présenta la première critique raisonnée de l'idée de génération spontanée. Par ses expériences menées principalement sur des mouches, il put démontrer en 1668 qu'œufs et fécondation sont nécessaires à l'émergence de la vie. *Omne vivum ex ovo*. Tout être vivant provient de l'œuf. Il étudia également l'anguille et réussit à démontrer que les petites créatures semblables à des vers qu'on découvrait parfois à l'intérieur de leur corps, et dont certains pensaient qu'il s'agissait de la progéniture à naître, étaient sans doute en réalité des parasites. L'anguille n'était probablement pas vivipare, postula Redi, même si, n'ayant jamais découvert ni organes sexuels, ni œufs, ni laitance, il ne put jamais répondre à la question de savoir *comment* elle se reproduit.

On en était là lorsque, en 1707, une véritable sensation atterrit sur une table de dissection de l'université de Padoue. Un chirurgien du nom de Sancassini avait rendu visite à une pêcherie d'anguilles de Comacchio, sur la côte adriatique. Là, il avait aperçu une anguille si grosse et si grasse qu'il s'était senti tenu de s'emparer aussitôt d'un scalpel et de l'ouvrir. À l'intérieur, il découvrit quelque chose qui ressemblait fort à des organes sexuels, et autre chose encore qui ressemblait fort à des œufs.

Il adressa l'anguille disséquée par ses soins à son ami Antonio Vallisneri, professeur d'histoire naturelle à Padoue. Celui-ci, ennemi juré de la théorie de la génération spontanée, fut enthousiasmé à bon droit et l'expédia à son tour à l'université de Bologne, où travaillaient plusieurs de ses collègues les plus éminents de l'époque.

Avec l'anguille de Comacchio, la question de la reproduction de l'anguille fut remise à l'ordre du jour, et occupa un temps une place centrale dans les préoccupations des naturalistes des Lumières. Toutefois, celle de Comacchio ne fut pas exactement accueillie comme la sensation qu'avait cru y voir Vallisneri. Car qu'avait-on découvert en réalité ? Certes, cela ressemblait sans doute à des organes sexuels et à des œufs, mais comment en avoir la certitude ? Pour considérer le fait comme démontré, il fallait pouvoir le soumettre à une observation systématique, et mener des études complémentaires ; si bien qu'en lieu et place d'illumination, on eut droit un débat académique houleux. Le célèbre professeur d'anatomie Antonio Maria Valsalva soutint que les « organes » en question n'étaient que banal tissu adipeux. Un autre estima qu'il s'agissait d'une vessie natatoire dégonflée. Ces mises en cause donnèrent lieu à une vive controverse. Un professeur du nom de Mollinelli offrit une récompense à quiconque lui apporterait une anguille contenant des œufs identifiables comme tels. On lui remit un spécimen prometteur, jusqu'au moment où il apparut que le pêcheur qui s'était déplacé dans l'espoir de toucher la récompense avait farci l'anguille d'œufs provenant d'un poisson d'une autre espèce.

L'anguille de Comacchio devint ainsi une légende académique, mais la question demeura entière. Qu'avait-on découvert, au juste ? On ne put jamais l'établir de façon certaine. Et pendant ce temps, en Suède, Carl von Linné, qui avait donné à l'anguille son nom scientifique en 1758, parvenait à la conclusion sans doute plus confortable que l'anguille était vraisemblablement bien vivipare après tout.

Il fallut attendre soixante-dix ans après la découverte de Vallisneri, et une répétition troublante de l'histoire, pour que la question de l'anguille connaisse enfin une première avancée prudente. Une nouvelle anguille, pêchée elle aussi dans les environs de Comacchio, échoua sur une table de l'université de Bologne. Cette fois, la table de dissection appartenait à Carlo Mondini, un professeur d'anatomie qui deviendrait par la suite célèbre pour avoir décrit et nommé une malformation de l'oreille causant la surdité. Mondini disséqua l'anguille et rédigea un texte – devenu par la suite un classique dans l'histoire de la question de l'anguille –, où il décrivait pour la première fois dans un langage scientifique adéquat l'organe sexuel d'une femelle adulte ainsi que ses œufs. L'anguille originelle, celle qu'Antonio Vallisneri avait expédiée à Bologne soixante-dix ans plus tôt, avait été mal comprise, expliquait Mondini. En comparant ses constatations et celles de ses prédécesseurs, il concluait que ce qu'on avait trouvé à l'intérieur de la première anguille de Comacchio était selon toute vraisemblance en effet une vessie natatoire dégonflée. Or il en allait tout autrement avec la sienne. Les bandes plissées étaient bel et bien l'organe de reproduction, et les petites choses en forme de gouttelettes qu'il avait découvertes à l'intérieur étaient bel et bien des œufs.

On était alors en 1777, et la question de savoir *ce* qu'est l'anguille venait enfin de recevoir une première réponse. Si elle possédait un organe sexuel et produisait des œufs, alors on pouvait au moins affirmer qu'elle ne surgissait pas de nulle part. Même si l'énigme restait intacte sous bien des aspects, elle avait au moins désormais un ancrage partiel dans le monde physique, celui qui se laisse observer et décrire. Avec la découverte de Mondini, l'anguille et les humains s'étaient un peu rapprochés. Il ne manquait plus que le deuxième élément de l'équation biologique.

REGARDER UNE ANGUILLE DANS LES YEUX

Mon père aimait pêcher l'anguille pour plusieurs raisons. Je ne sais pas laquelle était la plus importante pour lui.

Déjà, il aimait passer du temps au bord de la rivière. Dans la lumière magique, au milieu de la végétation touffue, avec l'eau qui coulait sans bruit, le saule, les chauves-souris. Sa maison d'enfance se trouvait tout près de là. Un corps de ferme, avec une habitation et une étable, et un chemin de gravier qui descendait jusqu'à la rivière. Mon père avait dévalé ce chemin toute son enfance, pour pêcher ou se baigner. La rivière était la frontière de son monde. Il se faufilait dans l'herbe haute au bord de l'eau, capturait des souris qu'il rangeait vivantes dans la poche de son pantalon et rapportait dans la cour de la ferme pour les viser avec sa fronde. L'hiver, il patinait sur les débordements gelés. L'été, il entendait le bruit des rapides pendant qu'il ramassait les pommes de terre et éclaircissait les betteraves, à genoux dans les champs.

Pour lui, la rivière représentait son origine, ce qui était connu et familier, ce à quoi il revenait toujours. Mais l'anguille qui se mouvait dans les profondeurs et qui se montrait quelquefois à nous – elle représentait autre chose. Elle était plutôt un rappel du peu qu'on savait, finalement, presque rien, de ce qu'est une anguille, ou un être humain, d'où on vient et où on va.

Je sais aussi qu'il aimait sa chair. L'été, quand la pêche était bonne, il pouvait en manger plusieurs fois par semaine. Poêlée, avec des pommes de terre et du beurre fondu. C'était ma mère qui préparait le repas. Elle prenait l'anguille nettoyée et vidée, la coupait en tronçons de dix centimètres qu'elle roulait dans la panure et faisait revenir au beurre avec un peu de sel et de poivre. J'aimais la regarder faire. Chaque fois qu'elle les déposait dans la poêle en fonte, il se produisait un phénomène irréel : les morceaux d'anguille remuaient. Ils étaient parcourus de tressaillements sous l'effet de la chaleur. Comme s'ils étaient vivants.

Je regardais, fasciné. Un corps qui frétillait de vie tout récemment encore, mais qui était à présent mort, et même coupé en morceaux. Pourtant il bougeait ! Si la mort était synonyme d'immobilité, pouvait-on vraiment dire que l'anguille était morte ? Si la mort nous retire toute sensation, comment l'anguille pouvait-elle sentir la brûlure de la poêle ? Son cœur ne battait plus, mais elle continuait d'être animée, d'une manière ou d'une autre. Je m'interrogeais sur la vraie frontière entre la vie et la mort. Où passait-elle ?

Plus tard j'ai lu des choses sur les poulpes et leurs tentacules qui contiennent plus de cellules nerveuses que leur cerveau, et qui constituent même des centres nerveux partiellement indépendants. Comme si le poulpe avait un petit cerveau primitif et autonome au bout de chaque tentacule, permettant à celui-ci d'agir seul. Par exemple, un poulpe peut tâter un objet et même le goûter à l'aide de ses tentacules ; certaines espèces ont des cellules nerveuses sensibles à la lumière, si bien que leurs tentacules les aident à voir dans une certaine mesure. Mieux encore, si on sectionne un tentacule, celui-ci continue non seulement de bouger, mais aussi d'agir en quasi-autonomie. Si on lui présente un fragment de nourriture, il va l'attraper et tenter de le porter à la tête à laquelle il n'est plus relié.

J'avais repéré un phénomène similaire chez les anguilles. En coupant la tête d'une anguille, j'avais vu le corps tenter de se sauver en rampant. Je l'avais vu continuer à bouger pendant plusieurs minutes alors qu'il n'avait plus de tête. Pour l'anguille, la mort semblait un phénomène relatif.

Pour ma part, je ne mangeais de l'anguille que si on m'y obligeait, non par compassion mais parce que je n'aimais pas ça. Son côté gras et son goût un peu sauvage me donnaient la nausée. Mais mon père, lui, n'en avait jamais assez. Il mangeait avec les mains, rongeait la colonne vertébrale et léchait la graisse de ses doigts. « Qu'est-ce que c'est gras et bon », disait-il. Sauf qu'avec son accent de Scanie, on pouvait mal comprendre et croire à une allusion grivoise. Parfois il la mangeait non pas poêlée, mais bouillie. Les mêmes tronçons de dix centimètres cuisaient dans une marmite d'eau salée avec du poivre de Jamaïque et du laurier. La chair devenait blanche et luisante de graisse. J'aimais encore moins ça.

En revanche, je l'aidais volontiers à les nettoyer. Nous revenions tôt le matin avec le seau noir rempli d'eau de rivière où nageaient les anguilles que nous avions capturées. Nous remplissions d'eau propre un autre seau plus grand, et nous y transvasions les anguilles. Elles y restaient quelques heures, parfois toute la journée. Dans ce cas il nous arrivait de changer l'eau une ou deux fois.

J'allais souvent y jeter un coup d'œil. Ma mère était assistante maternelle, alors la maison était remplie de gamins. Je les emmenais avec moi dans le garage où se trouvait le seau. Je tripatouillais un peu les anguilles pour les inciter à nager en rond. Je montrais aux gamins comment les tenir, entre l'index et le majeur, juste derrière la tête, et le pouce en crochet par-dessous. Je soulevais les anguilles et les laissais se tordre dans le vide. Elles pouvaient rester parfaitement immobiles dans le seau, comme mortes ou paralysées, mais quand je les attrapais elles révélaient soudain leur musculature et s'enroulaient puissamment autour de mon bras. Je puais le mucus d'anguille séché. Je ne permettais jamais aux autres enfants de les toucher.

Nous les tuions vers le soir. C'était un spectacle brutal. Mon père sortait une anguille du seau, la maintenait contre une table et lui plantait son couteau de pêche dans la tête. L'anguille se tordait par à-coups vigoureux, puis son corps se tendait comme un seul énorme muscle bandé. Quand elle se calmait un peu, mon père retirait le couteau, la plaquait contre une planche d'un mètre et lui plantait dans la tête un clou de douze centimètres, la fixant ainsi à la planche d'où elle pendait, crucifiée. À l'aide du couteau, il pratiquait ensuite une incision circulaire dans la peau, juste sous la tête.

« Et maintenant on lui enlève son pyjama. »

Il me passait une tenaille. Je pinçais un bout de la peau incisée et je tirais, d'un ample mouvement de haut en bas. La peau était bleuâtre à l'intérieur. Comme un pyjama d'enfant. Le corps bougeait encore parfois, des ondulations douces et lentes.

Ensuite nous l'ouvrions, la vidions, lui coupions la tête, et c'était fini.

Si l'anguille était très grosse, il arrivait que nous la pesions, mais d'habitude elles avaient à peu près toutes le même poids, entre une livre et un kilo. Elles pouvaient varier en épaisseur et en nuance, certaines étaient un peu plus pâles, d'autres d'un jaune brunâtre plus foncé, mais en général elles se ressemblaient vraiment beaucoup. Au cours de toutes nos années de pêche, nous n'en avons jamais rencontré une qui ait pesé plus d'un bon kilo. Pour nous, c'était déjà une géante, mais nous savions qu'il existait, dans le monde, des anguilles qui pouvaient aller jusqu'à deux, voire trois kilos. Mon père en rêvait. Il avait lu un article dans le journal à propos d'un pêcheur sportif qui s'était fait une spécialité de pêcher d'énormes anguilles.

« Il reste au bord de l'eau trois jours de rang, m'avait-il raconté. Jour et nuit, il reste là. Il attend. Il peut rester assis trois jours sans qu'il se passe quoi que ce soit. Et puis soudain, elle arrive. Une anguille de deux kilos cinq ! »

La patience – voilà manifestement le premier secret. Il fallait offrir de son temps à l'anguille. Nous comprenions la chose comme une sorte de transaction.

Nous avons essayé d'autres appâts. Nous avons enfilé sur l'hameçon des crevettes surgelées. De grosses limaces, des scarabées. Rien n'était vraiment concluant. Un soir au bord de la rivière nous avons trouvé dans l'herbe une grenouille morte. Elle était épaisse et luisante. Peut-être avions-nous marché dessus sans faire exprès. Mon père l'a enfilée sur l'hameçon, il a lancé la ligne. Au matin, l'hameçon était nettoyé, la grenouille disparue. Nous sommes revenus aux vers de terre en misant tout sur notre investissement personnel. Un jour ou l'autre, la très grosse anguille ferait son apparition.

Or elle n'est jamais venue, et cela ne compte sans doute pas pour rien dans le fait que l'anguille ait conservé son mystère à nos yeux. Je crois aussi que c'est cela qui a fait de mon père un pêcheur d'anguille. Il me parlait de ses métamorphoses, des civelles, des anguilles jaunes qui devenaient argentées en reprenant la mer, il me parlait d'anguilles devenues plus vieilles que n'importe quel être humain, survivant dans d'étroits puits profonds. Il me parlait du long voyage à travers l'Atlantique jusqu'au lieu des origines, un lieu très lointain, au-delà de tout ce que je pouvais connaître ou même me représenter, il me racontait comment elles s'orientaient en fonction des mouvements de la lune, à moins que ce ne fût le soleil, et comment chacune d'entre elles savait pour une raison insondable exactement vers où elle devait aller. Comment était-il possible de savoir une chose pareille, avec une telle précision ? Comment était-il possible de connaître sans l'ombre d'un doute la route qui vous était destinée, à vous personnellement ?

Quand mon père me parlait de la mer des Sargasses, je croyais voir un lointain royaume de conte de fées. Ou le bout du monde. Je voyais intérieurement une mer infinie, sans rien, et puis soudain un épais tapis végétal grouillant de vie, des milliers d'anguilles qui s'enroulaient les unes aux autres puis mouraient et coulaient à pic pendant qu'au même moment de petites feuilles de saule translucides montaient vers la lumière et se laissaient entraîner par un courant invisible. Chaque fois que nous pêchions une anguille, je la fixais dans les yeux et j'essayais d'entrevoir quelque chose de ce qu'elle avait vu. Elle ne croisait jamais mon regard.

SIGMUND FREUD ET LES ANGUILLES DE TRIESTE

Que peut-on réellement savoir d'une anguille ? Ou d'un être humain ? Ces deux questions se sont parfois révélées avoir partie liée.

Sigmund Freud avait dix-neuf ans au printemps 1876, lorsqu'il releva le gant jeté par Aristote plus de deux mille ans avant lui – ce gant si souvent relevé entre-temps par d'autres esprits curieux. Les circonstances de ses études le conduisaient à affronter l'une des grandes énigmes qui continuaient de se poser à la science, et il était bien décidé à la résoudre. Sigmund Freud allait découvrir les testicules de l'anguille.

Né en 1856 en Moravie, à Freiberg, l'actuelle ville tchèque de Příbor, Freud était arrivé à Vienne avec sa famille à l'âge de trois ans. Élève brillant, féru de littérature, exceptionnellement doué pour les langues, il avait intégré à dix-sept ans l'université de Vienne, où il étudiait la médecine mais aussi, entre autres, la philosophie et la physiologie, ainsi que la zoologie sous la direction du célèbre professeur Carl Claus.

Celui-ci était un spécialiste de biologie marine, darwinien convaincu, expert en crustacés mais s'intéressant aussi, comme à peu près tous ses collègues, à l'anguille. Il avait mené des recherches sur les animaux hermaphrodites, catégorie dans laquelle on rangeait encore couramment l'anguille à l'époque, et, outre ses fonctions de professeur à Vienne, il dirigeait une station de zoologie marine à Trieste.

La question de l'anguille venait de connaître une période d'accalmie au cours de la première moitié du XIXe siècle. Depuis que Carlo Mondini avait découvert et décrit de façon exhaustive l'organe reproducteur d'une anguille femelle en 1777, ce n'était qu'une question de temps, pensait-on, avant que ne soit également découvert l'organe mâle et, dès lors, l'antique question de la reproduction de l'anguille pourrait enfin être considérée comme résolue.

Mais, pour commencer, les conclusions de Mondini ne faisaient pas l'unanimité. Parmi les sceptiques, on comptait le chercheur Lazzaro Spallanzani – qui resterait dans l'Histoire comme l'un de ceux qui tordirent définitivement le cou à la théorie de la génération spontanée. Spallanzani se rendit en personne à Comacchio pour examiner la découverte de Mondini et la jugea peu concluante. C'était bien entendu aussi une affaire de prestige. Tant de chercheurs renommés s'étaient heurtés si longtemps en vain à cette question. Pourquoi Mondini, seul entre tous, aurait-il réussi ? Une seule pauvre anguille, après tant d'années. Pourquoi n'en avait-on pas découvert d'autres ? Non, vraiment, l'anguille de Mondini était par trop unique. Elle n'était pas crédible. Et parfois, d'ailleurs, il ne s'agit pas tant de ce qui est crédible ou non, mais bien plutôt de ce qu'on *choisit* de croire. Dans le monde scientifique, nombreux étaient ceux qui ne voulaient pas croire à l'anguille de Mondini.

En Allemagne, la quête du sexe de l'anguille devint un temps un divertissement populaire. Une récompense de cinquante marks fut promise à quiconque trouverait une anguille porteuse d'œufs. Les journaux en parlèrent à travers tout le pays. Les anguilles devaient être envoyées à un certain professeur Rudolf Virchow qui se chargerait de les examiner de près, et les autorités compétentes en matière de pêche paieraient le transport. La publicité et la forte récompense eurent pour résultat que des anguilles commencèrent à être emballées et expédiées par la poste des quatre coins d'Allemagne. Des centaines d'anguilles, des anguilles à demi dévorées, des fragments d'anguilles, des anguilles décomposées, des anguilles grouillant de parasites – les paquets affluèrent en si grand nombre que les autorités compétentes furent presque ruinées. Aucune anguille porteuse d'œufs ne se matérialisa cependant.

Ce n'est qu'en 1824 que Martin Rathke, professeur d'anatomie allemand, réussit, indépendamment de Carlo Mondini, à découvrir et à décrire une anguille femelle pourvue de gonades développées. En 1850, le même Rathke découvrit une anguille porteuse d'œufs. Il s'avéra que Mondini avait sans doute raison depuis le début. Sa description coïncidait avec celle de Rathke, sauf que dans son cas les œufs étaient beaucoup plus petits car ils se trouvaient à un stade de développement moindre.

Le premier terme de l'équation ayant ainsi été identifié, la chasse à la deuxième inconnue, les mystérieux testicules, pouvait commencer sérieusement. Mais les débuts furent laborieux. Beaucoup de chercheurs préféraient encore croire à la théorie de l'anguille hermaphrodite. Le tissu adipeux voisin des gonades observées chez les femelles était sans doute en réalité l'organe mâle. Comment expliquer autrement que la solution de l'énigme ait pu échapper si longtemps à la science ?

En dehors du monde savant, on rencontrait encore une nette préférence pour les théories fantaisistes plus anciennes. En 1862, un chercheur amateur du nom de David Cairncross publia un ouvrage intitulé *The Origin of the Silver Eel* (« L'Origine de l'anguille argentée »), où il ressuscitait l'antique théorie des pêcheurs de Sardaigne selon laquelle l'anguille était à l'origine un scarabée, et que cette première incarnation expliquait qu'elle réussisse à survivre aussi bien sur la terre que dans l'eau.

Il fallut attendre près d'un siècle après la découverte de Carlo Mondini pour que le zoologue polonais Szymon Syrski annonce en 1874 que ses collaborateurs et lui avaient identifié dans le musée d'histoire naturelle de Trieste ce qui pouvait éventuellement être une anguille adulte de sexe mâle. Dans ses entrailles, on avait en effet découvert un petit organe lobé qui se distinguait de ceux décrits par Mondini et Rathke. Il pouvait s'agir du fameux testicule. Mais dans la mesure où Syrski ne put donner de l'organe une description satisfaisante, ni prouver que celui-ci produisait la moindre laitance, tout restait très incertain. La communauté scientifique exigea de plus amples observations.

Voilà pourquoi Carl Claus, au mois de mars 1876, décida d'envoyer à la station expérimentale de Trieste l'un de ses jeunes étudiants de l'université de Vienne. Et voilà comment Sigmund Freud, à dix-neuf ans, se trouva propulsé loin de chez lui dans un laboratoire rudimentaire au bord de l'Adriatique, un couteau à dissection dans une main et une anguille morte dans l'autre.

Sigmund Freud était un jeune homme déterminé et ambitieux. Il s'était rendu à Manchester l'année précédente et tout lui avait plu là-bas, y compris la pluie et le climat. Il voulait voyager davantage, et surtout, il voulait se consacrer au travail scientifique de terrain, découvrir, décrire, comprendre, en apprendre toujours davantage. Il aimait le laboratoire. Ce qu'il voyait sous la lentille du microscope était toujours vrai, il n'y avait là aucune marge pour le préjugé ou la superstition. Le laboratoire était l'origine même de toute connaissance humaine. Il envisageait donc un avenir au service de la science, peut-être en Angleterre, peut-être ailleurs. Il pensait se consacrer aux sciences naturelles, à la biologie ou à la physiologie – rien que de très tangible et de très concret. Sur une photo de famille prise en 1876 on le voit, debout, la main posée sur le fauteuil où est assise sa mère Amalia, plus grand que ses frères et sœurs, costume trois pièces, raie de côté, barbe noire soigneusement taillée. Il regarde l'objectif en face ; le regard est ferme, comme si rien au monde ne pouvait lui être étranger.

Tel est le jeune homme qui débarque à Trieste au printemps de 1876 avec l'ambition de résoudre l'énigme de l'anguille et de laisser sa marque dans l'histoire des sciences. Trieste, située tout au nord de la mer Adriatique, appartenait à cette époque à l'Autriche-Hongrie. C'était une ville portuaire et une base navale importante. Depuis l'achèvement du canal de Suez en 1867, elle constituait aussi une porte vers l'Orient. Des navires venus du monde entier y déchargeaient café, riz, épices ; on y croisait des gens de toute l'Europe, Italiens, Autrichiens, Slovènes, Allemands et Grecs. Du temps de l'empire romain déjà, Trieste avait été un carrefour mêlant les langues et les cultures. Comparée à Freiberg et même à Vienne, c'était certainement une ville qui avait de quoi impressionner, un monde complexe qui ne se laissait pas aborder facilement.

Que découvrit donc le jeune Sigmund Freud à Trieste ? On en sait assez long là-dessus, dans la mesure où il consigna ses réactions dans plusieurs lettres adressées à son ami d'enfance Eduard Silberstein. Celles-ci étaient quelquefois rédigées en espagnol, car Silberstein et lui s'adonnaient en cachette à l'étude de cette langue. Il lui décrivait la ville, ses restaurants, ses boutiques, ses habitants, parsemant ses propos de mots étranges, en partie parce qu'il maîtrisait mal l'espagnol, mais aussi parce que les deux amis avaient mis au point un code secret à leur usage exclusif.

La première lettre est datée du 28 mars. Freud écrit que Trieste est une très belle ville et que *las bestias son muy bellas bestias* (« les bêtes sont de très belles bêtes ») – les « bêtes » désignant ici les femmes. Au cours de ses premiers jours à Trieste, ce sont elles qui le fascinent manifestement le plus. À son arrivée, il lui semble que la ville n'est peuplée que de « déesses italiennes ». Il détaille leur apparence et leurs avantages, elles sont « élancées, grandes, avec un visage étroit et un nez allongé, des sourcils sombres et une petite lèvre supérieure qui remonte » ; elles sont « plus pâles qu'il n'est besoin et ont, ou plutôt portent, des cheveux souples ». Il visite la ville voisine de Muggia et constate que les femmes de là-bas doivent être d'une fertilité exceptionnelle car toutes ou presque sont enceintes, et les sages-femmes doivent bien gagner leur vie. Il spécule avec ironie, se demandant si ces femmes, peut-être influencées par la « faune marine », « portent des fruits durant toute l'année » ou « seulement toutes ensemble à certains moments », avant de conclure : « J'abandonne ces problèmes à de futurs biologistes. »

Il observe et décrit ces femmes à la manière d'un homme de science, en même temps qu'elles lui restent étrangères, comme si elles appartenaient à une autre espèce. D'ailleurs, il ne semble pas qu'il ait lié connaissance avec la moindre d'entre elles pendant son séjour à Trieste. Assez vite, son humeur change et son attitude vis-à-vis de la ville s'en ressent. Il commence à exprimer de la frustration. Ces femmes, les jeunes comme les plus âgées, le dérangent et l'attirent, elles le plongent dans un embarras de sentiments contradictoires. Il critique leur manière de se farder, leur habitude de traîner à leur fenêtre en observant la rue au-dehors, en souriant, en croisant le regard des hommes, et il regrette, sur un ton ironique, que son travail l'oblige à prendre ses distances avec elles.

Soudain il écrit que toutes les femmes de Trieste sont *brutta, brutta*, laides à pleurer. Il paraît embarrassé par le fait que ses émotions ne soient pas celles qui conviendraient à l'homme de science froid et observateur qu'il veut être. « Comme la dissection des humains n'est pas autorisée, je n'ai rien à voir avec [elles] », écrit-il après avoir noté que même les petites filles de la ville « corrigent déjà leur beauté avec de la poudre de riz ».

Comme pour se prémunir contre la confusion sexuelle qui le distrait malgré lui, Freud concentre son attention sur son travail. Il dispose d'une pièce à lui à la station zoologique, située « à cinq secondes du littoral », écrit-il à Silberstein. Il lui fait une description détaillée de cette « chambrette », qui « présente un plan particulier : une fenêtre devant laquelle se dresse ma table de travail – table qui a une grande surface avec une foule de tiroirs –, une deuxième table pour les livres et autres instruments de travail, trois sièges, plusieurs casiers le long du mur où sont rangés une vingtaine de réactifs et, *last but not least*, une large porte qui, si on en croit ce qu'elle indique, conduit dehors. Sur la table, dans le coin arrière gauche, le microscope, dans le coin de droite, le bac à dissection, au milieu quatre crayons, à côté d'une liasse de papier (mes dessins sont donc des caricatures non dépourvues de valeur). Devant se trouvent une série de récipients de verre, auges, bacs, baquets, où les bêtes de petite taille, ou les parties de bêtes plus grandes, sont plongées dans de l'eau de mer. Entre tout cela, il y a des éprouvettes, des instruments, des aiguilles, des verres pour couvrir, des porte-objets, si bien que, lorsque je suis en pleine activité, il ne me reste plus la moindre place pour poser les mains. Je viens m'asseoir devant la table de 8 à 12 et de 1 à 6 h, assez régulièrement. »

Chaque matin les pêcheurs apportent dans la cour de l'Institut la prise du jour destinée aux chercheurs – de grands paniers remplis entre autres de grasses anguilles de l'Adriatique. Freud prend ce qui lui revient et se met à l'ouvrage. Il explique à Silberstein en quoi consiste précisément son travail, illustrant son propos de quelques croquis rudimentaires. « Tu connais l'anguille. Longtemps on ne connaissait que la femelle de cet animal ; Aristote ignorait d'où ces femelles prenaient leurs mâles, raison pour laquelle il a fait naître les anguilles de la vase. À travers tout le Moyen Âge et les Temps modernes, on a fait littéralement la chasse aux anguilles mâles. En zoologie, où il n'existe pas d'acte de naissance et où le bétail ... agit selon l'idéal de Paneth : sans avoir rien appris, on ne sait ce qui est mâle et ce qui est femelle quand les animaux ne présentent pas de différences sexuelles extérieures. Il s'agit donc de prouver d'abord que certaines particularités sont bien des différences sexuelles, et c'est ce que ne peut faire que l'anatomiste (puisque les anguilles ne tiennent pas de journaux intimes de l'orthographe desquels on pourrait tirer des conclusions quant à leur sexe) ; il les dissèque et y découvre soit des testicules, soit des ovaires. [...] Il y a quelque temps, un zoologiste triestin a découvert, à ce qu'il prétend, les testicules de l'anguille et donc identifié les mâles, mais il ne semble pas savoir ce qu'est un microscope et n'a pas donné de description exacte. »

Jour après jour, Sigmund Freud se tient devant sa table, dissèque des anguilles, prend des notes, cherche la solution de l'énigme. Toutes les réponses se révèlent tôt ou tard sous la lentille du microscope : telle est la promesse de la science. Si l'on ne peut pas se fier à ça, à quoi pourrait-on encore se fier ?

Mais les testicules ne se manifestent pas et, plus le temps passe, plus Freud est contrarié. Chaque jour à 18 h 30, il part se promener. Il marche dans les ruelles étroites, longe les boutiques et les terrasses des cafés, vers la mer où le soleil couchant transforme l'eau en un miroir doré, dissimulant la vie qui pullule sous la surface ; il entend les débardeurs s'interpeler en allemand, en slovène, en italien, il respire les odeurs, il regarde les poissonniers s'affairer autour de leurs étals, remballer la marchandise invendue du jour, il voit les femmes aux yeux fardés se diriger vers les cafés de la place. Il voit tout cela... Et il pense aux anguilles.

« [J'ai les] mains tachées du sang blanc et rouge des animaux marins, les yeux pleins de brillants monceaux de cellules qui me hantent jusque dans mes rêves, et sans rien dans la tête que les grands problèmes qui se rattachent aux noms de testicules et d'ovaires – noms d'une importance universelle. »

Freud reste au moins un mois dans son laboratoire de fortune, absorbé par un travail aussi fastidieux que stérile. Il est progressivement contraint d'admettre son échec. Il n'a pas trouvé ce qu'il était venu chercher à Trieste : l'organe mâle de l'anguille, et la réponse à l'énigme de sa reproduction. « Je me tourmente donc, et les anguilles en même temps, pour retrouver ces mâles, mais en vain ; toutes les anguilles que je découpe appartiennent au sexe faible. »

Telle fut la première véritable mission scientifique du jeune Freud, et tel fut son sort en cette occasion : rester obstinément devant sa table, des semaines d'affilée, à fouiller le corps froid d'une anguille après l'autre à la recherche de gonades mâles. De longues journées à respirer la puanteur du poisson mort, à s'empoisser de mucus visqueux

– et pas un seul petit testicule pour le récompenser de sa peine. Freud examina plus de quatre cents anguilles, dont aucune ne put être identifiée, preuve à l'appui, comme étant de sexe mâle. Il savait à quel endroit précis de leur corps il devait chercher, il pouvait même décrire l'apparence qu'auraient dû avoir les organes en question, mais il n'en trouva aucun.

Dans l'une de ses lettres à Eduard Silberstein, il dessine une anguille. Elle nage à travers le texte et semble sourire, d'un sourire narquois. Dans la même lettre, il qualifie par allusion les anguilles d'un terme qu'il a déjà employé dans cette correspondance à propos d'une autre espèce pour lui mystérieuse : *las bestias*.

Qu'a *réellement* découvert Sigmund Freud à Trieste ? Peut-être, à défaut d'autre chose, une première intuition de la profondeur à laquelle se dissimulent certaines vérités. Chez les anguilles comme chez les humains. De là à dire que l'anguille ne serait peut-être pas tout à fait étrangère à la naissance de la psychanalyse, il n'y a qu'un pas.

Freud, tout jeune chercheur plein d'ambition, était venu à Trieste afin d'écrire le rapport qui mettrait fin une fois pour toutes à une interrogation scientifique demeurée sans réponse pendant des siècles : comment l'anguille se reproduit-elle ? Il revint bredouille, mais fit l'expérience concrète de l'importance, pour la recherche, d'une observation patiente et systématique – apprentissage qu'il mettrait à profit plus tard avec ses patients.

Il était venu à Trieste avec une foi inébranlable en la science et en la récompense qui attend, tôt ou tard, celui qui s'y attelle avec une détermination sans faille. Mais l'anguille le confronta à ses limites, et à celles de la science. Il ne découvrit aucune vérité sous la lentille du microscope. La question de l'anguille subsista. En communiquant son rapport, un an plus tard, il dut admettre en conclusion que rien ne pouvait encore être prouvé concernant le sexe de l'anguille et sa reproduction. Avec une froide objectivité, sans la moindre concession pour son orgueil, il constate : « Mon examen histologique des organes lobés ne me permet pas d'affirmer qu'il s'agit bien des testicules de l'anguille ; il ne me donne pas davantage une raison argumentée de contredire cette affirmation. »

L'anguille le défiait ; peut-être cela ne fut-il pas étranger à sa décision de délaisser la biologie pour inventer finalement cette science complexe et intangible qu'est la psychanalyse. Quand on pense à ce qui allait devenir le principal objet d'étude de Freud, la façon même dont l'anguille le défiait est d'une ironie frappante : elle lui dissimulait son sexe. L'homme qui allait influencer toute la pensée du XXe siècle concernant la sexualité, le théoricien qui sonderait les profondeurs cachées de l'humain avec plus de constance que quiconque avant lui, n'avait pas réussi, pour ce qui est de l'anguille, à identifier ne fût-ce que son organe sexuel. Lui qui s'était rendu à Trieste dans le but d'apercevoir le sexe de l'anguille mâle ne découvrit en fin de compte qu'une énigme persistante. En voulant comprendre la sexualité d'un poisson, il découvrit tout au plus la sienne.

C'était aussi ironique dans la mesure où la relation de Freud aux créatures aquatiques était déjà fort complexe avant son départ pour Trieste. On a beaucoup écrit sur la relation entre Freud adolescent et une jeune fille du nom de Gisela Fluss. Tout avait commencé quand Freud, alors âgé de quinze ans, était allé passer quelque temps dans la famille de Gisela à Freiberg. Freud, très attiré par Gisela, qui n'avait à l'époque que douze ans, écrivit des lettres, notamment à Eduard Silberstein, où il décrivait sa beauté et l'émotion qu'elle suscitait en lui. Ce fut peut-être son premier éveil à la sexualité ; cela se termina quoi qu'il en soit par la frustration et le refoulement. Quand Gisela épousa un autre homme quelques années plus tard, Freud la surnomma *Ichthyosaura,* littéralement « poisson-lézard », d'après le nom scientifique d'une variété de vertébrés marins préhistoriques contemporains des dinosaures.

Chez Freud, il s'agissait bien sûr d'un jeu de mots adolescent, le nom *Fluss* signifiant fleuve ou flux. En tant que membre féminine de la famille Fluss, Gisela était une sorte de monstre aquatique, représentante de l'exaspérant refoulé, notamment sexuel, qui remue dans les tréfonds. Le fait de lui attribuer le nom d'un animal marin du Crétacé était peut-être aussi sa façon à lui de se convaincre que la bouleversante passion juvénile qu'il avait éprouvée pour elle appartenait désormais à sa propre préhistoire. Jamais plus il n'autoriserait qui que ce soit ni quoi que ce soit à le troubler de cette façon. Jusqu'au surgissement de *las bestias* à Trieste, rejetons symboliques de sa première *Ichthyosaura.*

Après le séjour à Trieste, il s'écoulerait encore plusieurs années avant que Sigmund Freud n'aborde de nouveau le sujet de la sexualité, en tant que psychanalyste cette fois, mais alors précisément sous l'angle de la sexualité cachée ou refoulée. L'angoisse de castration théorise le fait que l'enfant mâle développe très jeune une terreur à l'idée d'être privé de son organe et, partant, d'être diminué, rendu inoffensif. Le petit garçon, âgé de quatre ou cinq ans, est rempli d'un désir sexuel inconscient pour sa mère et ressent son père comme un rival. Il se sent menacé, terrorisé à l'idée d'être puni pour ses pulsions, tout en éprouvant honte et infériorité d'occuper dans le monde une place si insignifiante ; cela le conduit à développer son moi ; petit à petit, il renonce à son désir pour sa mère et commence à s'identifier à son père. L'événement décisif, selon Freud, intervient lorsque le garçon réalise que la femme n'a pas de pénis. En voyant la femme, il voit *l'absence* d'un organe sexuel mâle et devient au même moment conscient de lui-même et de sa place dans le monde.

La théorie freudienne de l'envie du pénis a partie liée avec l'angoisse de castration, mais son point de départ est l'évolution psychosexuelle de la femme. La petite fille, explique-t-il, est au départ, comme le petit garçon, fortement liée à la mère. C'est lorsqu'elle découvre sa propre absence de pénis qu'elle commence à se détacher de la mère et à être attirée par le père. La fillette voit le pénis comme un symbole de puissance et d'activité. Comprenant quelle est sa propre place dans le monde, elle développe un sentiment d'envie et ressent une culpabilité qu'elle projette sur sa mère. Elle voit chez elle ce qui lui fait défaut à elle aussi, elle voit *l'absence* d'un organe sexuel mâle et devient au même moment consciente d'elle-même et de ses limites.

Ces théories ont été maintes fois remises en cause, et de plusieurs points de vue. L'organe sexuel mâle, et le fait de l'avoir ou non : ce détail serait-il vraiment si décisif dans le développement psychosexuel de l'être humain ? Cela paraît absurde et vaguement ridicule. Ce sont des théories issues d'un autre temps, d'un autre contexte historique. Ce sont aussi des théories qui se dérobent aux méthodes habituelles de l'investigation scientifique. Ce qu'elles postulent est tapi dans le secret du refoulement. Cela ne peut s'observer, ne supporte ni vérification ni réfutation. Ce ne sont pas des vérités qui se révèlent sous la lentille du microscope.

Pourtant, il faut croire que ces théories s'appuient sur une forme d'expérience. On croit voir le jeune chercheur dans son petit laboratoire de Trieste. Il est loin de chez lui, dans une ville étrangère, il porte une blouse blanche et des lunettes, sa barbe noire est bien taillée. Il est debout devant une table, sous une petite fenêtre, il tient dans son poing une anguille morte, gluante. Il la place sous le microscope, comme il l'a déjà fait quelques centaines de fois, et ce qu'il voit n'est plus seulement une anguille ; c'est aussi lui-même.

Malgré les efforts du jeune Freud, la question de la reproduction de l'anguille a continué de se poser pendant quelques années encore. En 1879, le spécialiste allemand de biologie marine Leopold Jacoby écrivait non sans une certaine résignation dans un rapport à la *US Commission of Fish and Fisheries* : « Pour quiconque n'est pas familier du sujet, cela doit paraître invraisemblable et c'est, de fait, un peu humiliant pour la science : voilà un poisson qui est dans bien des coins du monde mieux connu que tout autre, un poisson qu'on voit tous les jours sur les étals des marchés et dans son assiette, et qui réussit, malgré tous les efforts de la science moderne, à garder secrète la façon dont il se reproduit, dont il naît et dont il meurt. La question de l'anguille est aussi vieille que l'histoire des sciences naturelles. »

Ce qu'ignorait bien sûr Jacoby autant que Freud, c'est que l'anguille n'acquiert d'organes sexuels visibles qu'à partir du moment où elle en a besoin. Ses métamorphoses ne sont pas de simples adaptations superficielles à un nouveau milieu. Elles sont existentielles. Une anguille devient ce qu'elle doit être quand le moment est venu, et seulement alors.

Il fallut attendre encore vingt ans après l'échec de Freud pour que soit enfin découverte, dans le détroit de Messine, en Sicile, une anguille argentée de sexe mâle. L'anguille se révélait donc au bout du compte être au moins un poisson. Une créature pas totalement différente des autres.

BRACONNER

Il nous arrivait de braconner. Pour des raisons de confort avant tout. Le chemin étroit est peut-être le bon, mais parfois il est plus simple de prendre l'autoroute. Comme mes grands-parents paternels avaient un champ qui descendait jusqu'au bord de la rivière, nous avions le droit d'y pêcher, mais seulement de notre côté, celui de la ferme familiale, qui était aussi le côté compliqué, avec l'herbe haute, les talus abrupts et boueux. Sur l'autre rive, tout était différent, la rivière était bordée par une prairie plate facile d'accès. Le droit de pêche de ce côté-là était détenu par le club de pêche de la ville.

L'« autre côté » était notre mirage. Parce qu'il semblait proche et accessible, mais aussi parce qu'il symbolisait quelque chose que nous percevions comme une injustice. Les membres du club de pêche venaient le week-end. Ils prenaient leurs quartiers sur l'herbe rase, avec leurs vestes de sport pleines de poches, leurs cannes luxueuses et leurs petits chapeaux ridicules, et lançaient leurs lignes rutilantes pour tenter de capturer les rares saumons qui représentaient le sommet de la hiérarchie sociale de la rivière.

Nous n'avions pour notre part jamais vu un saumon dans le coin. Du moins pas vivant. Une fois, mon père avait trouvé un énorme saumon mort qui flottait ventre à l'air. Il l'avait rapporté à la maison. Le saumon était gras, énorme, enflé, pesait plus de dix kilos et sentait assez mauvais. Nous l'avons enterré après l'avoir admiré un long moment en nous couvrant le nez et la bouche.

Un été, mon père a acheté une vieille barque en bois. Il l'avait eue pour deux cents couronnes en répondant à une annonce et nous l'avions rabotée et repeinte chez nous, sur la pelouse. Elle était amarrée au saule, en amont des rapides. Un soir, en arrivant au bord de la rivière, il a proposé qu'on prenne la barque et qu'on aille planter nos cordeaux de l'autre côté. Je n'avais jamais envisagé cette possibilité, mais elle m'a paru aussitôt totalement rationnelle. Bien entendu, à cette heure-là, nous étions les seuls pêcheurs dans le coin. C'était la même eau, la même rivière ; pêcher de ce côté-ci ou de ce côté-là, après tout, la différence était purement théorique. Comment quelqu'un pouvait-il même prétendre avoir des droits sur une chose aussi impalpable que de l'eau qui coule ?

« Mais si le train arrive, il faudra vite se cacher », a-t-il dit.

La voie de chemin de fer passait quelques centaines de mètres plus loin, en surplomb de la prairie, elle déboulait après un virage et continuait ensuite parallèlement à la rivière avec une vue illimitée sur tout ce qui bougeait. Peut-être ce soir-là y aurait-il à bord du train un membre du club de pêche ? En nous voyant braconner, il donnerait l'alerte, et nous serions dénoncés comme les misérables voyous que nous étions.

Nous avons traversé la rivière à la rame. Nous avons amarré la barque. J'étais à la fois excité et paniqué. Nous avons marché un peu avec notre attirail et constaté que c'était réellement beaucoup plus confortable que chez nous. L'« autre côté » n'était pas un mirage, il existait pour de vrai, il n'y avait pas d'herbe haute et mouillée qu'il fallait écraser pour ouvrir un chemin, aucun talus abrupt où on risquait à tout instant de déraper dans la boue. Je me suis persuadé que c'était presque un devoir moral pour nous de venir pêcher là.

N'empêche, nous avons planté et déroulé nos cordeaux plus vite que d'habitude, en jetant de fréquents coups d'œil vers la voie ferrée, guettant les bruits avant-coureurs d'une locomotive à l'approche. Mais quand le train est arrivé, il a négocié le virage beaucoup plus vite que prévu, nous forçant à éteindre précipitamment notre lampe torche et à nous jeter à plat ventre sur l'herbe. Je me suis plaqué contre le sol, le visage dans les mains. J'ai retenu ma respiration en essayant de disparaître au milieu des touffes. Le convoi est passé avec un énorme fracas pendant que la prairie entière s'illuminait comme lorsqu'un éclair d'orage survient et arrête le temps. Je me suis imaginé que nous étions réellement invisibles et que mon père était dans la même position que moi, plaqué au sol, mains sur le visage, ne respirant plus.

Aujourd'hui je pense qu'il devait plutôt sourire. Qui donc se serait soucié de notre présence à cet endroit ? Et comment nous aurait-on identifiés ? Il jouait le jeu pour me faire plaisir. Il avait mis en scène tout ce drame pour rendre notre entreprise plus excitante. Peut-être avait-il peur sinon que je me lasse ?

Je ne sais pas pour quelle raison il aurait pu avoir peur de ça. Il n'y avait rien au monde que j'aimais tant que l'accompagner à la pêche. Mais maintenant, après toutes ces années, pour la première fois, je m'interroge. Allait-il lui aussi pêcher avec quelqu'un quand il était enfant ? Je m'étais toujours imaginé que oui. J'avais toujours eu le sentiment que nous poursuivions, lui et moi, une tradition qui avait commencé bien avant nous. Qu'il faisait pour moi ce que quelqu'un d'autre avait fait pour lui autrefois quand il était petit et que ces soirées au bord de la rivière représentaient une sorte de continuité, par-delà le temps et les générations. Presque un rituel.

Ce qui est sûr, c'est qu'il n'allait pas à la pêche avec son père (celui qu'il appelait père). Mon grand-père (celui que j'appelais grand-père) ne pêchait pas. Il ne se livrait à aucune activité qui ne présentait pas d'intérêt pratique immédiat. Il travaillait, il se reposait ; et quand il mangeait, c'était vite et en silence. Il ne buvait pas une goutte d'alcool, par principe, il avait en haine les effets de la boisson, il n'avait à ma connaissance pas pris un jour de vacances de sa vie, jamais voyagé, jamais séjourné à l'étranger. Consacrer du temps et de l'énergie à une occupation aussi futile que la pêche à l'anguille, ce n'était pas dans son tempérament. Ce n'était pas une affaire d'impatience, plutôt une question de devoir. Le chemin étroit ne revêt pas la même forme pour tout le monde.

Peut-être mon père allait-il pêcher seul. Ou alors avec quelqu'un d'autre que son père, mais dans ce cas, je n'ai aucune idée de qui cela aurait pu être. Je me rappelle qu'il me racontait qu'il y avait beaucoup plus de poissons autrefois ; ça pullulait, disait-il, le fond grouillait littéralement d'anguilles et la surface de l'eau devenait argentée quand les saumons remontaient la rivière au printemps. Mais ce n'était pas quelque chose dont il avait lui-même été témoin ; c'étaient des histoires datant d'avant sa naissance, des histoires qu'il avait entendues. Ses propres histoires d'anguilles capturées ou perdues, je les connaissais car j'y avais moi-même participé. Ses récits étaient aussi les miens. C'était comme s'il n'y avait rien eu avant nous.

En était-il vraiment ainsi ? Tout avait-il commencé avec nous ? Et, dans ce cas, y avait-il un lien avec celui que lui-même appelait père et moi grand-père ? Nos soirées au bord de la rivière étaient-elles une manière de compenser ce qui avait manqué à mon père quand il était enfant, sa façon à lui de créer sa propre image de ce qu'un père et un fils peuvent être l'un pour l'autre ? Une façon d'ouvrir son propre chemin étroit dans la vie ?

LE DANOIS QUI DÉCOUVRIT OÙ FRAIENT LES ANGUILLES

Jusqu'où faut-il être prêt à aller pour comprendre une anguille ? Ou pour comprendre un être humain ? Johannes Schmidt avait vingt-sept ans en 1904 lorsqu'il monta à bord du vapeur *Thor* pour éclaircir enfin l'origine de l'anguille. Il mettrait près de vingt ans à atteindre son but. Quelque années plus tard, le biologiste marin Walter Garstang écrirait un poème à la gloire de Schmidt, qui fut par la suite inclus dans le livre *Formes larvaires, et autres poèmes zoologiques*, un recueil sans doute unique en son genre, consacré à différents animaux au stade larvaire.

Honneur aux Danois qui résolurent
l'immémorial mystère,
et pas à pas, année après année,
révélèrent l'affaire :
Johannes Schmidt le premier,
et « papa » Petersen derrière,
Qui firent du Thor *et du* Dana *des vaisseaux glorieux*
pour l'humanité entière

Pas mal d'événements avaient jalonné la quête obstinée pour comprendre la vie de l'anguille depuis les efforts infructueux de Sigmund Freud à Trieste. Dans les années 1890, le biologiste marin C.G. Johannes Petersen avait étudié la dernière métamorphose de l'anguille et proposé l'hypothèse que toutes les anguilles se reproduisaient en mer. Aristote déjà avait bien sûr noté que les anguilles adultes gagnaient parfois la mer, et au XVIIe siècle Francesco Redi avait décrit les alevins ou civelles qui surgissaient au printemps aux abords des côtes avant de remonter les fleuves. Mais Petersen avait pu décrire le processus avec une plus grande exactitude. Surtout, il avait pu observer et décrire de quelle façon les anguilles jaunes se transformaient en anguilles argentées. Jusque-là, il n'était même pas établi aux yeux de tous que les deux appartenaient réellement à la même espèce. Petersen montra qu'il s'agissait sans aucun doute possible de deux stades différents du même poisson. Il observa la façon dont l'anguille argentée cessait de s'alimenter, comment ses organes digestifs diminuaient de volume tandis que ses organes reproducteurs se développaient et que ses yeux se modifiaient. Cette métamorphose était manifestement sa manière à elle de se préparer en vue du frai.

En 1896, deux chercheurs italiens, Giovanni Battista Grassi et son élève Salvatore Calandruccio, avaient de leur côté identifié et décrit la toute première transformation de l'anguille. Ils avaient comparé l'anatomie des civelles à celle de diverses larves pêchées en Méditerranée et ils étaient parvenus à la conclusion que le petit être semblable à une feuille de saule connu sous le nom de *Leptocephalus brevirostris* devait correspondre en réalité au tout premier stade de *Anguilla anguilla*, l'anguille européenne. Jusque-là on avait cru que cette larve constituait une espèce distincte.

Désormais, on savait qu'il s'agissait d'une anguille en devenir. Grassi et Calandruccio furent en outre les premiers au monde à être témoins de la métamorphose proprement dite, quand une petite feuille de saule de leur aquarium de Messine, en Sicile, se transforma miraculeusement en civelle.

C'était une découverte sensationnelle. « Quand je pense combien ce mystère a occupé les scientifiques depuis Aristote, il me semble qu'il n'est peut-être pas indigne de soumettre une courte présentation de mon travail à la Royal Society de Londres », écrivait Grassi en introduction d'un rapport qui fut publié par la suite dans l'une des revues scientifiques les plus prestigieuses de l'époque, *Proceedings of the Royal Society of London*. Dans son rapport, Grassi notait que cette larve, dont on savait désormais qu'elle était une future anguille, avait d'assez grands yeux, ce qui indiquait qu'elle avait probablement éclos dans les profondeurs. Peut-être en Méditerranée, proposa-t-il à titre d'hypothèse.

Au début du XXe siècle, on savait donc que l'anguille jaune se transformait en anguille argentée en atteignant la maturité sexuelle, et qu'elle regagnait la mer l'automne venu. On savait aussi qu'elle ne revenait plus par la suite, et on savait que les larves leptocéphales étaient les futures petites civelles qui surgissaient au printemps le long des côtes européennes et remontaient les cours d'eau pour trouver un lieu de vie et se transformer en anguilles jaunes. Mais que se passait-il entre-temps ? Et où ?

Quand le zoologue allemand Carl H. Eigenmann prononça son discours devant l'American Microscopical Society à Denver, dans le Colorado, il lui donna pour titre

La Solution à la question de l'anguille. Ce n'était certes pas à prendre au pied de la lettre. Il ne pouvait pas prétendre avoir découvert la solution de l'énigme. Au contraire, il citait un collègue qui aurait déclaré sur son lit de mort : « Toutes les questions importantes sont à présent résolues, sauf celle de l'anguille. » Mais, expliquait Eigenmann, la question elle-même s'était entre-temps transformée. Auparavant, il s'agissait de savoir ce qu'était l'anguille au juste, poisson ou autre chose. On s'interrogeait sur son statut reproducteur, était-elle vivipare, hermaphrodite, ou ni l'un ni l'autre – et on se demandait ce que signifiaient ses diverses métamorphoses.

Or à présent, à l'aube du siècle nouveau, la question était devenue la suivante : « Que font les anguilles adultes une fois qu'elles ont gagné la mer, quand et où se reproduisent-elles, et où meurent-elles ? »

Où donc partaient les anguilles argentées ? Et d'où venaient toutes ces mystérieuses petites feuilles de saule ? Où était l'origine ? Voilà ce que voulait découvrir Johannes Schmidt lorsqu'il prit la mer au printemps 1904, à l'âge de vingt-sept ans.

Johannes Schmidt était un biologiste danois qui avait passé les premières années de sa vie au nord de l'île de Sjælland, dans une petite maison de briques au pied du château de Jægerspris, où son père était régisseur. Johannes avait vécu un début d'enfance protégé à cet endroit entouré de forêt et de nature, loin de la vie trépidante de la ville, loin du monde scientifique et plus loin encore de la mer des Sargasses.

Schmidt avait sept ans lorsque son père mourut. Sa mère, ses deux plus jeunes frères et lui furent contraints de déménager à Copenhague. Ils s'installèrent dans Vesterbrogade, une rue animée de la capitale ; commença alors une tout autre vie, entourée de personnes très différentes. Cette rupture allait avoir des conséquences directes sur la suite de l'existence de Johannes Schmidt. À deux cents mètres de chez eux se trouvait la brasserie Carlsberg, et plus près encore, le domicile de son oncle maternel Johan Kjeldahl, qui travaillait comme chimiste dans le laboratoire de recherche de l'entreprise Carlsberg, où Schmidt ferait ses premiers pas de scientifique.

L'année même de leur déménagement, la ville de Copenhague avait reçu la visite de Louis Pasteur, sommité mondiale de la chimie, qui avait mis au point une méthode pour protéger les denrées périssables des bactéries et autres micro-organismes. Cette méthode à laquelle on avait donné son nom – la pasteurisation – revêtait une importance cruciale, notamment pour les brasseurs de bière. Pasteur fut donc convié à visiter l'entreprise Carlsberg, et son fier propriétaire, J.C. Jacobsen, fut à ce point impressionné par le grand homme qu'il décida dans la foulée d'investir à grands frais dans un laboratoire privé. Celui-ci ne se limiterait pas aux techniques de fabrication et de conservation de la bière : il allait devenir un laboratoire pionnier pour la recherche fondamentale en biologie. C'était une affaire de prestige, mais aussi un calcul commercial. Avec le temps, ce département de recherche contribuerait à faire de Carlsberg, au départ une petite entreprise familiale, l'une des plus grandes brasseries mondiales. Par des voies détournées, il contribuerait aussi à rapprocher les humains des anguilles.

Dès ses premières années d'école, Johannes Schmidt commença à passer de plus en plus de temps dans ce laboratoire en compagnie de son oncle Johan Kjeldahl – chez qui il logea même pendant un temps. C'est là qu'il apprit les bases du travail de recherche, là que s'alluma en lui la flamme de la science, le besoin compulsif d'observer, de décrire et de comprendre. Quelques années plus tard, quand il entama une carrière universitaire fulgurante et partit ensuite dans le monde en tant que chercheur, il bénéficia également de l'appui financier de l'entreprise Carlsberg.

En 1898, diplômé en botanique, il obtenait une bourse afin d'étudier la flore du royaume de Siam (l'actuelle Thaïlande). En 1903, il passait son doctorat avec une thèse consacrée à la mangrove, avant de changer de voie et de commencer à s'intéresser aux animaux marins.

Le 17 septembre 1903, il épousa Ingeborg van der Aa Kühle, qu'il connaissait depuis l'âge de sept ans, lorsqu'il était arrivé à Copenhague. Elle était la fille de Søren Anton van der Aa Kühle, qui avait pris la suite de J.C. Jacobsen à la tête de Carlsberg en 1887. La cérémonie eut lieu dans l'église financée par Carlsberg, Jesuskirken, à Copenhague, et au printemps 1904 le couple emménagea dans un appartement sur Østerbrogade. Ils avaient à peine installé les meubles que Johannes Schmidt prit la mer, sur les traces de l'origine de l'anguille.

« La question de savoir à quels endroits se reproduit l'anguille commune est très ancienne, écrirait plus tard Schmidt dans un rapport adressé à la Royal Society de Londres. Elle occupe les naturalistes depuis Aristote et a donné lieu ici et là en Europe aux représentations imaginaires les plus surprenantes. »

Il parlait de ces « endroits » au pluriel, car comment savoir s'il n'y en avait qu'un ? Il s'attachait ensuite à décrire cette énigme qui défiait les chercheurs depuis des siècles et à l'attraction de laquelle il avait lui-même succombé :

« Nous savons que les vieilles anguilles disparaissent de notre vue, qu'elles s'en vont dans la mer, et que la mer nous envoie en retour d'innombrables alevins ou civelles. Mais où sont-elles allées, ces vieilles anguilles, et d'où viennent les civelles ? Et quels sont les stades encore antérieurs, ceux qui précèdent celui de la civelle ? Ce sont des interrogations comme celles-là qui, prises ensemble, forment la Question de l'anguille. »

Johannes Schmidt s'intéressait plus particulièrement à un détail de cette question. Ses prédécesseurs italiens Grassi et Calandruccio avaient suggéré que l'anguille, du moins l'anguille italienne, se reproduisait en Méditerranée, puisque c'était là et seulement là qu'on avait recueilli des larves leptocéphales. Mais toutes les larves pêchées en Méditerranée étaient déjà longues de sept ou huit centimètres, donc manifestement écloses depuis un certain temps déjà. Comment expliquer qu'on n'en ait jamais découvert de plus petites ?

Dès le mois de mai 1904, avant que sa mission ait officiellement commencé, Johannes Schmidt réussit par hasard à recueillir une larve leptocéphale dans la mer, un peu à l'ouest des îles Féroé. Elle était grande, elle aussi, sept centimètres et demi de long, mais c'était la première fois qu'on découvrait une larve d'anguille en dehors de la Méditerranée, et Schmidt comprit que Grassi et Calandruccio se trompaient sans doute concernant le lieu de reproduction. Il comprit aussi que, s'il voulait résoudre l'énigme, il allait devoir remonter le cours de la vie de l'anguille et chercher des larves de plus en plus petites, jusqu'au moment où il découvrirait, quelque part dans la mer immense, la feuille de saule à peine éclose et, partant, son lieu de naissance. Il fallait trouver l'aiguille dans la botte de foin. Et la botte de foin était un océan.

« Je n'avais à l'époque aucune idée claire des difficultés de l'entreprise, à la fois pour effectuer les observations les plus élémentaires et pour les interpréter », écrirait-il plus tard. C'était un prudent euphémisme.

Entre 1904 et 1911, Johannes Schmidt navigua patiemment le long des côtes européennes à bord du *Thor*, équipé d'un chalut. Autour de l'Islande et des îles Féroé au nord, au large de la Norvège et du Danemark, puis le long de la côte Atlantique sud, au large du Maroc jusqu'aux Canaries et en Méditerranée jusqu'en Égypte. Il découvrit d'innombrables larves leptocéphales, mais toutes avaient à peu près la même taille, entre six et neuf centimètres, comme la première larve qu'il avait recueillie.

Après plus de sept ans, il en était toujours à peu près au même point qu'au début de ses recherches, et le découragement le taraudait à l'évidence.

« La mission a grandi d'année en année, jusqu'à atteindre une ampleur dont nous n'aurions jamais pu rêver, écrit-il. Et le travail se complique du fait que nous ne disposons pas des bateaux ni de l'équipement adéquats, et du manque de moyens financiers ; n'étaient les diverses contributions privées versées au projet, il nous aurait fallu renoncer depuis longtemps. »

Il était cependant parvenu à une conclusion sur un point. Dans la mesure où toutes les larves découvertes le long des côtes européennes étaient déjà relativement développées, on pouvait supposer que les anguilles ne se reproduisaient pas près des côtes, et qu'il fallait poursuivre les recherches bien plus loin, en haute mer. Le *Thor* ne suffisait plus pour mener à bien ce travail. Johannes Schmidt réussit à persuader des armateurs danois qui sillonnaient l'Atlantique de lui donner un coup de main. Il fit équiper leurs bateaux de filets, donna des instructions précises à l'équipage, et c'est ainsi qu'entre 1911 et 1914 vingt-trois navires marchands de grande envergure participèrent à la quête des petites larves translucides. Personne, à bord de ces bateaux, n'avait la moindre formation en sciences naturelles, et leur équipement se réduisait aux chaluts fournis par Schmidt. La consigne était simplement d'envoyer le produit de la pêche au laboratoire au Danemark en notant à chaque fois les coordonnées de l'endroit où on avait relevé le filet. Plus de cinq cents chalutages furent ainsi effectués sur de vastes portions de l'Atlantique nord.

Pour sa part, Schmidt partit à l'été 1913 à bord de la goélette *Margrethe*, empruntée à un armateur danois. Il chercha depuis les îles Féroé jusqu'aux Açores, poussa vers l'ouest en direction de Terre-Neuve, puis vers le sud en direction des Caraïbes.

L'intensification des efforts donna des résultats. Johannes Schmidt découvrit bientôt que le nombre de larves augmentait à mesure qu'il progressait vers l'ouest, et qu'elles devenaient dans le même temps de plus en plus petites. Au beau milieu de l'Atlantique, quelque part entre la Floride et l'Afrique de l'Ouest, il collecta une larve qui ne mesurait que trente-quatre millimètres, ce qui constituait un nouveau record. Plus tard, en poussant encore vers l'ouest, il en découvrit une qui ne mesurait que dix-sept millimètres.

Schmidt rassembla toutes les fragiles petites larves leptocéphales issues de ses propres expéditions et de celles de ses collaborateurs ; il les plaça sous la lentille du microscope, prit des mesures et consigna ses observations : longueur, quantité, profondeur, date, latitude, longitude. Lentement mais sûrement, il constituait une formidable banque de données qui le rapprochait de la solution de l'énigme. Il découvrit entre autres que les déplacements des petites feuilles de saule à travers l'Atlantique étaient liés aux grands courants marins. Presque par hasard, il découvrit aussi autre chose.

On savait déjà que les anguilles qui remontent les cours d'eau du continent américain diffèrent des anguilles européennes. Les deux espèces se ressemblent beaucoup, et connaissent les mêmes métamorphoses, mais n'en sont pas moins deux espèces distinctes du genre *Anguilla*. La seule chose qui les différencie en réalité est que l'anguille européenne, *Anguilla anguilla*, a quelques vertèbres de plus que l'américaine, *Anguilla rostrata*.

La mission de Johannes Schmidt était naturellement de chercher le lieu de naissance de l'anguille européenne, mais à mesure qu'il progressait vers l'ouest, il découvrit de plus en plus de larves appartenant à l'espèce américaine. Cela posait quelques problèmes. Non seulement il devait les compter et les mesurer, il devait maintenant décider en plus à quelle espèce elles appartenaient. En pleine mer, à bord d'un bateau chahuté par la houle, il n'avait pas d'autre choix que de placer chaque petite feuille de saule sous le microscope pour tenter de compter les fibres musculaires de son dos, correspondant au nombre de vertèbres de l'anguille adulte. Ainsi, il pouvait construire des tableaux montrant à quels endroits chacune des deux espèces était la plus répandue. Il s'aperçut que dans la partie ouest de l'Atlantique, la population était complètement mélangée. Des larves d'anguille européennes et américaines flottaient ensemble, indistinctement, au gré des courants dominants, et se retrouvaient prises dans les mêmes filets. Cela devait logiquement signifier que les anguilles d'Europe et d'Amérique se reproduisaient au même endroit.

S'il en était bien ainsi, on avait affaire à un nouveau mystère : comment les larves elles-mêmes faisaient-elles pour se départager ? Comment ces minuscules êtres translucides portés par les courants pouvaient-ils savoir où ils devaient aller ? Manifestement, constata Schmidt, les larves des deux espèces voyagent avec le Gulf Stream, mais à un moment, au cours de ce voyage, elles se séparent ; les américaines bifurquent soudain vers l'ouest, se transforment en civelles et remontent les cours d'eau américains pendant que les européennes restent à l'état de larve et continuent vers l'est. « Comment, écrit Johannes Schmidt, ces infinies quantités de larves de l'Atlantique ouest réussissent-elles à se distinguer si bien que les individus appartenant à l'espèce *Anguilla anguilla* se retrouvent finalement en Europe alors que ceux appartenant à l'espèce *Anguilla rostrata* se dirigent vers les côtes américaines et caraïbes ? »

Sa conclusion était que les deux espèces, aussi proches soient-elles en apparence, sont programmées différemment dès l'instant de leur naissance. Les américaines grandissent tout simplement plus vite, et sont déjà beaucoup plus vigoureuses à un stade précoce de leur développement, si bien qu'à la différence de leurs cousines européennes, lorsqu'elles passent au large de l'Amérique, elles ont la force de quitter le puissant courant océanique au lieu de continuer à dériver vers l'Europe. Au bout d'un an déjà, les larves américaines connaissent leur première métamorphose et se transforment en civelles, pendant que les européennes continuent de dériver deux longues années encore au gré des courants et ne deviennent civelles qu'au bout de trois ans.

Voilà ce qui rend l'anguille absolument unique, affirme Johannes Schmidt. Pas ses métamorphoses, pas le fait que les anguilles argentées regagnent la mer et traversent tout un océan pour se reproduire. « Ce qui fait de notre anguille une exception parmi tous les poissons, et parmi tous les autres animaux, c'est l'ampleur inouïe du voyage qu'elle entreprend déjà à l'état de larve. »

Au printemps 1914, Johannes Schmidt touchait enfin au but. Le lieu de naissance de l'anguille se rapprochait toujours plus, les observations convergeaient et tout ce qu'il restait à faire, désormais, c'était lancer d'autres expéditions. Après dix ans de recherches menées dans des conditions parfois désespérantes, la méthode scientifique propre aux sciences naturelles, c'est-à-dire l'observation empirique systématique, s'était tout compte fait révélée la bonne. La vérité allait se manifester sous la lentille du microscope. En mai 1914, il découvrit deux larves longues de seulement neuf millimètres.

C'est alors que certaines contingences se mêlèrent de l'affaire. Tout d'abord, la goélette *Margrethe* sombra dans les Caraïbes après s'être échouée sur un haut-fond près de l'île de Saint-Thomas. Les larves purent heureusement être sauvées mais, écrit Schmidt, « nous nous retrouvions sur Saint-Thomas, sans bateau, et tout ce que nous pouvions faire, c'était tenter de persuader les navires marchands de continuer le travail de leur côté ».

Là-dessus, en juillet 1914, la guerre éclate. L'Atlantique n'est soudain plus uniquement le lieu énigmatique de la naissance des anguilles, mais aussi une zone de conflit. Les sous-marins surveillent les eaux et tout ce qui flotte, plusieurs cargos membres de la mission de recherche de Schmidt sont coulés. Se promener sur l'océan en quête de petites larves n'est plus seulement désespérant, c'est aussi synonyme de danger de mort.

Johannes Schmidt dut patienter cinq longues années dans son cabinet en attendant que veuille bien cesser cette escarmouche inopportune entre puissances mondiales qui l'obligeait à suspendre ses propres travaux, pourtant autrement plus urgents. Il en profita pour mettre de l'ordre dans les données si patiemment accumulées, photographiant les spécimens, dressant des inventaires, dessinant tableaux et diagrammes. Non sans impatience, puisqu'il savait exactement ce qu'il lui restait à faire « sitôt la guerre terminée ».

En 1920, alors qu'une grande partie de l'Europe est encore en ruine, il repart en mer. Cette fois, il s'est soigneusement préparé. Par l'intermédiaire de la compagnie des Indes orientales de Copenhague, *Østasiatiske Kompagni*, il a accès au *Dana*, un quatre-mâts qu'il a pu équiper de tout le matériel scientifique nécessaire. Surtout, il sait désormais très exactement où il doit chercher.

En 1920 et 1921, le *Dana* recueille plus de six mille larves leptocéphales dans l'ouest de l'Atlantique, et Schmidt peut documenter précisément à quel endroit ont été découverts les plus petits spécimens. Si petits, écrit-il, qu'il « ne peut plus subsister le moindre doute quant à l'endroit où les œufs éclosent ».

Quiconque cherche l'origine de quelque chose est aussi à la recherche de sa propre origine. Peut-on affirmer cela ? En était-il ainsi pour Johannes Schmidt ? Lui qui vivait depuis l'âge de sept ans avec des souvenirs de plus en plus diffus de celui qui avait été son père. Avait-il pêché l'anguille, enfant ? Avait-il tenu une anguille dans son poing en essayant de la regarder dans les yeux ? En 1901, quelques années avant qu'il ne s'aventure en mer pour la première fois, son oncle Johan Kjeldahl, qui avait été pour lui un père de substitution, avait été victime d'un accident. Il était mort noyé. Sa mère était décédée en 1906, lorsqu'il naviguait encore le long des côtes européennes. Le Johannes Schmidt qui partit vers l'ouest, vers le grand large et l'inconnu, était un jeune homme coupé de tous les liens qui le rattachaient à son origine.

Mais ce que cela signifiait réellement pour lui, nous ne pouvons pas le savoir. Il n'y a pas grand-chose dans son histoire, ou ce qu'il en reste, qui permette de comprendre pourquoi il a voué sa vie à l'origine de l'anguille. Certes, il était le type même de l'homme de science. On le décrit comme quelqu'un d'efficace ; il observait, décrivait et tentait de comprendre, mais il semble s'être rarement posé la question du pourquoi. Il avait une relation pragmatique au monde, y compris à la place que lui-même y occupait. Dans ses lettres et rapports, il est simple et toujours factuel. Sur les photos, il a l'air d'un homme chaleureux, aimable, le plus souvent vêtu d'un costume trois pièces complété par un nœud papillon. Il aimait les animaux, dit-on, les chiens en particulier. Mais ce qui l'animait, tout au fond, reste un secret bien gardé. Il était issu de la classe moyenne, avait grandi dans un milieu protégé. Très vite il s'était senti comme chez lui dans la communauté scientifique. Son mariage avec Ingeborg avait fait de lui un membre à part entière de l'*establishment* de Copenhague. Il aurait pu choisir une vie plus confortable. Du point de vue des critères d'après lesquels on mesure d'ordinaire la réussite d'une vie – richesse, santé, statut social –, il avait plus à perdre qu'à gagner en disparaissant de la sorte. Pourtant, il ne semble jamais avoir questionné le sens de cette entreprise consistant à dériver sur l'immensité de l'océan Atlantique pendant près de vingt ans pour y recueillir des larves.

Johannes Schmidt avait tout simplement été happé par la question de l'anguille, par la grande énigme de sa naissance et de sa mort. « De mon point de vue, écrit-il, le cycle de vie de l'anguille, dans toute son extraordinaire étrangeté, n'a d'équivalent chez aucune autre espèce animale. » Et peut-être existe-t-il des personnes qui, dès lors qu'elles ont décidé de trouver la réponse à une question qui a suscité leur curiosité, n'abandonnent jamais ; des personnes qui continuent jusqu'à avoir trouvé ce qu'elles cherchaient, peu importe le temps qu'elles doivent y consacrer, quelles que soient les difficultés et la solitude qu'elles affrontent en chemin. Comme Jason qui s'embarque à bord de l'*Argo* en quête de la Toison d'or.

Ou peut-être est-ce la question de l'anguille elle-même qui engendre chez ceux qui la reprennent à leur compte une forme spéciale de persévérance ? Plus j'en apprends sur l'anguille, et sur les efforts consentis au fil des siècles pour tenter de l'approcher, plus je suis porté à croire qu'il en est ainsi. Surtout, je veux croire que l'énigme nous attire parce qu'elle contient malgré tout un élément qui nous est familier. Le voyage de l'anguille, pour extraordinaire qu'il soit, est en même temps quelque chose que nous pouvons reconnaître et à quoi nous pouvons même nous identifier : la longue et hasardeuse dérive pour s'éloigner des origines, puis le non moins long et difficile voyage retour, tout ce que nous sommes prêts à faire pour rentrer enfin chez nous.

La mer des Sargasses, c'est le bout du monde, mais aussi le commencement de tout. Voilà la grande révélation. Même les anguilles jaune pâle que nous pêchions dans la rivière, mon père et moi, par les sombres soirées d'août, avaient toutes commencé leur vie sous la forme de petites feuilles de saule dérivant sur des milliers de kilomètres depuis un lieu lointain, étrange et mystérieux, qui dépassait de très loin tout ce que je pouvais imaginer. Quand je les tenais dans mon poing en essayant de les regarder dans les yeux, je m'approchais d'une réalité qui dépassait les frontières du monde connu. C'est ainsi que la question de l'anguille vous saisit. Son caractère énigmatique devient un écho des questions que tous les êtres humains portent en eux. Qui suis-je ? D'où viens-je ? Où vais-je ?

En était-il ainsi pour Johannes Schmidt ?

Peut-être. Mais il se peut aussi que toutes ces considérations lui aient été parfaitement indifférentes. Il avait endossé une mission et il était décidé à l'accomplir jusqu'au bout. Il avait sa propre question, formulée avec toute la netteté souhaitable – « Où naît l'anguille ? » – et une méthode qui possédait en quelque sorte son dynamisme propre. Il collectait des larves, et chaque nouvelle larve devenait une incitation à en trouver une autre qui serait encore plus petite. Le but reculait millimètre par millimètre. Ce n'était jamais la peine de chercher au-delà.

Et les anguilles, de leur côté, étaient toujours là, en dessous de lui, pendant qu'il voguait sur l'Atlantique. Les petites feuilles de saule dérivaient dans un sens, pendant que les puissantes anguilles argentées nageaient résolument dans l'autre vers leur mer des Sargasses. Année après année, poursuivant leurs mystérieux itinéraires croisés, pour partir et pour revenir, insensibles aux guerres mondiales comme à la curiosité des humains. Elles circulaient ainsi depuis la nuit des temps, bien avant que Johannes Schmidt ne prenne la mer, bien avant qu'Aristote n'examine sa première anguille, bien avant que le premier être humain n'ait foulé la surface de la Terre. Les anguilles étaient indifférentes à la question de l'anguille, et pourquoi s'y seraient-elles intéressées ? Pour elles, la question ne s'était jamais posée.

Dans le long rapport que Johannes Schmidt finit par publier en 1923 dans la revue scientifique *Philosophical Transactions of the Royal Society of London*, il rend compte du travail entrepris depuis près de vingt ans. Il dessine sur une carte la zone qu'il croit pouvoir déterminer comme celle où les anguilles viennent frayer et où les œufs éclosent. Cette zone présente une forme ovale et coïncide presque exactement avec ce que nous appelons la mer des Sargasses.

« Pendant les mois d'automne, écrit-il en guise de récapitulatif, les anguilles argentées quittent les lacs et les cours d'eau et gagnent la mer. Dès lors, nous n'avons presque plus aucune possibilité de les observer. Loin de nous, comme d'innombrables générations de leurs ancêtres avant elles, d'innombrables anguilles venues des coins les plus reculés de notre continent mettent à présent cap au sud-ouest à travers l'océan. Combien de temps dure le voyage, nous ne pouvons l'affirmer, mais nous savons quelle est sa destination : une zone particulière de l'Atlantique ouest, au nord et au nord-est des Caraïbes. Là se trouve le lieu de naissance de l'anguille. »

C'est pourquoi nous savons aujourd'hui – avec une quasi-certitude – où l'anguille se reproduit. Toute la connaissance que nous en avons repose sur les travaux de Johannes Schmidt. Ce que nous ignorons, c'est pourquoi il en est ainsi. Pourquoi cet endroit précis ? Quel est le sens de ce long voyage épuisant, de tous ces efforts, de toutes ces métamorphoses ? Que trouve-t-elle donc dans la mer des Sargasses ?

Johannes Schmidt aurait peut-être répondu que là n'est pas la question. L'existence vient en premier. Le monde est un lieu absurde plein de contradictions et de confusion, où seul celui ou celle qui a un but a aussi la possibilité de découvrir un sens. Il faut imaginer l'anguille heureuse.

Tout comme, d'ailleurs, Johannes Schmidt lui-même. En 1930, la Royal Society de Londres lui attribuait la prestigieuse médaille Darwin. Il avait atteint son objectif et bouclé son histoire. Trois ans plus tard, il mourait des suites d'une grippe.

NAGER À CONTRE-COURANT

La pêche à l'anguille se déroulait surtout en juillet et en août. Jamais avant la Saint-Jean. « Ça n'a pas de sens de pêcher avant la Saint-Jean, disait mon père. Les nuits sont trop claires, les anguilles ne mordent pas, il faut qu'il fasse plus sombre. »

Il invoquait souvent la *ålamörker* – littéralement « ténèbres de l'anguille » –, cette période de l'année où les nuits sont opaques, où les anguilles s'enhardissent et deviennent, par goût de l'aventure ou simple étourderie, accessibles aux humains.

Il employait cette expression à tort et à travers. Ou alors il connaissait peut-être son sens précis, mais choisissait de l'interpréter librement parce que ça lui simplifiait la vie.

Il existe une véritable *ålamörker*. Celle-ci commence à la fin de l'été et se prolonge pendant quelques mois d'automne, quand l'anguille argentée entreprend son voyage vers la mer des Sargasses et qu'on peut alors la capturer le long des côtes. Notre *ålamörker* à nous était différente. Elle se produisait dès que mon père était en vacances et qu'il pouvait sans trop de sacrifice passer ses nuits au bord de la rivière au lieu de récupérer dans son lit.

Il avait travaillé toute sa vie. D'aussi loin que je me souvienne, et bien avant déjà, il avait été ouvrier asphalteur. Tous les matins, il se levait avant 6 heures, avalait son café et ses tartines et se présentait à son poste sur le coup de 7 heures. Il faisait partie d'une équipe qui travaillait dans une liberté relative. Une équipe de forçats sans chaînes, qui écumaient la région, posaient le macadam, aménageaient de nouvelles routes, réparaient les anciennes. C'était un travail pénible, dans la chaleur et la fumée ; quelqu'un conduisait la grosse machine qui étalait l'asphalte sur la chaussée préparée, mais quelqu'un d'autre devait marcher derrière avec la raclette, dans un nuage de suie et de goudron. Ils travaillaient à la pièce ; chaque pas, chaque geste accompli, chaque coup de raclette représentait une couronne de gagnée. Ils travaillaient de 7 heures du matin jusqu'à la pause déjeuner – café-tartines dans la cabane de chantier – puis de nouveau jusqu'à 16 heures, sauf s'il y avait beaucoup à faire, auquel cas ils étaient obligés de continuer.

En général, il était de retour à la maison vers 16 h 30. Il ôtait ses vêtements de travail et allait s'allonger. Son corps était chaud, en sueur, on percevait l'épuisement qui émanait de tout son être. On pouvait aller le voir dans la chambre, mais il ne parlait pas beaucoup. « Faut juste que je me repose un peu... » Parfois il s'assoupissait, mais après une demi-heure il se relevait pour le repas et ce qui restait ensuite de la journée.

Son travail était plus qu'un gagne-pain : une partie intégrante de l'homme qu'il était. Son travail le brisait, mais le rendait aussi plus endurant. Il le modelait et déteignait sur lui. Mon père était un homme costaud, pas excessivement grand mais musclé, le torse large, résistant, solide. Ses bras étaient puissants et fermes, je ne pouvais pas en faire le tour avec mes deux mains. L'été, il travaillait torse nu. Sa peau tannée prenait une couleur de rouille sombre et le tatouage décoloré sur son avant-bras, une ancre toute simple, devenait presque invisible. (Il s'était fait faire ce tatouage avant sa majorité, un jour où il était ivre et perdu dans le quartier de Nyhavn, à Copenhague. Pourquoi une ancre ? Il ne le savait sans doute même pas lui-même, il n'avait jamais navigué.) Ses mains étaient grandes et lourdes, la peau semblable à du cuir. Il lui manquait un petit doigt, qui s'était cassé à plusieurs reprises et avait fini par se figer en une espèce de griffe tordue. Il avait demandé à un médecin de le lui enlever.

Il avait des décennies de labeur dans le corps. Il suffisait de le regarder pour s'en apercevoir. L'asphalte chaud qu'il transportait, égalisait, modelait chaque jour s'était comme incrusté dans sa peau. Il dégageait une forte odeur de goudron, même après s'être lavé et changé. C'était un marqueur olfactif et un marqueur social.

Quand nous étions en voiture, il pouvait montrer une rue en disant : « Celle-là, c'est moi qui l'ai faite. » Il aimait son travail ; si on le poussait dans ses retranchements, il pouvait presque aller jusqu'à admettre qu'il le faisait bien. Son orgueil professionnel était du genre évident et universel – celui qu'on éprouve quand on se sait assez bon dans un domaine que peu de gens maîtrisent, et que le travail qu'on fait a un résultat tangible, qui existe dans la durée et a une valeur pour d'autres que soi.

Mais son identité n'était pas liée en premier lieu à son métier. Asphalteur, ce n'était qu'un mot. S'il lui arrivait de parler de lui, il se définissait simplement comme ouvrier ; là était l'essentiel de l'idée qu'il se faisait de lui-même. À la façon dont il le disait, on comprenait que ce n'était pas un choix. Il était ouvrier depuis toujours ; c'était une identité transmise, héréditaire. Il était ouvrier parce que quelque chose de plus grand et de plus fort que lui en avait décidé ainsi. Son chemin était tracé dès l'origine.

Mais si tel était son héritage, quel était alors le mien ? Peut-être – et c'est là le petit écart, à peine perceptible, qui vient se glisser entre une génération et la suivante – peut-être un encouragement discret, jamais formulé, et pourtant bien réel. Non, tous les chemins ne te sont pas ouverts, et le temps t'est compté plus que tu ne l'imagines, mais tu es libre d'essayer malgré tout.

Pendant les vacances d'été, il arrivait que nous partions pêcher plus tôt, alors qu'il faisait encore jour. À la place des chauves-souris c'étaient des hirondelles qui survolaient la rivière. De loin on aurait pu les confondre à leurs zébrures noires, sauf qu'elles ne se déplaçaient pas de la même manière. Le soleil se reflétait à la surface de l'eau ; l'herbe haute, sèche et rêche oscillait sous le vent.

Une fois, en tout début de soirée, nous étions au pied du saule quand mon père a soudain demandé :

« Tu pourrais traverser à la nage ?

– Bien sûr.

– Je te donne dix couronnes si tu nages en ligne droite à partir d'ici.

– D'accord.

– Mais tu dois traverser tout droit. Franchir le courant. Tu ne dois pas te laisser entraîner. Si tu y arrives, je te donne dix couronnes. »

Je me suis déshabillé. Je suis entré dans l'eau. Elle était froide et boueuse. J'ai hésité quelques secondes.

« Là, a dit mon père en montrant l'autre rive. En ligne droite jusqu'au rocher qui est là-bas. »

Je me suis glissé dans l'eau et je me suis mis à nager. Un mètre, deux mètres, pas de problème. Je gardais la tête haute, bien au-dessus de la surface, et je visais le rocher. Ça ne paraissait vraiment pas insurmontable. Mais au milieu de la rivière, là où le courant se concentrait avec une force décuplée, j'ai été emporté comme on balaierait une miette sur une table. Je me suis retrouvé la tête sous l'eau, à boire la tasse et à tousser, avant de réussir à remonter un peu le courant. L'espace de quelques instants, j'ai fait du surplace, comme un bateau à l'ancre, alors même que je nageais de toutes mes forces contre le courant. Soudain je l'ai senti me soulever et m'emmener et je me suis propulsé *in extremis* vers l'autre rive. Je suis sorti de l'eau, jambes flageolantes. Quatre ou cinq mètres me séparaient du rocher.

Sur la berge opposée, mon père riait.

« Il te reste une chance ! Il faut bien que tu reviennes !

– Tu ne peux pas venir me chercher avec le bateau ?

– Non, non, vas-y. Et nage droit cette fois. »

J'ai marché jusqu'au rocher. Je me suis secoué pour chasser l'acide lactique de mes muscles et je suis retourné à l'eau. Cette fois, je me suis jeté d'emblée contre le courant. Grâce à mon élan, j'ai réussi à le remonter sur quelques mètres et à me retrouver en quelques secondes du bon côté du saule, avant que la rivière ait eu le temps de comprendre ce qui se passait et de m'attirer violemment dans l'autre sens. J'ai pu mettre le cap sur la rive et attraper une branche basse. Je suis sorti de l'eau, mais j'étais encore à un bon mètre du saule.

« Pas mal, tu y étais presque, je n'aurais pas cru que tu y arriverais », a dit mon père en se détournant pour aller chercher nos affaires.

Je suis resté debout à sécher sous les derniers rayons du soleil. Quand mon père est revenu, je me suis rhabillé. Nous avons longé la rivière en silence jusqu'à une étroite langue de terre où nous avons pêché à la ligne en attendant qu'il soit l'heure de planter les cordeaux. J'ai pris une petite perche qui avait si mal avalé l'hameçon qu'il a fallu lui rompre le cou. Mon père a dit qu'on pourrait l'utiliser comme appât. Puis le soleil a commencé à s'éteindre à l'horizon ; une chauve-souris, rapide et silencieuse, est passée au-dessus de nos têtes.

« Il est peut-être temps », a dit mon père.

Les dix couronnes, bien sûr, je n'en ai jamais vu la couleur.

CEUX QUI PÊCHENT L'ANGUILLE

La baie de Hanö, sur la côte Est de la Scanie, offre un paysage de bord de mer tout à fait particulier. Un rivage de plus de quarante kilomètres qui s'étend depuis Stenshuvud, au sud, jusqu'à Åhus, au nord. C'est ce qu'on appelle *ålakusten* – la côte de l'anguille.

C'est assez beau, d'une beauté qui n'a rien de pastoral ou d'excessif. C'est un peu loin, un peu reculé. La baie forme un arrondi plein de douceur, bordé par une couronne de pins clairsemés balayés par le vent. On ne peut la voir depuis la route, mais de l'autre côté de cette bande de forêt s'étend une longue plage de sable presque blanc. Comme un feston pâle bordant toute la longueur de la baie. La mer est peu profonde et l'eau d'un bleu intense.

Sur cette plage se dressent de loin en loin des sortes de mâts, en formations serrées de sept ou huit. On dirait des poteaux télégraphiques sans fils, plantés là de façon incohérente. Ils servent depuis toujours à suspendre les filets de pêche, le temps de les faire sécher ou de les réparer. Là où on voit un groupe de mâts se dresser au-dessus de la ligne d'horizon, on est sûr de trouver aussi une petite baraque. En général il s'agit d'une construction ancienne en briques ou en pierres maçonnées, avec un toit de chaume, parfois à demi enfouie dans les dunes, la porte tournée vers la mer. Ce sont ces maisons qu'on désigne par le terme de *ålabodar*, ou cabanes à anguilles.

Les plus anciennes datent du XVIIIe siècle. Il en existait autrefois au moins une centaine le long de ces quarante kilomètres de côte. Il en reste de nos jours une petite cinquantaine. Elles tiennent leur nom des pêcheurs du cru ou des anecdotes et légendes qu'on colporte à leur sujet. Elles s'appellent par exemple la cabane des frères, la cabane de Jeppa, la cabane de Nils, la cabane de Hans, la cabane des Jumeaux, la cabane du Roi, la cabane des Contrebandiers, la cabane de la Queue, la cabane du Coucou, la cabane des Jurons... Certaines sont à l'abandon, d'autres ont été converties en chalets de vacances, mais quelques-unes continuent de remplir leur fonction d'origine. Il est encore possible d'y rencontrer *l'autre* catégorie d'humains qui s'est le plus approchée de l'anguille au cours des siècles. C'est-à-dire les pêcheurs.

Il n'en reste plus beaucoup dans la baie de Hanö. Leur nombre ne cesse de diminuer, mais leur présence et leur activité marquent le lieu de leur empreinte. Pendant des siècles, ils ont façonné tant la langue que la culture. Quand on prononce les mots *ålakust, ålabod, ålamörker,* on allonge avec révérence la première syllabe. Ainsi la côte, les cabanes et les ténèbres associées à l'anguille sont enveloppées d'une même résonance profonde. Ici, tout le monde ou presque connaît les vieux pêcheurs par leur nom. Tout le monde ou presque a déjà participé à une *ålagille,* cette fête particulière qui se déroule au cours des sombres nuits de la fin de l'été et de l'automne. Ici, les traditions entourant l'anguille et la connaissance qu'on a d'elle forment une part incontournable de l'identité collective.

Il en va ainsi au moins depuis le Moyen Âge. La pêche est réglementée par des concessions spéciales appelées *åladrätter*. (Le mot *drätt*, qui vient du verbe *dra*, tirer, fait référence à la technique de pêche la plus couramment utilisée par ici.) C'est un système très ancien, enraciné dans des pratiques féodales antérieures à toute forme de démocratie, et ce n'est qu'ici, dans la baie de Hanö, qu'il subsiste encore de nos jours. Ce système est hérité d'un temps où la Scanie appartenait au Danemark. Le premier témoignage écrit le concernant date de 1511. On dit qu'un certain Jens Holgersen Ulfstand de Glimmingehus a acheté deux *åladrätter* à l'archevêque. Ces concessions étaient très convoitées, dans la mesure où l'anguille abondait et qu'elle constituait un poisson recherché et facile à vendre. Lorsque la Scanie passa à la Suède en 1658, le roi de Suède reprit les *åladrätter* à son compte et les répartit entre l'église et l'aristocratie, en échange de leur loyauté, dans le cadre de sa politique de suédisation autoritaire. L'église et l'aristocratie purent ensuite réaliser de fructueuses affaires en les donnant en fermage aux pêcheurs et aux petits paysans du coin. Ainsi l'anguille a-t-elle aussi été, historiquement, un instrument de pouvoir.

La traditionnelle fête de l'anguille est un héritage de ce temps-là. Le mot *gille* vient de *gäld*, c'est-à-dire dette ou paiement, et se réfère au fermage dont le pêcheur devait s'acquitter. Elle se déroulait le plus souvent à la fin de la saison de la pêche, et le paiement s'effectuait en nature, c'est-à-dire en anguilles. Ainsi l'anguille a pu constituer aussi une monnaie d'échange.

Une *ålagille* traditionnelle doit présenter au moins quatre préparations différentes, et les spécialités locales sont innombrables. On a l'anguille grillée, l'anguille bouillie et la soupe à l'anguille ; on a l'anguille fumée – nettoyée, laissée en saumure pendant une nuit puis blanchie et fumée au bois d'aulne ; l'anguille dite *luad ål*, légèrement salée, enfilée sur une broche et rôtie dans un four à pain, si bien qu'elle est à la fois fumée et grillée ; la préparation dite *halmad ål*, une grosse anguille coupée en tronçons et rôtie au four dans un plat garni de paille de seigle ; *pinnaål* – de petites anguilles préalablement salées et poêlées ensuite avec des bâtonnets d'aulne et des brindilles de genièvre. On a la spécialité « du capitaine », ou *skepparål*, une anguille fumée braisée à la bière brune et poêlée au beurre ; *fläkål*, une anguille nettoyée dont on a ôté les arêtes avant de la farcir d'aneth et de sel et de la cuire au four. Ainsi l'anguille a-t-elle aussi donné lieu ici à toute une culture gastronomique.

La baie de Hanö est divisée en cent quarante *åladrätter*, qui mesurent entre cent cinquante et trois cents mètres de large et s'enfoncent dans la mer sur quelques centaines de mètres. Seule la personne qui possède ou loue en fermage un *åladrätt* a le droit d'y pêcher. Traditionnellement, chacun possédait son *ålabod*, ces cabanes rudimentaires où les pêcheurs passaient la nuit, qui comportaient un espace de stockage et une pièce sommaire avec une table et des couchettes. En saison, les pêcheurs y restaient souvent une semaine d'affilée. C'était nécessaire à la fois pour surveiller le vivier où l'on gardait les anguilles après leur capture et pour pouvoir sortir rapidement en mer et sauver les filets en cas de tempête. Avant la construction de ces cabanes, les pêcheurs retournaient simplement leur barque en bois et dormaient dessous, sur une épaisseur de paille.

La saison dure traditionnellement trois mois, tant que règnent les « ténèbres », cette période de nuits obscures où les anguilles gagnent la mer et longent la côte avant de faire route vers la mer des Sargasses. Voilà ce que visent les pêcheurs de la baie de Hanö : les plus grandes, les plus grasses des anguilles, celles dont le corps s'est déjà adapté en prévision du long voyage à travers l'Atlantique. En règle générale, les filets sont mis à l'eau pour la première fois fin juillet, et on les relève ensuite chaque matin à l'aube jusque début novembre, où il est temps de les remiser jusqu'à l'année suivante. La saison est alors terminée. Fin des « ténèbres ».

De nos jours, on continue de procéder à peu près comme on l'a toujours fait. Ça a toujours été une pêche artisanale à petite échelle. Ni l'endroit ni l'anguille elle-même ne permettent d'envisager la chose autrement. On pêche surtout avec des verveux, localement appelés *ålahommor*. Ce sont de grandes nasses spéciales qu'on met en place avec plombs et flotteurs, équipées de longues ailes et d'un entonnoir destiné à recueillir le produit de la pêche. Les bateaux sont petits et à fond plat, ce qui permet de les manœuvrer dans l'eau peu profonde et de les hisser facilement sur le sable. Nasses et bateaux sont traditionnellement construits par les pêcheurs eux-mêmes.

Les choses changent, naturellement, mais seulement dans le détail. Les bateaux qui étaient autrefois en bois de chêne goudronné sont maintenant en plastique. Les rames ont été remplacées par des moteurs hors-bord. Le fermage ne se paie plus en nature et le droit de pêche ne se transmet plus comme avant de père en fils. Les femmes sont désormais autorisées à séjourner dans les cabanes et à participer aux festins saisonniers. Mais pour le reste, on continue de faire comme on a toujours fait. En partie parce que l'anguille l'exige et que les pêcheurs y tiennent, en partie aussi parce que sur la côte de l'anguille, chacun est convaincu que ces traditions et ces connaissances ancestrales ont une valeur en soi et qu'elles méritent d'être préservées. Ainsi l'anguille est-elle aussi devenue avec le temps un patrimoine culturel.

Quelles sont les personnes qui choisissent de pêcher l'anguille ? Qu'est-ce que cela leur apporte, qu'elles ne trouvent pas ailleurs ? Une occupation et un revenu, voilà la réponse qui tombe sous le sens. Mais elle ne suffit pas. L'anguille a toujours été déroutante et notoirement difficile à capturer. Elle a obligé les pêcheurs à développer des techniques et des outils spéciaux, elle les a forcés, par son comportement étrange, à maintenir la pêche à un niveau artisanal même lorsque la demande était importante. Contrairement au saumon par exemple, elle ne se laisse pas élever, et ne se reproduit jamais en captivité. Malgré le rôle alimentaire considérable qui a été le sien, historiquement, elle s'est rarement montrée coopérative. Alors maintenant qu'on en mange beaucoup moins et qu'elle fait même l'objet de quotas, pourquoi choisit-on de devenir pêcheur d'anguille ?

Si l'on posait la question aux riverains de la baie de Hanö, beaucoup diraient sans doute qu'il ne s'agit pas d'un choix. Pêcheur d'anguille, on l'est de naissance, on y a été formé de génération en génération. Il n'existe bien entendu aucune école officielle pour cela, aucun cursus universitaire, aucune école professionnelle. Les connaissances particulières que détient le pêcheur d'anguille ne lui viennent pas des amphithéâtres ni des laboratoires. Elles lui ont été léguées sous la forme d'un récit immémorial que nul n'a jamais consigné par écrit. Comment on coud une nasse, comment on déshabille une anguille, comment on interprète la météo, les mouvements de la mer et ceux du poisson ; ce savoir spécifique et hautement spécialisé se transmet à travers la pratique quotidienne, comme une expérience commune partagée de siècle en siècle. La pêche à l'anguille est souvent une affaire de famille. On ne devient pas pêcheur d'anguille à moins d'avoir ça « dans le sang ». Et à moins de chercher à préserver et à transmettre quelque chose qui dépasse de beaucoup la pêche proprement dite.

Les coins d'Europe où cette pêche est par tradition très importante sont rarement des lieux connus. Les métropoles de l'anguille ne sont pas celles de l'humanité. Ce sont au contraire des endroits singuliers, habités par des gens singuliers. Des gens têtus et fiers, en général pêcheurs de père en fils, comme sur la côte de Scanie, habitués depuis toujours à travailler dans des conditions difficiles. Des gens pour qui ce travail est devenu une identité et qui ont toujours continué, même quand le bon sens leur intimait peut-être que ce n'était pas la meilleure chose à faire – comparables en cela à Johannes Schmidt, quand il sillonnait l'océan à la recherche de larves leptocéphales. Dans bien des cas, ce sont aussi des gens qui ont cultivé une forme de marginalité et qui se sont toujours méfiés aussi bien du pouvoir que de l'opinion dominante. Le pêcheur d'anguille a toujours été un individu à part.

Au Pays basque espagnol, pendant l'hiver et au début du printemps, on pêche la civelle dans l'Oria. Ce fleuve qui serpente à travers un paysage montagneux et se jette dans le golfe de Gascogne constitue une route de choix pour ces toutes jeunes anguilles encore transparentes qui après leurs années de voyage à travers l'Atlantique cherchent un coin d'eau douce afin de s'y établir pour les dix, vingt ou trente ans à venir. Beaucoup d'entre elles seront cependant interceptées dès leur entrée dans l'estuaire. Par les nuits froides et pluvieuses, les pêcheurs sont à l'affût. Ils sortent à bord de petits bateaux de bois et capturent les fragiles civelles par millions.

Le petit village d'Aguinaga, situé au bord de l'Oria à une dizaine de kilomètres de la côte, ne compte que six cents habitants, mais pas moins de cinq entreprises dont l'activité consiste à pêcher et vendre la civelle. Ici aussi, la connaissance du métier est immémoriale, transmise de génération en génération. La civelle pénètre dans l'estuaire à marée haute, au cours des nuits froides de nouvelle lune ou de pleine lune, de préférence quand le ciel est très couvert. Elle nage près de la surface en gigantesques bancs semblables à de grandes nappes d'algues argentées. À la proue de leur bateau, les pêcheurs ont des lampes dont la lueur se reflète sur ce lit vivant. Ils glissent sur l'eau et les capturent manuellement, à l'aide de tamis ronds fixés au bout de longues perches.

La civelle est une spécialité basque. De nos jours, on n'en trouve plus guère que là. Autrefois, c'était un mets apprécié dans toute l'Europe. En Grande-Bretagne, on pêchait la civelle en quantité dans le fleuve Severn. On la poêlait entière, encore vivante, avec un peu de bacon, ou avec un œuf battu, ce qui donnait une sorte d'omelette appelée *elver cake*. En Italie on la pêchait dans l'Arno, à l'ouest, ou encore à Comacchio, à l'est, et on la servait mijotée dans une sauce tomate avec un peu de parmesan. En France aussi, on a beaucoup pêché la « pibale ». Mais aujourd'hui cette tradition est en passe de disparaître. Avec la réduction dramatique du nombre de civelles qui remontent de nos jours les fleuves d'Europe, la pêche a quasiment cessé. Le Pays basque fait figure d'exception.

Certains facteurs rationnels, notamment économiques, entrent bien sûr en ligne de compte. On a toujours pêché la civelle au Pays basque. On dit qu'elles s'engouffraient autrefois dans l'estuaire de l'Oria en quantités si extraordinaires que les paysans les ramassaient à l'épuisette, depuis les berges, et les donnaient aux cochons. Selon une logique propre aux humains, c'est depuis que l'anguille est menacée en tant qu'espèce que la civelle est devenue un mets raffiné et recherché. Dans la tradition basque, on la fait revenir à feu vif dans la meilleure huile d'olive avec un peu d'ail et du piment fort. On la sert brûlante dans un petit plat en terre cuite et on la déguste avec une fourchette en bois spéciale pour ne pas se brûler les lèvres. En saison, une petite portion de 250 grammes peut valoir jusqu'à 60 ou 70 euros dans un bon restaurant de San Sebastián.

Mais les pêcheurs de l'Oria ont aussi d'autres raisons de continuer. Ils ne veulent pas que leur activité s'arrête. Et ils estiment avoir le droit de leur côté. Car c'est ainsi que pêchaient leurs ancêtres ; et cette façon précise de pêcher l'anguille est ce qui fait d'eux ce qu'ils sont. Elle est constitutive de leur identité.

Ici, on s'est toujours débrouillé par ses propres moyens. On n'a pas oublié l'oppression et le mépris de quatre décennies de dictature franquiste et on est donc tout particulièrement vigilant lorsque les bureaucrates de Madrid ou de Bruxelles prétendent dicter leur loi. Peu importe ce qu'en disent les politiciens ou les spécialistes, on continuera de sortir sur le fleuve avec ses tamis et ses lampes. Jusqu'à la mort du dernier pêcheur. Ou de la dernière anguille.

En Irlande du Nord, il existe un lac où l'on pêche depuis au moins deux mille ans des anguilles qui ont la réputation d'être les meilleures d'Europe. Le Lough Neagh est le plus grand lac des îles britanniques. Il est situé au nord-est de l'Irlande, à l'ouest des montagnes de Mourne, au cœur d'un paysage sec et aride, peu propice à l'agriculture. Il se distingue aussi par son climat rebutant qui sévit une grande partie de l'année, ponctué à l'occasion par de dangereuses tempêtes. Pourtant on continue d'y pêcher à peu près comme on l'a toujours fait. Parce que c'est ce qu'on a appris à faire, de génération en génération. Parce que le lieu n'autorise pas autre chose.

Dans le Lough Neagh, on pêche avant tout l'anguille jaune, et l'instrument qu'on utilise est la palangre. On sort sur le lac à bord de petits bateaux rudimentaires. Deux pêcheurs par bateau vont poser en saison quatre palangres quotidiennes, équipées de quatre cents hameçons chacune. Ce sont donc mille six cents hameçons qu'il faut garnir manuellement de vers de terre et aller relever à l'aube quand le froid et le brouillard rendent les doigts gourds et raides comme des bâtons de verre.

Le produit de la pêche est traditionnellement expédié à Londres. L'anguille est longtemps restée un poisson très populaire dans la capitale anglaise. Elle était vendue dans de petites échoppes ou sur les étals des marchés. On la préparait poêlée avec de la purée de pommes de terre, *eel and mash*, ou coupée en tronçons et cuite dans un bouillon qui se figeait en gelée en refroidissant : *jellied eel*. Considérée comme un plat robuste et bon marché, elle était intimement associée à la classe ouvrière du East End. L'anguille était riche en graisse et en protéines et bien moins chère que la viande. Voilà pourquoi elle était appréciée par les pauvres et méprisée par les riches.

Mais si les anguilles du Lough Neagh se retrouvaient à Londres, ce n'était pas pour le seul plaisir des Londoniens. Il y avait également des raisons politiques. En colonisant la plus grande partie de l'Irlande au XVIe et au XVIIe siècle, la Couronne britannique avait confisqué non seulement les meilleures terres, mais aussi toutes les ressources naturelles de quelque importance. En 1605, les habitants de la région du Lough Neagh furent contraints de céder leur droit de pêche sur le lac ; durant les trois siècles et demi qui suivirent, les riches propriétaires protestants décidèrent seuls du volume de la pêche, de sa destination et de la rétribution des pêcheurs. Ces derniers étaient souvent des paysans catholiques chassés de leurs terres, réduits à la pauvreté et à l'impuissance. L'anguille était pour eux une solution de fortune, un moyen de survie.

Pendant plusieurs siècles, le droit de pêche appartint aux comtes de Shaftesbury. Au milieu du XXe siècle, il fut revendu à un consortium baptisé *The Ring* regroupant quelques riches négociants londoniens. Ceux-ci continuèrent de contrôler l'ensemble de la pêche dans le Lough Neagh, jusqu'à ce qu'un groupe de pêcheurs catholiques se réunisse pour fonder en 1965 une coopérative appelée Lough Neah Fishermen's Cooperative Society. Ensemble, ils réussirent à emprunter de l'argent et à racheter vingt pour cent du montant du droit de pêche sur le lac. Au cours des années suivantes, ils réunirent des fonds supplémentaires et rachetèrent les quatre-vingts pour cent restants. Ce n'est évidemment pas un hasard si ces événements coïncidèrent avec le début du conflit armé entre catholiques et protestants en Irlande du Nord. Les membres du Ring affirmèrent qu'ils avaient été contraints de vendre leurs parts sous la menace, et que les bateaux qui patrouillaient pour le compte du consortium avaient été physiquement attaqués. On disait que tous les pêcheurs sans exception étaient membres de l'IRA.

L'anguille fut ainsi entraînée dans la violence du conflit nord-irlandais, qui n'était pas seulement un conflit religieux mais aussi une affaire de classes, d'exploitation, de domination et de misère. De nos jours, la pêche dans le Lough Neagh est entièrement contrôlée par la Lough Neagh Fishermen's Cooperative Society, et ceux qui continuent de pêcher l'anguille dans le lac n'oublient pas d'où ils viennent. Une fierté obstinée les pousse aujourd'hui encore à appâter leurs hameçons et à relever leurs palangres. Car c'est ainsi qu'on l'a toujours fait et c'est ainsi qu'il faut le faire.

Tout cela va donc disparaître. L'héritage culturel et les traditions. Les spécialités culinaires et les paysages. Les cabanes à anguilles, les bateaux et les outils de pêche. Les connaissances ancestrales. Et, pour finir, le souvenir de tout cela disparaîtra à son tour.

Voilà du moins ce qu'on redoute, sur les rives du Lough Neagh comme sur les berges de l'Aguinaga au Pays basque, et dans la baie de Hanö au sud de la Suède. Car à mesure que l'anguille se raréfie, les voix qui s'élèvent pour la protéger deviennent plus nombreuses et plus audibles. La pêche à la civelle est déjà interdite presque partout. Nombre de chercheurs et de politiciens œuvrent à présent pour une interdiction totale de la pêche à l'anguille dans toute l'Europe.

D'accord, disent les pêcheurs. Mais n'oubliez pas, dans ce cas, que c'est notre savoir-faire et notre gagne-pain que vous détruisez par la même occasion. Ce sont aussi des traditions, des connaissances, un patrimoine précieux qui vont disparaître définitivement. Plus encore, disent-ils, c'est le sort de l'anguille qui est en jeu. Si on ne peut plus la pêcher – la capturer, la tuer et la manger – on va cesser de s'y intéresser. Et si on cesse de s'y intéresser, elle sera perdue.

C'est pourquoi la coopérative du Lough Neagh travaille aujourd'hui autant à sauver l'anguille qu'à la pêcher. Entre autres, elle mène un projet de grande envergure pour acheter des civelles et les réintroduire dans le lac. Quant aux pêcheurs de la baie de Hanö en Suède, ils se sont organisés eux aussi. Ils œuvrent pour mieux connaître les menaces auxquelles est confrontée l'anguille. Ils ont institué un projet intitulé Ålfonden, qui vise, comme celui des pêcheurs du Lough Neagh, à augmenter la population par réintroduction. En 2012 ils ont créé une association dont le but est de faire reconnaître cette pêche, avec toutes ses traditions, comme un élément du patrimoine culturel suédois. Sur le site de l'association on peut lire ceci : « Interdire totalement la pêche, cela signifie reléguer dans le passé une culture vivante, un artisanat local et une tradition culinaire uniques. Les cabanes à anguilles qui émaillent la côte deviennent des chalets de vacances pour personnes fortunées. Les récits légendaires qui les entourent disparaissent. L'intérêt pour l'anguille disparaît. L'anguille elle-même disparaît. »

Tel est le grand paradoxe de la question de l'anguille telle qu'elle se pose aujourd'hui. Pour comprendre l'anguille nous devons nous intéresser à elle, et pour nous intéresser à elle nous devons continuer de la tuer et de la manger. Voilà du moins le point de vue de certains parmi ceux qui la connaissent le mieux. L'anguille n'est jamais autorisée à n'être qu'une anguille. Elle n'a pas le droit d'exister seulement pour son propre compte. Voilà comment elle a aussi fini par devenir un symbole de notre relation complexe à la vie qui nous entoure et qui n'est pas la nôtre.

DÉJOUER LA RUSE DE L'ANGUILLE

Un été, nous avons pêché à la vermée. Cet antique procédé était en usage autrefois dans les campagnes de Scanie. Il vient d'un autre monde, cela ne fait aucun doute, car il est tellement dément que personne ne pourrait l'inventer de nos jours. Mais à une époque quelconque, le fait est que quelqu'un l'a bel et bien inventé, et a découvert, contre toute attente, qu'il fonctionnait à merveille. Ensuite cette connaissance s'est diffusée par des voies invisibles et inexplicables, et elle a fini par arriver aux oreilles de mon père, qui me l'a transmise à son tour comme s'il s'agissait de la chose la plus naturelle au monde.

Or ce n'est vraiment pas le cas. Pour faire une vermée, il faut prendre une bonne longueur de fil de coton à repriser, ou autre fil à coudre. On enfile une aiguille ; on prend l'aiguille dans une main et un gros ver de terre dans l'autre. On enfile le ver de terre sur l'aiguille, sur toute sa longueur, on le pousse le long du fil et on continue ainsi, ver après ver, jusqu'à obtenir un ruban de vers de terre long de plusieurs mètres, qu'on va ensuite entortiller en une grosse boule tremblotante et puante de corps frétillants et de sécrétions visqueuses. On ajoute un plomb à la boule et on la fixe au bout d'une ligne. On n'utilise aucun hameçon.

On pêche de nuit, de préférence à bord d'un bateau. On lâche la boule gluante au fond. On tient la ligne à peine tendue, d'un geste souple. On attend. Quand l'anguille découvre l'appât et mord, on réagit en tirant un coup sec. Pour peu qu'on soit suffisamment adroit, un seul geste rapide suffit pour la tirer hors de l'eau. Cela tient à la forme de ses dents, petites mais légèrement incurvées, qui restent piteusement accrochées au fil dès lors qu'elle y a mordu. Voilà ce qu'il en est en théorie.

Mon père ne s'y était jamais essayé. Il n'avait même jamais vu quelqu'un pêcher de cette façon. Quoi qu'il en soit, nous comprenions tous deux qu'il allait d'abord falloir réunir une impressionnante quantité de vers. Mon père avait une idée. Il m'a demandé d'arroser la pelouse. Pendant ce temps, il est allé chercher une fourche ordinaire, il a dénudé le bout d'un câble électrique et il a fixé les deux brins aux dents de la fourche avant de la planter dans le gazon.

« Il vaut mieux que tu t'éloignes, a-t-il dit. Et mets tes bottes. »

Réfugié sur le perron avec mes bottes en caoutchouc, le cœur battant, je l'ai vu brancher la fiche sur la prise. Deux cent vingt volts ont traversé câble et fourche avant de s'enfoncer dans la terre humide. Au début, il ne s'est rien passé. Pas un bruit, pas le moindre mouvement. Puis les vers ont commencé à sortir. Des centaines de lombrics terreux qui rampaient éperdument, au comble du mal-être. La pelouse entière semblait remuer et se soulever comme un énorme organisme vivant.

Dès qu'il a coupé le courant, nous sommes allés les ramasser. Ils se tordaient désespérément entre nos doigts. En dix minutes nous avons rempli un grand bocal.

À la tombée de la nuit, nous étions installés dans notre barque en bois, la ligne bien en main, l'affreuse boule luisante plongée dans l'eau en dessous de nous, et je me demandais quel était le sens de tout cela. Quel *sens* pouvait-il y avoir à pêcher l'anguille de cette façon ? Bien sûr, chacun est susceptible de reconnaître un sens là où le voisin ne voit qu'aberration, mais ce sens ne doit-il pas, pour faire sens justement, s'intégrer dans un contexte ? Et ce contexte ne doit-il pas être compris comme quelque chose qui nous dépasse ? Du moins dans la représentation que nous en avons ? Un être humain a besoin de se lier à un devenir, il doit sentir qu'il appartient à une continuité, à une réalité qui a commencé avant lui et qui se poursuivra après lui. Il a besoin de faire partie d'une réalité qui l'englobe.

Bien sûr, la connaissance peut tenir lieu de cela. Toutes les formes de connaissance, qu'elles soient liées à un artisanat ou à une autre forme de travail, ou même à d'immémoriales et absurdes techniques de pêche. La connaissance peut fournir ce contexte plus vaste dont on a besoin. Quand on est devenu un maillon de la chaîne qui la transmet, d'un être humain à un autre, d'une époque à une autre, alors cette connaissance acquiert aussi un sens en soi, par-delà son efficacité ou le profit qu'on peut en tirer. Voilà de quoi il s'agit. Voilà tout l'enjeu. Quand on parle de l'expérience humaine, on ne parle pas de l'expérience de telle ou telle personne, on parle de l'expérience cumulée, transmise, qui se raconte et se vit toujours à nouveau.

Mais cette connaissance particulière – comment enfiler des lombrics sur du fil à coudre pour tromper une anguille – avait-elle encore le moindre sens ? Et cette expérience particulière – rester assis en silence dans un bateau, la nuit, avec une boule de vers de terre agonisants au bout d'une ligne – avait-elle encore quoi que ce soit d'humain ?

Il faisait presque noir, et nous étions rigoureusement immobiles. Les chauves-souris volaient si près de nos têtes que nous sentions le déplacement de l'air à leur passage. On n'entendait que le murmure de la rivière. De temps à autre nous bougions le poignet, un petit geste prudent, pour soulever légèrement la boule au fond de l'eau. Comme pour signaler notre présence à ce qui était là, et qui se déplaçait, vivant et invisible en dessous de nous.

Et bientôt la réponse est venue. Une secousse, brève et nette – comme si on m'avait frappé dans la paume.

D'instinct, j'ai levé le bras à la verticale. J'ai vu la boule de vers remonter vers la surface et, à sa suite, une grosse anguille qui sinuait frénétiquement comme si elle nageait vers moi à toute vitesse au lieu de chercher à fuir. Je l'ai sortie de l'eau. L'instant d'après elle se tordait à nos pieds en tournant la tête, éperdue, d'un côté à l'autre, comme si elle mesurait soudain la conséquence de ses actes.

Ça n'avait duré que quelques secondes. Et après, ça n'a pas arrêté. Nous avons pris douze anguilles cette nuit-là. Quelques nuits plus tard, nous en avons pris quinze. Ça mordait sans interruption ; nous les sortions de l'eau comme nous aurions arraché des carottes dans un potager. Comme si elles jaillissaient soudain d'une source inépuisable qui se serait ouverte rien que pour nous. Même si ça n'avait aucun sens, on était obligé d'admettre que la connaissance était valable. La méthode fonctionnait, et elle était de surcroît manifestement très efficace. Nous avions trouvé un moyen de déjouer la ruse de l'anguille qui surpassait de loin tout ce que nous avions essayé jusque-là.

Pourtant nous avons cessé après ces deux nuits. Je crois que c'était lié aux images irrépressibles que l'expérience avait éveillées en nous. L'anguille jaunâtre, luisante, rampant dans la boue, refermant sa gueule sur la masse gélatineuse de vers à l'agonie. Et se laissant tirer hors de l'eau sans hameçon et sans combat, comme si elle avait renoncé, comme si elle cherchait d'elle-même à échapper à quelque chose qui se cachait dans les profondeurs. Ça ne correspondait pas à notre image de l'anguille, à ce que nous voulions qu'elle soit. Elle ne se comportait pas comme nous en avions l'habitude. Peut-être l'avions-nous tout simplement approchée de trop près.

INQUIÉTANTE ANGUILLE

Le 11 novembre 1620, le *Mayflower* jetait l'ancre au large du cap Cod, dans le sud-est de l'actuel Massachusetts, aux États-Unis. Le navire avait quitté l'Angleterre un peu plus de deux mois auparavant avec à son bord cent deux passagers et une trentaine de membres d'équipage. Ces passagers étaient entre autres des puritains, représentants d'un courant protestant rigoriste enseignant la fidélité à la Bible et une pratique chrétienne ascétique. Fuyant la pauvreté et l'oppression religieuse, ils s'étaient d'abord exilés aux Pays-Bas avant de repartir de zéro en se lançant vers le Nouveau Monde. Ils espéraient trouver là-bas liberté et prospérité, mais croyaient surtout obéir à la volonté divine. Ils se voyaient moins comme des émigrants que comme des élus, choisis par Dieu afin d'être sauvés et de répandre en Son nom la seule vraie foi à travers le monde.

Comme souvent dans la narration chrétienne, le salut allait cependant être précédé par une longue série d'épreuves. Et quand enfin il se matérialisa, ce fut sous une forme assez inattendue.

L'hiver était déjà bien avancé quand le *Mayflower* arriva en vue des côtes américaines. Le pays s'étendait devant eux, glacé et inhospitalier. La plupart des passagers durent attendre plusieurs mois à bord avant de pouvoir mettre pied à terre. Quant à la petite expédition envoyée en reconnaissance le premier jour, elle fut décimée. Certains moururent de froid en passant leur première nuit sur le rivage enneigé. Les survivants découvrirent un site funéraire et quelques réserves de maïs et de haricots qui paraissaient abandonnées ; mais quand ils voulurent les piller, ils furent pris en chasse par les autochtones. Une nuit, ils furent attaqués par des guerriers armés d'arcs et de flèches ; ils en furent quittes pour une belle frayeur.

À bord du bateau, la tuberculose, la pneumonie et le scorbut s'étaient déclarés. On manquait de nourriture et d'eau potable. Quand enfin le printemps arriva, sur les cent deux passagers qui avaient embarqué au départ de l'Europe, seuls cinquante-trois étaient encore en vie. La moitié de l'équipage avait également succombé.

On était au mois de mars lorsque les colons survivants purent enfin débarquer, déterminés à obéir envers et contre tout à la volonté divine. Affamés, frigorifiés, il ne leur restait pas grand-chose à part la conviction que Dieu était de leur côté. Ils ne savaient pas où ils devaient entreprendre de construire leur colonie ni comment faire la paix avec la population locale. Ils ignoraient où ils devaient chasser, quelles plantes étaient comestibles, où trouver de l'eau potable. La nouvelle terre promise pourrait éventuellement se montrer accueillante malgré tout, mais pour cela, il fallait manifestement réussir d'abord à la comprendre.

C'est alors qu'ils rencontrèrent Tisquantum. Celui-ci appartenait à la tribu des Patuxet ; il avait été capturé plusieurs années auparavant par les Anglais, qui l'avaient emmené en Espagne et vendu là-bas en tant qu'esclave. Il avait réussi à fuir et à gagner l'Angleterre, où il avait appris à parler la langue. Par la suite, il était revenu en Amérique, pour découvrir à son arrivée que toute sa tribu avait été tuée par une épidémie, sans doute apportée par les Anglais.

Il n'y a pas de logique à ce qu'il fit ensuite, et les actes de quelqu'un ne se laissent pas toujours expliquer par son histoire, mais tout indique que les colons anglais en détresse furent sauvés par Tisquantum. Et l'une de ses premières initiatives fut de leur offrir une pleine brassée d'anguilles. Dès leur première rencontre, il se rendit au bord du fleuve. Dans le journal de bord qui fut par la suite expédié en Angleterre, l'un des pèlerins écrit : « Il revint le soir, à la grande joie de notre peuple, avec autant d'anguilles qu'il avait pu en pêcher. Elles étaient grasses et douces ; il avançait dans le cours d'eau, frappait du pied pour les lever et les capturait avec ses mains, sans l'aide du moindre outil. » C'était un cadeau de Dieu qui leur venait au moment où ils en avaient le plus besoin, c'était le salut qu'ils avaient imploré.

Très vite, Tisquantum enseigna aux pèlerins comment capturer eux-mêmes les anguilles, et leur montra où ils pouvaient en trouver en abondance. Il leur offrit aussi du maïs, leur apprit à le cultiver, leur indiqua où trouver des légumes et des fruits sauvages et les conseilla sur les meilleurs coins de chasse. Surtout, il les aida à communiquer avec la population locale, et il participa à la négociation d'un traité de paix, condition *sine qua non* pour que les Anglais égarés puissent espérer rester sur place.

Ainsi les premiers colons survécurent et devinrent peu à peu les héros de la grande légende de la création des États-Unis d'Amérique. L'arrivée du *Mayflower* reste un événement symbolique décisif de cette histoire, un épisode romancé et mythologisé dans d'innombrables contextes patriotiques.

En novembre 1621, un an après leur arrivée et autour de la date de Thanksgiving – la fête d'action de grâce célébrée encore aujourd'hui pour commémorer leur survie –, les pèlerins décrivent dans leur journal la terre fabuleuse qu'ils ont découverte, la grâce extraordinaire qui leur a été accordée après tant d'épreuves. Ils remercient Dieu pour les arbres, les plantes, les fruits, le gibier, le poisson, les terres fertiles et, naturellement, l'anguille abondante qu'ils capturent chaque nuit « sans effort » dans le fleuve.

Il aurait dès lors été compréhensible que l'anguille devienne un symbole important de la mythologie américaine, un emblème patriotique gras et luisant, tout à la fois cadeau inespéré et confirmation de la promesse divine. Mais ce ne fut jamais le cas. Peut-être parce que l'anguille, dans son être même, ne se prête pas au symbolisme grandiose. Peut-être parce qu'elle serait bientôt associée aux frustes habitudes de la classe ouvrière plutôt qu'aux dîners de gala. Peut-être aussi parce qu'elle avait été offerte aux pèlerins par un autochtone. Quoi qu'il en soit, pour remarquable qu'il soit, ce cadeau fait aux premiers colons a presque entièrement disparu de la grande histoire. Le récit de la colonisation de l'Amérique du Nord regorge de légendes, mais l'anguille n'en fait pas partie. Pour Thanksgiving, on sert de la dinde, pas de l'anguille, et ce sont d'autres animaux – le bison, l'aigle, le cheval – qui portent toute la charge symbolique et patriotique des USA. Certes, les colons continuèrent de capturer et de manger l'anguille. À la fin du XIXe siècle, elle figurait encore en bonne place dans la cuisine américaine. Puis elle a périclité. La tendance s'est encore accentuée après la Seconde Guerre mondiale, et à la fin du XXe siècle on ne pêchait quasiment plus l'anguille sur la côte Est. Pour les Américains d'aujourd'hui, l'anguille est un animal compliqué et rebutant qu'on préfère éviter dans la mesure du possible. Même les dons de Dieu sont parfois accueillis avec ingratitude.

Cette attitude ambivalente vis-à-vis de l'anguille ne date évidemment pas du *Mayflower*. L'anguille a toujours suscité des réactions hésitantes ou contradictoires chez ceux qui entraient en contact avec elle. De la vénération quelquefois, mais aussi un indéniable malaise. De la curiosité et, en même temps, un recul instinctif.

Dans l'antiquité égyptienne, l'anguille était considérée comme un puissant démon, un égal des dieux, et sa consommation était interdite. Ce n'est peut-être guère surprenant pour une créature dissimulée dans les eaux sacrées du Nil, qui traversait en sinuant la boue même de l'existence. On a retrouvé lors de fouilles de petits cercueils contenant des anguilles momifiées à côté de statuettes de dieux en bronze.

Beaucoup d'animaux étaient certes divinisés dans l'Égypte ancienne. Le dieu soleil Ra est souvent représenté avec une tête de faucon. Anubis, gardien du royaume des morts, a la tête d'un chacal et Thot, dieu de la sagesse, celle d'un ibis. Bastet, déesse de l'amour, est une femme à tête de chat. Chaque animal a son symbolisme propre, mais la combinaison humain-animal est en elle-même un signe de divinité. Le dieu associé à l'anguille est le créateur primordial, Atoum d'Héliopolis, père de tous les autres dieux et de tous les pharaons. On le voit parfois représenté avec une tête humaine à la barbe effilée, coiffé d'une couronne symbole de divinité ; sous un large et effrayant bouclier-cobra, on entrevoit son corps, qui est celui d'une longue anguille pourvue de nageoires très réalistes. Cette tête et ce corps symbolisent l'union des forces positives et négatives.

À Rome, l'anguille faisait l'objet de représentations très diverses. Certains refusaient de la manger, comme les Égyptiens, mais pas pour les mêmes raisons. Alors que les Égyptiens voyaient en elle un animal sacré, les Romains la tenaient au contraire pour une créature impure et répugnante. Peut-être parce qu'on la capturait près de la sortie des égouts. Ou alors parce que la peau d'anguille séchée servait à fabriquer une sorte de ceinturon avec lequel on punissait les enfants indociles.

Les Romains préféraient le congre ou encore la murène, qui est une cousine de l'anguille, associée elle aussi à une réalité obscure ou macabre. Pline l'Ancien et Sénèque le Jeune racontent tous deux que Vedius Pollion, ami de l'empereur Auguste, avait pour habitude de châtier ses esclaves en les jetant dans un bassin rempli de murènes. Ces poissons carnassiers repus de chair d'esclave étaient ensuite servis aux convives comme un mets particulièrement raffiné.

L'anguille est un poisson, mais elle n'est pas que cela. Elle est un poisson qui ressemble à un serpent, à un énorme ver ou à un monstre marin. Elle a toujours occupé une place à part. Même dans la tradition chrétienne, où le poisson constitue depuis l'origine un symbole essentiel, on a toujours jugé que l'anguille était d'une nature différente.

Aux origines du christianisme, le poisson était un signe secret de reconnaissance pour les chrétiens persécutés, qui devaient observer la plus grande précaution. Quand deux fidèles se rencontraient, l'un dessinait un arc sur le sol. Si l'autre faisait de même de son côté, les deux arcs joints formaient un poisson stylisé, et ils savaient qu'ils pouvaient se fier l'un à l'autre. On retrouve ce signe par exemple dans les catacombes de Saint Calixte et les catacombes de Priscille, qui datent des premiers siècles après Jésus-Christ.

Les raisons de ce symbolisme sont nombreuses. Dès avant la chrétienté, le poisson était un symbole de chance et de prospérité dans la culture méditerranéenne. Avec les Évangiles, il est aussi devenu symbole de renaissance et de confession. Dans l'Évangile selon saint Marc, Jésus dit à ses premiers disciples, André et Simon-Pierre : « Venez à ma suite, je vous ferai devenir pêcheurs d'hommes. » Les nouveaux baptisés sont appelés « petits poissons », et dans l'Évangile de Matthieu, Jésus compare l'entrée dans le royaume des cieux à une pêche : « Le royaume des cieux est encore semblable à un filet jeté dans la mer et ramassant des poissons de toute espèce. Quand il et rempli, les pêcheurs le tirent ; et après s'être assis sur le rivage, ils mettent dans des vases ce qui est bon, et ils jettent ce qui est mauvais. Il en sera de même à la fin du monde. Les anges viendront séparer les méchants d'avec les justes. »

Le poisson tient aussi bien entendu un rôle central dans les miracles accomplis par Jésus. Par exemple lorsqu'il nourrit une foule de cinq mille personnes avec « cinq pains et deux poissons ». Ou lorsque, dans l'Évangile selon saint Jean, le Christ ressuscité se montre aux disciples au bord du lac de Tibériade et les nourrit de poisson, et c'est alors seulement qu'ils le reconnaissent. Le mot grec pour poisson, habituellement transcrit *ichthys*, est lu comme un acrostiche – Iesos Christos Theou Yios Soter – autrement dit : Jésus Christ, fils de Dieu, Sauveur.

Mais tout cela, c'était le poisson, pas l'anguille. La distinction semble avoir été nette, en ces temps premiers du christianisme. Les bienfaits associés au poisson concernaient d'autres espèces. Ou alors l'anguille n'était pas un poisson. Et à supposer qu'elle le fût, ce n'était pas un poisson comme les autres. Elle ne présentait pas les signes caractéristiques habituels du poisson. Elle n'avait ni le comportement, ni l'allure qu'on attendait d'un poisson.

Déjà dans la Torah, cela transparaît en filigrane, ainsi dans le Lévitique, où l'opinion de Dieu quant aux animaux aquatiques est exprimée sans ambages : « Voici les animaux dont vous mangerez parmi tous ceux qui sont dans les eaux. Vous mangerez de tous ceux qui ont des nageoires et des écailles, et qui sont dans les eaux, soit dans les mers, soit dans les rivières. Mais vous aurez en abomination tous ceux qui n'ont pas des nageoires et des écailles, parmi tout ce qui se meut dans les eaux et tout ce qui est vivant dans les eaux, soit dans les mers, soit dans les rivières. Vous les aurez en abomination, vous ne mangerez pas de leur chair, et vous aurez en abomination leurs corps morts. Vous aurez en abomination tous ceux qui, dans les eaux, n'ont pas des nageoires et des écailles. »

Ce que Dieu semble suggérer ici, si l'on en croit le choix des mots et l'insistance des répétitions, c'est que ces animaux aquatiques dépourvus de nageoires et d'écailles sont repoussants. Ainsi l'anguille, entre autres, est objet de révulsion et de dégoût. Elle n'est pas cachère ; son corps lisse et visqueux n'a pas sa place dans la cuisine juive.

Il s'agit bien sûr d'un malentendu. Un peu de la même manière que les chauves-souris, dans ce même Lévitique, sont traitées d'oiseaux. En réalité, l'anguille a bien des nageoires et des écailles. Elles sont juste un peu difficiles à repérer – surtout les écailles, qui sont tellement petites et enduites de mucus qu'il est presque impossible de les sentir au toucher. C'est toutefois un malentendu qui montre que, s'agissant de l'anguille, il ne suffit pas de se méfier de la science, ou de l'anguille elle-même. En réalité, on ne peut pas davantage se fier à Dieu. Ni à ses interprètes. Ni aux mots en général.

Abominable, quoi qu'il en soit, l'anguille l'est restée ; sinon pour tous, du moins pour beaucoup ; sinon comme aliment, du moins comme métaphore. Indépendamment même des erreurs manifestes et des malentendus dus à la religion, elle a été chargée de représenter l'indésirable. Ce qui est étranger et inquiétant. Ce qui peut éventuellement être autorisé à exister dans les profondeurs, cantonné au secret, mais ne doit pas apparaître au grand jour.

Dans une scène parmi les plus mémorables de la littérature du XXe siècle, un homme seul est assis sur une plage. Il tient une corde à linge couverte d'algues qui s'enfonce dans la mer. Il tire sur la corde, et voilà qu'une grande tête de cheval noire et luisante émerge des flots. La tête de cheval gît à présent sur le sable et des anguilles verdâtres, semblables à des intestins, sortent en rampant par tous les trous. Il y en a au moins deux douzaines. Quand l'homme les a toutes saisies et enfermées dans un grand sac à pommes de terre, il ouvre la bouche du cheval, y plonge à pleines mains et tire de son gosier deux énormes anguilles, « grosses au moins comme le bras, et aussi longues ».

C'est dans *Le Tambour* de Günther Grass, paru en 1959, qu'est décrite cette technique de pêche macabre. Rarement l'anguille aura été plus immonde.

Pour le reste, ce n'est pas un animal qu'on rencontre souvent dans la littérature ou dans l'art. Mais quand elle surgit, c'est souvent d'une manière apte à susciter le dégoût. Visqueuse et sinueuse, grasse et luisante, elle est ce charognard de l'ombre qui prend ses aises dans les cadavres dont elle s'extrait en sinuant avec sa gueule béante et ses petits yeux fixes et noirs.

Mais parfois, elle est aussi autre chose. Dans *Le Tambour*, elle joue en réalité un rôle central. Elle préfigure la tragédie dont elle est en même temps l'élément déclencheur.

Les personnages réunis sur cette plage de la Baltique où ils voient l'homme tirer la tête de cheval hors de l'eau sont le jeune Oscar Matzerath, son père Alfred, sa mère Agnès et le cousin et amant de celle-ci, Jan Bronski. Agnès est enceinte, mais elle est seule à le savoir. On ignore qui, d'Alfred ou de Jan, est le père du futur enfant, et la même incertitude vaut pour Oscar : Alfred est-il réellement son père ? Agnès est dépressive, autodestructrice ; la vie qui grandit en elle semble à ses yeux non pas une source de joie mais une tumeur envahissante. Ce qui se passe dans sa tête est un mystère, pour sa famille comme pour nous qui lisons le livre.

Ils se promènent donc sur le rivage lorsqu'ils croisent le pêcheur d'anguilles. Agnès lui demande avec curiosité ce qu'il fait. Au lieu de répondre, il se contente de ricaner de toutes ses dents gâtées, et commence à ramener la corde. Quand la tête de cheval apparaît et qu'Agnès aperçoit les anguilles, il se passe quelque chose. Le dégoût qu'elles lui inspirent est physique, mais pas seulement. Elle doit s'appuyer sur son amant, Jan, pour ne pas tomber. Les mouettes arrivent de toute part et décrivent des cercles de plus en plus serrés en criaillant. C'est comme une sirène d'alerte, et quand l'homme, ricanant toujours, extrait à deux mains les plus grosses anguilles du gosier du cheval, Agnès se détourne et vomit dans le sable. Comme si elle cherchait à expulser aussi bien son dégoût que le fœtus indésirable. Comme si les deux étaient intimement liés. Elle ne se remettra jamais de l'incident.

Un peu plus tard, Jan s'éloigne avec Agnès le long de la plage pendant qu'Oscar et Alfred, restés sur place, voient l'homme tirer de l'oreille du cheval une dernière anguille, énorme, toute gluante de cervelle blanchâtre semblable à de la semoule. Elles aiment aussi les cadavres humains, explique l'homme, qui raconte que durant la Première Guerre mondiale, après la bataille navale du Jutland, les anguilles étaient devenues particulièrement grasses et dodues. Oscar le regarde comme hypnotisé, son tambour en fer-blanc sur le ventre, pendant qu'Alfred, tout excité, achète sur-le-champ quatre anguilles au pêcheur, deux grosses et deux moyennes.

Après l'incident de la plage, Agnès est transformée. La vision des anguilles et de la tête de cheval grotesque a déclenché quelque chose en elle. Elle tombe de plus en plus malade et, dans une tentative désespérée pour remédier à son état, devient boulimique. Elle engloutit des quantités énormes et se fait vomir. Elle ne cesse quasiment plus de manger. Du poisson. Notamment de l'anguille. Elle dévore des tronçons d'anguille baignant dans la sauce à la crème, et quand son mari refuse de lui en servir davantage elle se rend elle-même à la boutique et en revient avec de l'anguille fumée, dont elle racle la peau avec un couteau qu'elle lèche ensuite pour bien finir toute la graisse. Ensuite elle vomit une fois de plus. Son mari lui demande nerveusement si elle est enceinte, mais elle se contente de renifler avec mépris en attaquant un autre morceau d'anguille.

Agnès meurt peu de temps après. Peut-être d'avoir mangé trop d'anguille, ou parce qu'elle a le cœur brisé. Son fils Oscar la contemple, étendue dans le cercueil découvert. Le visage ravagé de sa mère a pris une teinte jaunâtre. Il s'imagine qu'elle va se redresser d'un instant à l'autre pour vomir. Quelque chose doit encore sortir d'elle, non seulement l'enfant dont elle ne voulait pas mais aussi cette réalité étrangère, épouvantable, qui l'a dévastée en si peu de temps avant de la tuer. C'est-à-dire l'anguille. « Anguille de ton anguille, pensa Oscar devant le cercueil, car ce qui est anguille retourne à l'anguille... »

Et quand finalement sa défunte mère ne se redresse pas et ne vomit pas, il le ressent comme une libération. « Elle garda, elle emporta l'anguille ; elle avait le ferme propos de mettre l'anguille en terre pour que ce fût enfin la paix. »

C'est une métaphore accablante. L'anguille comme incarnation de la mort. Ou plutôt, de la mort et de son contraire. Comme un trait d'union symbolique entre le commencement et la fin, entre l'origine de la vie et son extinction. Anguille tu es, anguille tu redeviendras.

Lors de la parution du *Tambour*, au milieu du XXe siècle, la science avait réussi à soutirer à l'anguille quelques-uns de ses secrets. Elle l'avait démystifiée et rendue compréhensible. Elle avait découvert son lieu d'origine et son mode de reproduction. L'humanité se rapprochait à petits pas de la solution du mystère. Cela s'était fait lentement, au regard du développement rapide des sciences naturelles depuis la Renaissance, mais on pouvait presque dire qu'on avait finalement compris *ce* qu'elle était. On n'était plus livré à la seule croyance.

Pourtant, dans la littérature, dans l'art et dans l'inconscient humain, elle continuait d'être associée à une réalité étrange et indéchiffrable. Elle était toujours cette créature de l'ombre, visqueuse, effrayante, qui émergeait en sinuant des profondeurs. Une créature différente des autres. Dans le classique suédois, *Bombi Bitt et moi*, de Fritiof Nilsson Piraten, paru en 1932, l'anguille est même un être démoniaque, un monstre cornu qui, après d'innombrables années dans la vase, a fini par atteindre plusieurs mètres de long et se cache à présent dans un petit étang reculé qui est peut-être sans fond. Un soir, les deux protagonistes, Bombi Bitt et Eli, se mettent en tête d'aller la capturer. Ils y vont avec le vieux Vricklund, qui réussit à sortir de l'étang cet « être sombre, monstrueux, fouettant l'eau écumante ». Commence alors une lutte acharnée. L'anguille se dresse « tel un poteau télégraphique vivant », ses cornes se découpent sur le ciel nocturne, et le combat fait rage jusqu'à ce que Vricklund réussisse enfin à planter ses dents dans l'énorme corps.

« Je l'ai mordu à mort, ce démon », déclare Vricklund, dont la bouche dégouline de sang. Mais sa victoire est de courte durée. L'anguille renaît. Avec un profond soupir, elle se réveille, s'éloigne en rampant dans l'herbe et disparaît dans un trou du sol. De toute évidence, elle retourne là d'où elle vient : l'inconscient, les ténèbres, les cercles les plus bas et les plus sombres de l'âme. L'anguille devient la mort. Et la mort ne peut être vaincue.

Dans *L'Écume des jours*, roman d'amour surréaliste de Boris Vian paru en 1947, l'anguille est un être absurde qui annonce la catastrophe à venir. Elle émerge au début du récit du robinet de la cuisine de Colin, le personnage principal. Tous les jours elle sort la tête et jette un regard circulaire avant de disparaître de nouveau. Jusqu'au jour où le cuisinier de Colin la capture astucieusement en posant un ananas sur le plan de travail. L'anguille ne peut résister à la tentation. Le cuisinier prépare un délicieux pâté d'anguille, et Colin le goûte en pensant à celle qu'il aime, Chloé, qu'il vient de rencontrer et qu'il doit épouser, mais qui va bientôt tomber très gravement malade. Dans son sein pousse un nénuphar ; une plante aquatique venue du monde de l'anguille. Le nénuphar grandit telle une tumeur maligne, et Chloé meurt, laissant Colin seul.

Mais son véritable premier rôle en littérature, l'anguille le doit à l'Anglais Graham Swift et à son roman *Le Pays des eaux*, paru en 1983. Il y est question d'un professeur d'histoire nommé Tom Crick, confronté à des élèves blasés qui ne s'intéressent qu'aux sciences. Pour capter leur intérêt, il commencer à leur raconter des histoires tirées de sa propre enfance. Il fouille sa mémoire vacillante, s'efforce de comprendre comment il en est arrivé là. Son mariage avec Mary et le fait qu'ils n'ont pas d'enfants. La folie qui gagne Mary. Où donc tout cela a-t-il commencé ? Peut-être quand elle était petite et qu'un garçon – qui n'était pas lui – a glissé une anguille vivante dans sa culotte ? Ou alors dans leur jeunesse, quand son frère Dick, qui était lui aussi amoureux de Mary, avait remporté un concours de natation juste pour l'impressionner ? Dick qui, telle une anguille en route vers la mer des Sargasses, avait nagé plus longtemps que quiconque pour atteindre ce but. Qui est aussi le but de toute existence. Pourquoi l'a-t-il fait ? Et quel est le sens de tout cela ?

Le récit est tâtonnant et peu fiable. Qui sait ce qui est réellement vrai dans cette histoire ? Mais l'anguille est omniprésente. De l'origine jusqu'à l'extinction. Elle sinue à travers le récit comme un rappel constant de tout ce qui a été dissimulé ou oublié en cours de route.

Vers la fin, Tom Crick parle à ses élèves de l'anguille, précisément. De la question de l'anguille et de la science, avec toutes ses hypothèses, ses énigmes et ses malentendus. Il leur parle d'Aristote et de la théorie de l'anguille qui naît de la vase. De Linné qui pensait que l'anguille se fécondait elle-même. De la célèbre anguille de Comacchio, de la découverte de Mondini et de Spallanzani qui la remit en question. De Johannes Schmidt et de sa quête obstinée de l'origine. De la curiosité qui avait été leur moteur à tous. Voilà ce que l'anguille nous raconte, explique Tom Crick. La soif de connaissance humaine, notre besoin éternel de chercher la vérité et d'essayer de comprendre l'origine et le sens de toute chose. Mais aussi notre besoin d'énigmes. « L'anguille a beaucoup à nous apprendre sur la curiosité – bien plus en vérité que la curiosité ne peut nous en apprendre sur elle. »

Mais pourquoi, au juste, tient-on l'anguille pour désagréable ? Pourquoi suscite-t-elle autant d'aversion ? Ce ne peut pas être uniquement son côté visqueux, ou ce qu'elle mange, ou le fait qu'elle se plaît dans l'obscurité et l'isolement. Ou le fait que la religion se trompe à son sujet. Non, il faut croire que cela tient aussi à sa nature secrète. On a toujours l'impression qu'il y a *autre chose* derrière ses petits yeux noirs étrangement fixes et inexpressifs. D'un côté nous pouvons la voir, la palper, la goûter. D'un autre côté, elle nous dissimule quelque chose. Même quand nous l'approchons de très près, elle reste toujours en quelque sorte étrangère.

En psychologie, et même en art, on invoque une qualité particulière de malaise qui se dit en allemand *unheimlich*. Le mot est sans équivalent. Il se réfère à une forme d'effroi particulière : celle qui nous saisit lorsque nous sommes confrontés à un phénomène que nous ne pouvons pas spontanément expliquer.

Le psychiatre allemand Ernst Jentsch écrivit en 1906 un essai intitulé *Zur Psychologie des Unheimlichen*, où il définissait cette notion comme « l'obscur sentiment d'incertitude qui nous envahit en présence de quelque chose qui est nouveau et étranger pour nous ». Ce qui nous effraie, explique Jentsch, c'est ce qui nous fait hésiter intellectuellement, ce que nous n'identifions pas, que ce soit par manque d'expérience ou en raison des limites de nos sens, et dont nous ne pouvons donc rendre compte de façon satisfaisante.

Voilà une analyse bien trop simple et superficielle aux yeux de Sigmund Freud, qui avait depuis longtemps cessé d'étudier les anguilles pour devenir le fondateur de la psychanalyse. En 1919 il publia l'essai intitulé *Das Unheimliche*, qui était en partie une réponse à la définition d'Ernst Jentsch. Certes, concédait-il, Jentsch avait raison d'affirmer que ce sentiment si particulier d'effroi naît du doute qui se produit par exemple quand nous ne savons pas si un corps est vivant ou mort, ou lorsque nous sommes confrontés à la folie chez quelqu'un, ou quand nous sommes témoins d'une crise d'épilepsie. Mais tout ce qui est nouveau et étranger n'est pas effrayant. Il faut quelque chose de plus, insistait Freud. Un élément supplémentaire doit être adjoint à une situation pour qu'elle devienne *unheimlich*. Et cet élément supplémentaire, c'est la familiarité. Il s'agit plus précisément du malaise qui nous étreint lorsque quelque chose que nous croyons connaître, ou comprendre, se révèle être différent de l'idée que nous nous en faisions. Soudain, le familier n'est plus familier. Il peut s'agir d'un objet, d'un être, d'une personne, d'une scène, d'une situation. Une poupée de cire habilement construite. Un animal empaillé. Un cadavre aux joues roses.

Freud s'aidait de la langue pour comprendre. « Le mot allemand *unheimlich* est manifestement l'antonyme de *heimlich, heimich* (du pays), *vertraut* (familier), et l'on est tenté d'en conclure qu'une chose est effrayante justement pour la raison qu'elle *n'est pas* connue ni familière. » Mais, ajoute-t-il, *heimlich* est en même temps un mot ambivalent puisqu'il peut aussi désigner ce qui est secret, dissimulé, caché à l'entourage et au reste du monde. Le mot contient son propre opposé. Et il en va naturellement de même avec ce qui est *unheimlich* : à la fois connu et inconnu.

Voilà, conclut Freud, comment nous devons comprendre le malaise particulier qu'on désigne par le terme *unheimlich*. Il nous frappe lorsque ce que nous reconnaissons contient un élément étranger et que nous ne savons plus ce que nous voyons exactement, et ce que cela signifie.

Avec cet essai, Sigmund Freud donne à l'effroi un socle psychanalytique qu'écrivains et artistes se sont largement approprié. Et je veux croire que l'anguille y est au moins pour quelque chose.

Après avoir établi le double sens de la notion d'*unheimlich*, Freud illustre en effet son propos à travers le récit d'E.T.A. Hoffmann intitulé *L'Homme au sable*, pour montrer quelles formes peut prendre ce sentiment d'effroi particulier. L'histoire raconte le drame du jeune Nathanaël, parti étudier dans une ville étrangère. Là-bas, il est rattrapé par son passé refoulé et devient fou. Quand il était petit, Nathanaël a entendu l'histoire de ce personnage effrayant qui surgit la nuit au pied du lit des enfants pour leur voler leurs yeux. Adulte, il croit rencontrer une réincarnation de cet *homme au sable* en la personne d'un vendeur ambulant de baromètres et d'instruments d'optique. Lorsqu'il tombe amoureux d'une mystérieuse femme nommée Olympia, il s'avère que celle-ci est en réalité une poupée, un automate, création conjointe de l'opticien et d'un professeur du nom de Spalanzani. Quand Nathanaël découvre la vérité et qu'il aperçoit chez le professeur le corps sans vie d'Olympia, dont les yeux traînent sur le sol, il est pris d'un accès de folie et tente de tuer Spalanzani.

Toute la nouvelle repose sur un abîme d'incertitude. La perspective narrative ne cesse de changer, rien n'est certain, les phénomènes se produisent peut-être dans le monde sensible, ou peut-être seulement dans l'esprit torturé du jeune homme. Pour Freud, la femme-automate et le vol des yeux sont des symboles essentiels, le noyau même de l'effroi ; ici, l'incertitude de savoir si un être est vivant ou mort, mais aussi la peur de perdre la vue, la capacité d'observer et d'éprouver le monde tel qu'il est vraiment.

Mais peut-être y avait-il autre chose qui parlait à Freud, dans le récit d'Hoffmann. Voilà donc un jeune homme germanophone qui part étudier dans une ville étrangère. Cette ville n'est jamais nommée, mais le professeur Spalanzani et le marchand Coppola sont tous deux identifiés comme italiens. Ce dernier ne vend d'ailleurs pas seulement des baromètres, mais aussi toutes sortes d'instruments d'optique, par exemple des microscopes – sous la lentille desquels la vérité scientifique se révèle toujours tôt ou tard. Par une coïncidence intéressante, le mystérieux professeur de *L'Homme au sable* est aussi le quasi-homonyme du célèbre naturaliste Spallanzani qui se rendit à Comacchio au XVIIIe siècle pour chercher en vain la vérité sur l'anguille.

Dans la suite de l'essai, Freud relate un incident désagréable similaire qui lui est personnellement arrivé. Il décrit une promenade dans une « petite ville italienne ». Cette promenade se déroule par une chaude après-midi ; sans savoir comment, il se retrouve dans une ruelle bordée de maisons aux fenêtres desquelles « on ne pouvait voir que des femmes fardées ». Il s'éloigne précipitamment. Un moment plus tard, à sa grande surprise, il est de retour au même endroit. De nouveau, il se hâte de quitter la ruelle, mais découvre bientôt qu'il y est revenu pour la troisième fois. Il a été mené inconsciemment au même endroit trois fois de suite, comme dans ces rêves où l'on revit sans cesse sans le vouloir le même événement.

Il trouve effrayante cette répétition contrainte d'une situation non désirée, à peu près comme celle qui consiste à rester des semaines d'affilée dans un sombre laboratoire à disséquer des poissons et à découvrir sans cesse autre chose que ce qu'on comptait y trouver. « Je fus heureux lorsque, renonçant à poursuivre mes explorations, je retrouvai le chemin de la *piazza* que j'avais quittée peu de temps auparavant. »

Il s'agit selon toute vraisemblance d'une expérience vécue à Trieste. Il décrit de telles promenades dans ses lettres à Eduard Silberstein au cours de son séjour en 1876, à l'époque où il cherchait en vain les testicules de l'anguille. Des promenades semblables à des rêves. Les mêmes rues étroites, les mêmes femmes fardées assises aux fenêtres des maisons et qui le dévisageaient. Tout porte à croire que ce sont ces semaines frustrantes et énigmatiques vécues à

Trieste qui lui reviennent à l'esprit lorsqu'il cherche à capter ce ressenti si particulier de malaise et d'incertitude intellectuelle. Et il n'est peut-être pas surprenant que l'anguille l'ait accompagné à ce moment-là, car qu'est-elle, l'anguille, depuis toujours, en littérature comme en art, et dans sa propre réalité cachée sous la surface de l'eau, sinon inquiétante ? Sinon, précisément, *unheimlich* ?

TUER DES ANIMAUX

Je me souviens de mon père au bord de la rivière, dans le murmure des rapides, sous le clair de lune, avec les roseaux qui pointaient hors de l'eau derrière lui comme de sombres antennes animales. Il était debout au pied du talus, juste au bord de l'eau, et tenait une anguille serrée dans son poing. Elle était petite, trop petite pour être mangée. Mais elle avait avalé l'hameçon, comme le font souvent les anguilles, et mon père se démenait pour la libérer. L'anguille, elle, refusait de lâcher prise et se tordait autour de son avant-bras, laissant sur sa peau une traînée visqueuse et brillante, pendant que mon père, mâchoire contractée, sifflait entre ses dents : « Espèce de démon. »

J'observais la scène avec un malaise croissant. L'épais mucus sur son bras, ce mucus dont il était presque impossible de se débarrasser, qui s'incrustait dans la peau et les vêtements comme une colle puante. L'anguille, avec ses yeux comme de petits boutons noirs qui semblaient vous fixer mais ne croisaient jamais votre regard. Les mouvements lents, le corps arqué, semblable à un muscle bandé, se tordant sur son axe, l'éclair blanc de son ventre à la lueur de la lune.

Mon père serrait l'anguille de plus en plus fort. Il tirait sur la ligne, essayait de lui ouvrir la mâchoire, pendant qu'elle, obstinément, continuait de se tordre dans son poing. Du sang coulait de sa gueule fermée. Mon père a froncé les sourcils et il a dit tout bas : « Mais lâche-le, à la fin. Espèce de démon ! » Même si les paroles étaient agressives, le ton était doux et implorant, presque tendre. Enfin il a secoué la tête. « Non, ça ne va pas. » Je lui ai tendu le couteau, le long couteau de pêche dont la lame, à force d'affûtage, était aussi fine et tranchante qu'un brin de roseau. Il s'est accroupi, a plaqué fermement l'anguille contre le sol et, d'un geste dur et précis, lui a enfoncé la pointe du couteau dans la tête.

Mon père aimait beaucoup les animaux. Tous les animaux. Il aimait être dehors, dans la nature, au bord de la rivière ou dans la forêt, il feuilletait des livres spécialisés, il regardait les documentaires animaliers à la télé, il aimait les chevaux et les chiens, et devenait euphorique quand il lui arrivait d'apercevoir un animal sauvage qui se laissait rarement surprendre. Parfois nous allions observer les oiseaux. Rien que nous deux, lui et moi, en partageant une paire de jumelles. Nous flânions sans but ; quand l'un apercevait un milan ou un pivert, il passait les jumelles à l'autre. Nous ne dressions pas de listes d'espèces, ce n'était pas un sport pour nous. Nous aimions simplement regarder les oiseaux.

Il était fasciné par toutes les formes étonnantes que pouvait prendre la vie. Il me parlait des chauves-souris au bord de la rivière et de la manière dont elles s'orientaient. « Elles ne voient rien, à peine le bout de leur museau, mais elles émettent un son, tellement aigu que nous ne pouvons pas l'entendre, et quand l'écho leur revient elles savent si elles ont devant elles un moustique ou un tronc d'arbre. Ça se passe en une fraction de seconde. »

Parfois nous entendions un bruissement dans l'herbe haute et mouillée, et découvrions une couleuvre effarée s'enfuyant vers la rivière. Elle se glissait dans l'eau et s'éloignait avec le courant ; les taches jaunes sur sa tête brillaient comme des lanternes. Parfois nous apercevions une grue perchée sur la rive d'en face, le cou ployé comme un hameçon, son immense bec pointé vers ce qui se dissimulait sous la surface.

Mon père me parlait du vison qui vivait lui aussi au bord de la rivière. Un petit vison svelte et presque entièrement noir qui se faufilait dans l'eau à la faveur de la nuit. Du moins à l'en croire. Je nourrissais quelques doutes, car je ne l'avais jamais vu. Mais nous trouvions parfois sur la berge des poissons à moitié dévorés. « Ça, c'est le vison », commentait mon père.

Il disait que c'étaient de beaux animaux, mais fourbes et dangereux, peut-être pas pour nous mais pour la rivière et pour ce qui constituait la raison même de notre présence au bord de l'eau : le poisson, l'anguille. « C'est un psychopathe qui tue par plaisir. » D'après lui, le vison s'en prenait à tout, souris, grenouilles, poissons, et il ne s'arrêtait pas avant d'avoir tout massacré sur son passage. Chaque fois que le vison rencontrait une autre forme de vie, il se sentait obligé de l'éliminer. C'était dans sa nature. C'était un envahisseur, pas seulement au bord de la rivière, mais dans la chaîne alimentaire en général. Il était plus ou moins capable de vider à lui seul la rivière de ses anguilles. Il nous incombait de rétablir l'ordre.

Mon père a donc construit un piège. Une simple caisse en bois rectangulaire longue d'environ un mètre, avec une ouverture d'un côté et une espèce de système de verrouillage qui se déclencherait en principe une fois le vison à l'intérieur. Nous avons déposé un gardon mort au fond de la caisse et installé notre piège au bord de l'eau, en bas du talus. Ensuite nous avons planté nos cordeaux comme d'habitude.

Le lendemain matin, nous nous sommes faufilés sans bruit à travers l'herbe mouillée jusqu'à notre piège. À l'affût, guettant le moindre mouvement de l'animal qui s'y terrait à tous les coups. Mais le piège était vide. À part le gardon, qui n'avait pas bougé. Par la suite, nous avons essayé à de nombreux endroits, le long de la rivière. C'était toujours la même histoire. Nous retrouvions un gardon puant et solitaire, et rien d'autre. Pas une fois nous n'avons vu le moindre signe que le vison soit venu à proximité.

J'ai fini par douter de son existence. Mais j'étais surtout soulagé de ne pas avoir à le rencontrer. Car qu'aurions-nous fait si nous avions, contre toute attente, vraiment capturé un vison ? Je suppose que mon père l'aurait tué. Mais comment ? À mains nues ? Au couteau ? Ou peut-être en le noyant avec sa caisse au fond de la rivière ? Un beau petit animal svelte, aux yeux malins, à la fourrure douce et brillante. Pouvait-on tuer comme ça un tel animal ? Ça me paraissait un acte étranger ; rien à voir avec le fait de tuer un gardon ou une anguille.

Qu'est-ce qui distingue un être humain d'un animal ? Je n'en avais pas la moindre idée. Tout ce que je savais, c'était qu'il y avait une différence, et pas n'importe laquelle. Une différence catégorique. Un être humain, ce n'est *pas la même chose*.

Par la suite, j'ai compris que ça ne se jouait pas seulement entre l'humain et l'animal, mais aussi entre l'animal et l'animal. Cette frontière-là était plus floue. Elle ne semblait pas tenir tant à la nature des animaux eux-mêmes qu'à notre façon de les voir. Clairement, on se sentait plus proche d'un animal si on avait l'impression, en le regardant, de reconnaître quelque chose de soi. Ça ne voulait pas dire qu'il était facile de tuer un animal quel qu'il soit, ou qu'il aurait dû être facile de le faire ; simplement, il y avait une différence. L'empathie humaine semblait ainsi faite. Un être qui croise votre regard est un être avec lequel on peut s'identifier. Un tel être est plus difficile à tuer qu'un autre.

Mon père aimait beaucoup les animaux, mais il lui arrivait de les tuer. Ce n'était pas pour le plaisir, il n'éprouvait aucune jouissance à exercer cette violence, mais s'il estimait qu'il fallait le faire, il le faisait. Il avait été élevé dans l'idée qu'un être humain a le pouvoir sur d'autres formes de vie, et que ce pouvoir s'accompagne d'une responsabilité. Laisser vivre ou laisser mourir. Il n'était pas toujours évident de savoir comment exercer cette responsabilité au mieux, quel choix était préférable dans telle ou telle situation, mais dans tous les cas, on ne pouvait pas s'y dérober. Et il fallait aussi l'exercer avec un certain respect. Respect des animaux, de la vie elle-même, mais aussi de son propre devoir par rapport à eux.

Il gardait un fusil à plombs à la maison. Ce fusil était enfermé sous clé et verrouillé contre le mur, et il s'en servait rarement. Une fois par an, il allait chasser avec un groupe d'hommes que je ne connaissais pas. Ils partaient tôt le matin, emmitouflés dans de grosses vestes, des casquettes vertes vissées sur la tête. Parfois il revenait avec un lièvre qu'il tenait par les pattes arrière, inerte, flasque et sanguinolent. Parfois il rapportait deux faisans. Mais il les avait rarement tués lui-même. C'était quelqu'un d'autre, disait-il en général. Il n'aimait pas tirer sur des animaux immobiles. Un lièvre inconscient du danger, remuant les oreilles, assis au milieu d'un champ. Un pigeon en train de roucouler dans un arbre. Il visait, mais n'avait pas le cœur de presser la détente.

Quoi qu'il en soit, il a tué notre chat. Notre chat Oskar. Ça, je le sais. C'était un gros mâle noir et blanc, pas très sociable, qui passait ses journées à dormir sur un canapé. Tous les soirs il disparaissait et ne revenait qu'au petit matin. Il a fini par devenir vieux, malade et fatigué. Un matin, soudain, il n'était plus là. Je n'y ai pas fait très attention. Mes parents ont dit qu'il avait peut-être été heurté par une voiture. C'est bien plus tard seulement que j'ai su que mon père l'avait tué. Avec le fusil à plombs. Parce qu'il estimait que c'était la chose à faire.

Il a aussi essayé de tuer le chat de ma grand-mère maternelle. Lui aussi était vieux, malade et fatigué, et mon père l'a emmené dans la forêt pour mettre fin à ses souffrances. Il a fourré chat et fusil dans le coffre de la voiture, et il a pris par les petits chemins jusqu'à une lointaine clairière. Soudain il a découvert une bande de perdrix dans le sous-bois. Il était rare de les approcher d'aussi près, et le fusil était dans le coffre, chargé et prêt à tirer. Alors il a contourné la voiture sans bruit, il a entrouvert le coffre pour prendre le fusil sans laisser échapper le chat. Mais alors le chat – le vieux chat fatigué et malade – a repris vie d'un coup. Il s'est glissé par la fente et il a filé comme l'éclair. Droit vers les perdrix. Et pendant que le chat disparaissait entre les arbres, les perdrix affolées se sont égaillées dans l'autre sens. Restait mon père, à côté de la voiture, le fusil à la main. Irresponsable. Raté. Et le chat n'est jamais revenu.

La façon dont mon père concevait les humains, les animaux et les différences qui existaient entre eux lui venait tout droit de son enfance. Pour lui, c'était une évidence. Pas besoin de la formuler. Pour moi, ce n'était pas tout à fait pareil. Je n'ai jamais perçu cette évidence-là.

Mon père avait été élevé à la ferme. Tout petit déjà, il aidait à débarrasser l'écurie des souris et des rats. Il les capturait à mains nues et les tuait, rapide et efficace, en les jetant contre le mur. Il savait comment on tord le cou aux poules et comment on noie les chatons. Il était présent lorsque grand-père tuait le cochon. Il avait vu toutes les étapes, comment on endormait le cochon avant de lui trancher la gorge et de le vider de son sang. Il avait appris à l'ébouillanter afin de pouvoir retirer les soies rugueuses à l'aide d'une brosse, et de quelle manière on le découpait ensuite, comment on transformait l'animal vivant en quartiers de viande.

Adulte, il continuait d'y aller pour donner un coup de main. Une fois j'ai été autorisé à l'accompagner. J'avais une dizaine d'années. Nous sommes partis tôt le matin. En arrivant chez les grands-parents, j'ai eu le temps de voir par la porte ouverte la grande bassine remplie d'eau fumante, les brosses et les couteaux alignés sur le sol, et grand-père qui amenait le cochon, un grand verrat docile. J'étais excité et un peu effrayé, et mon père s'en est peut-être aperçu car au moment d'entrer et de commencer l'opération il s'est retourné vers moi et il a dit : « Non, il vaut peut-être mieux que tu retournes auprès de grand-mère. »

Son ton sérieux m'a pris au dépourvu, et j'ai eu le temps de sentir une brève morsure de déception et d'humiliation. Mais quand il a refermé la porte derrière lui, me laissant seul dans la cour, j'étais surtout soulagé.

Quelques jours plus tard, nous étions au bord de la rivière, tôt le matin, pour relever nos cordeaux. C'était la fin de l'été, il faisait déjà chaud malgré l'heure matinale, l'herbe haute et sèche murmurait autour de nous. De grosses libellules voletaient au-dessus de nos têtes et les rapides bruissaient avec une indolence inhabituelle autour des rochers. Je me tenais au pied du talus, à quelque distance du saule ; mon père était à un mètre de moi environ. Ensemble nous regardions la ligne d'un cordeau qui filait droit au-dessus de l'eau. En posant les doigts sur le fil en nylon, je l'ai senti vibrer, et quand j'ai refermé la main dessus j'ai éprouvé la résistance familière, comme un mouvement de succion. « C'est une anguille », ai-je dit à haute voix.

C'était même une assez grosse anguille, au dos brun sombre, au ventre clair et brillant. Je l'ai empoignée solidement, juste sous la tête. La ligne disparaissait dans sa gueule fermée. L'anguille s'était enroulée autour de mon bras comme une grosse corde, jusqu'au-dessus du coude, et quand elle a lâché prise, d'un mouvement brusque, pour tenter de se dégager, sa queue m'a fouetté le visage. L'épais mucus s'est collé à ma joue. Une odeur de poisson, de passé et de mer saumâtre.

Maladroitement je l'ai forcée à ouvrir la mâchoire. La ligne disparaissait au fond de sa gueule, l'hameçon était profondément enfoui, on n'apercevait même pas l'œillet. J'ai essayé de le déloger en tirant sur la ligne, essayant d'enfoncer mes doigts profondément pour attraper l'hameçon. Soudain j'ai entendu un bruit mouillé et sourd, et le sang s'est mis à couler de sa gueule.

« Elle a avalé l'hameçon, ai-je dit. Tu peux t'en occuper ? »

Mon père s'est penché. Il a examiné l'anguille.

« Ben alors, petit ? On a avalé l'hameçon ? C'est malin. »

Puis il s'est redressé et il m'a regardé.

« Vas-y, toi, a-t-il dit. Tu peux le faire. »

LA VIE SOUS LA SURFACE

L'anguille a beau susciter des émotions contradictoires quand on l'observe de près, dans son milieu naturel elle donne plutôt l'impression d'une créature débonnaire. Elle attire rarement l'attention. Elle ne provoque pas de scènes spectaculaires. Elle mange ce que l'environnement lui propose. Elle se tient dans l'ombre, sans exiger qu'on la remarque ni qu'on l'apprécie.

L'anguille diffère ainsi par exemple du saumon, qui brille, scintille et étincelle, avec ses pics de vitesse insensés, ses sauts formidables hors de l'eau. Le saumon m'apparaît comme un poisson crâneur et imbu de lui-même. L'anguille donne l'impression de se satisfaire de son sort. Elle ne fait pas une grande affaire de son existence.

Il faut dire que l'anguille est aussi le contraire du saumon sur un plan plus concret. Tous deux sont des poissons migrants, capables de vivre à la fois dans l'eau douce et dans l'eau salée, et tous deux traversent plusieurs métamorphoses. Mais leur cycle de vie diverge sur un point essentiel.

Le saumon est ce qu'on appelle un poisson anadrome. Il se reproduit dans l'eau douce ; après un an environ, ses rejetons gagnent la mer, où ils grandissent et passent ensuite la plus grande partie de leur existence adulte. Après quelques années seulement (bien sûr, le saumon n'a pas la patience de l'anguille) ils parviennent à maturité sexuelle et remontent de nouveau les cours d'eau afin de frayer.

L'anguille fait un voyage comparable mais dans le sens inverse. C'est un poisson dit catadrome, qui passe sa vie dans l'eau douce et se reproduit en mer.

Un autre détail les distingue, plus subtil et insaisissable celui-là. Quand le saumon remonte les fleuves et les rivières, il cherche toujours à retourner dans les eaux où ses parents ont frayé. Chaque saumon suit, à la lettre, la trace de ses ancêtres. D'une façon ou d'une autre, il sait précisément à quel endroit il doit retourner. Il peut vivre une existence libre et ambitieuse dans la mer mais, tôt ou tard, il retourne toujours là d'où il vient pour rejoindre son groupe prédestiné. Cela signifie qu'il existe des différences génétiques marquées entre les individus issus de différents cours d'eau. Le saumon est pour ainsi dire génétiquement lié à son origine. Il n'y a pas de place chez lui pour des transgressions existentielles.

L'anguille retourne elle aussi à son lieu d'origine. Mais une fois arrivée dans cet espace immense qu'est la mer des Sargasses, elle rencontre des anguilles venues de toute l'Europe et fraie sans considération pour la provenance de ses partenaires. Pour l'anguille, l'origine n'est pas une famille ou une appartenance biologique, elle est un simple lieu. Et ensuite, quand la petite feuille de saule reprend le chemin des côtes européennes et se transforme en civelle, elle remonte, apparemment au hasard, n'importe quel cours d'eau. L'endroit où elle passe sa vie adulte ne semble en rien lié aux générations précédentes, et les raisons pour lesquelles elle choisit une rivière plutôt qu'une autre sont mystérieuses. Cela signifie que chez les anguilles qui peuplent les cours d'eau européens, les différences génétiques sont négligeables. Chacune cherche seule son lieu de vie dans le monde, sans bagage et sans héritage, dans une grande solitude existentielle.

Peut-être est-il plus facile de s'identifier au destin de l'anguille qu'à celui du saumon, qui est programmé d'avance et ne laisse aucune marge à l'individu. Et peut-être est-ce la raison pour laquelle l'anguille, avec son côté inaccessible et énigmatique, demeure à ce point fascinante. Il est plus facile de s'identifier à une personne, ou à une créature, qui a elle aussi ses secrets, qui ne manifeste pas immédiatement qui elle est ni d'où elle vient. Ce qui est caché, chez l'anguille, est aussi ce qui est caché chez l'être humain. Et chercher solitairement sa place dans le monde, c'est sans doute en fin de compte la plus universelle des expériences humaines.

J'humanise bien évidemment l'anguille en disant cela ; je fais d'elle autre chose que ce qu'elle est, ou ce qu'elle veut être, et on peut évidemment trouver cela douteux. Cette façon de prêter à des êtres non-humains des qualités ou une conscience proprement humaines possède un nom : l'anthropomorphisme. C'est ce qu'on retrouve au principe de tous les contes ayant pour héros des animaux qui pensent, parlent et sentent comme nous, qui possèdent une fibre morale et agissent selon un code de valeurs. On rencontre aussi le phénomène en religion, quand on attribue aux divinités des formes et des traits de caractère humains afin de les rendre plus proches. Les Ases de la mythologie nordique étaient des dieux à forme humaine. Jésus était aussi un homme, et c'est à ce titre qu'il a pu faire le lien entre l'ici-bas et l'au-delà, et devenir le sauveur de toute l'humanité. Au fond, il s'agit d'identification : reconnaître dans l'inconnu quelque chose de familier, de manière à pouvoir s'en approcher un peu. Un artiste met toujours quelque chose de lui dans le portrait qu'il peint.

Dans le domaine des sciences, cependant, l'anthropomorphisme n'a pas vraiment droit de cité. Les sciences de la nature revendiquent une pure objectivité – la vérité qui se manifeste sous la lentille du microscope. Elles s'efforcent de décrire le monde tel qu'il est et non tel qu'il apparaît. Une anguille n'est pas un être humain et ne peut être comprise par comparaison avec lui. Quelqu'un qui a une approche objective et empirique de la connaissance ne parle pas des animaux de cette façon. Notre perception humaine du monde n'appartient qu'à nous.

Mais lorsque Rachel Carson écrit sur l'anguille, c'est précisément ce qu'elle fait. Elle l'humanise. Elle la décrit comme un être conscient et sensible, capable de mémoire et de raisonnement, capable de souffrir des épreuves imposées par le destin et de jouir de ce que la vie lui offre de bon malgré tout. Et elle a d'excellentes raisons de procéder ainsi. Avec le recul, on peut dire que Rachel Carson est l'une des scientifiques qui a le plus fait pour nous permettre de comprendre non seulement l'anguille mais le cycle de vie infiniment complexe dont elle est un élément.

Rachel Carson fait partie des personnalités les plus célèbres et les plus marquantes de la biologie marine du XXe siècle. Au départ experte de la mer et de ses habitants, elle a écrit plusieurs livres importants sur le monde marin. Par la suite, elle est devenue une pionnière et une icône du mouvement écologiste naissant. C'était quelqu'un de remarquable à plusieurs titres.

Née en mai 1907 dans une petite ferme de Springdale, en Pennsylvanie, elle grandit sur les rives du grand fleuve Allegheny. C'est là qu'elle développe dès ses plus jeunes années l'intérêt pour la nature et les animaux qui l'accompagnera tout au long de sa vie ; là qu'elle apprend à aimer les forêts et les zones marécageuses, les oiseaux et les poissons. Le fleuve, en particulier, la fascine, avec toute la vie cachée qu'il charrie le long de ses méandres jusqu'à la côte Est des États-Unis.

L'avenir de Rachel Carson n'est en rien tracé d'avance. Son père est représentant de commerce et sa mère femme au foyer. La famille manque de moyens, et une carrière universitaire semble peu envisageable. Mais la mère de Rachel, qui a renoncé à devenir enseignante pour se marier, encourage l'intérêt de sa fille pour la nature. Elle l'emmène faire de longues promenades au cours desquelles elles observent les plantes, les insectes et les oiseaux. Elle l'exerce à observer les détails, et lui transmet un amour et un respect profond pour la diversité de la vie. À peine a-t-elle appris à lire et à écrire que Rachel se met à fabriquer de petits livres, des recueils illustrés remplis d'histoires bien documentées sur les souris, les grenouilles, les hiboux et les poissons. On dit d'elle que c'est une enfant solitaire, ayant peu ou pas d'amis. Mais dans la nature elle ne se sent jamais seule ni étrangère. C'était le monde qu'elle a appris à connaître mieux que tout autre.

À dix-huit ans, elle entre malgré tout à l'université, après avoir brillamment fini l'école et après que sa mère a vendu la porcelaine familiale pour payer les droits d'inscription. Au départ elle choisit d'étudier l'histoire, la sociologie, l'anglais et le français, mais sa première dissertation dévoile déjà la grande passion de sa vie. « J'aime tout ce qui est beau dans la nature, et les créatures sauvages sont mes amies. » Deux ans plus tard, elle parvient à un constat déterminant. Elle le décrit elle-même comme une sorte de révélation. Un jour, soudain, elle a compris qu'elle vouerait sa vie aux océans. Voilà à quoi elle consacrerait désormais son immense appétit de connaissance et ses dons pour l'étude. Ainsi qu'elle l'écrirait plus tard : « J'ai compris que mon chemin conduisait à la mer, la mer que je n'avais à cette époque encore jamais vue. D'une façon ou d'une autre, mon destin était lié à la mer. »

Qu'est-ce donc qui l'attirait ainsi ? Ce choix pouvait sembler irrationnel, après tout. Elle avait grandi dans les terres, loin du littoral, elle n'avait jamais vu la mer de ses propres yeux, jamais trempé les pieds dans l'eau salée, jamais écouté le bruit des vagues. Pourtant, cela lui apparaissait comme une évidence, impossible à ignorer. Comme si elle suivait la trace du fleuve immense, à travers toutes ses ramifications, jusqu'au bout, jusqu'à la mer, qui est aussi l'origine de tout. Car voilà ce qu'elle avait découvert : nous sommes tous, au départ, issus de la mer, et quiconque veut comprendre la vie terrestre doit commencer par comprendre la mer. Bien plus tard, dans son livre paru en 1951 intitulé *Cette mer qui nous entoure*, elle expliquerait sa vision, dans le style unique, scientifique et poétique à la fois, qui la caractérise et qui la distingue de la plupart des autres chercheurs en biologie marine : « Quand ils avaient quitté la mer, les animaux venus s'adapter à la vie terrestre avaient emporté un élément de leur premier milieu, que leurs enfants transmirent à leurs enfants et qui relie encore tous les animaux du sol à leur vie marine : poissons, amphibiens, reptiles, oiseaux à sang chaud, mammifères, chacun de nous porte en ses veines un fluide salin qui combine le sodium, le potassium et le calcium dans presque la même proportion que l'eau de mer. Cet héritage remonte au jour, vieux de nous ne savons combien de millions d'années, où un lointain ancêtre, passé de l'état unicellulaire à l'état pluricellulaire, élabora un système circulatoire où le liquide était constitué par de la simple eau de mer. »

Ainsi nous sommes tous issus de l'eau ; tous originaires de notre propre et mystérieuse mer des Sargasses. « Et, de même que la vie a commencé dans la mer, de même chacun de nous commence sa vie particulière dans l'océan réduit de la matrice maternelle. »

À l'automne 1932, Rachel Carson venait de passer son doctorat en biologie marine. Dans un coin de son laboratoire elle avait un grand aquarium d'anguilles ; elle voulait étudier la manière dont l'anguille réagissait lorsqu'on modifiait la salinité de l'eau. Elle voulait mieux comprendre comment elle pouvait s'adapter aux énormes changements qui marquaient le cours de sa vie, comment elle se débrouillait pour assumer son destin, l'interminable migration et les mystérieuses métamorphoses. Elle n'eut jamais l'occasion de mener à terme ce travail scientifique. Mais ses anguilles la passionnaient. Elle les montrait à ses visiteurs, décrivait leur étonnant cycle de vie et leur voyage jusqu'à la mer des Sargasses. Cette fascination pour l'anguille ne la quitterait pas, et elle aurait l'occasion d'y revenir par la suite.

Le rêve d'une carrière universitaire se brisa net lorsque son père mourut en juillet 1935. Du jour au lendemain, elle dut subvenir aux besoins de sa mère et de sa sœur aînée. Le travail de recherche en laboratoire était trop mal payé ; l'ambition et la réalisation de soi s'inclinèrent devant le devoir familial. Mais grâce à ses contacts à l'université, elle put s'assurer un revenu régulier en renouant avec ce qui avait été, à côté des animaux et de la nature, son principal intérêt depuis l'enfance : l'écriture. Elle entreprit de rédiger le texte d'une série radiodiffusée consacrée à la vie des océans. En cinquante-deux épisodes de sept minutes, elle évoquait cinquante-deux espèces marines, dans un style qui était à la fois scientifiquement pertinent et passionnant pour le public. Son employeur, le US Bureau of Fisheries, fut si satisfait du résultat qu'il lui confia aussitôt une nouvelle mission : rédiger l'introduction d'une brochure consacrée à la vie marine. Elle écrivit un texte qu'elle intitula *The World of the Waters*, sur toutes les créatures qui se cachent sous le miroir de l'eau et la façon dont elles vivent, chassent ou sont chassées, naissent, se reproduisent et meurent. C'était un texte solidement étayé sur ses connaissances scientifiques, mais aussi un récit vivant et plein d'empathie. Son employeur le lut et estima qu'il ne convenait peut-être pas à une brochure d'information officielle. Ce qu'elle avait écrit, c'était autre chose. C'était de la littérature. Il lui conseilla de l'envoyer à la revue *Atlantic Monthly*.

C'est ainsi que Rachel Carson devint écrivain, et que son chemin la conduisit malgré tout jusqu'à la mer, l'origine de tout. Apprendre à connaître cette origine et la comprendre, tel fut dès lors le sens de son œuvre et de sa vie.

En 1941, Rachel Carson publiait son premier livre, *La Vie de l'océan*, basé sur le texte qui avait effectivement été publié entre-temps dans la prestigieuse revue *Atlantic Monthly*. Elle voulait donner une idée de l'infinie complexité de la mer, décrire au moins une petite partie de ce qui s'y déroule, loin de notre vue et de notre connaissance. Elle voulait aussi pointer une réalité plus vaste et plus universelle encore, en montrant de quelle façon tout est relié. Voici ce qu'elle écrit dans une lettre à son éditeur : « À mon sens, ces récits ne défient pas seulement l'imagination, ils nous donnent une meilleure perspective sur les problèmes de l'humanité. Ils parlent de choses qui se déroulent depuis d'innombrables millénaires ; aussi anciennes que le soleil ou la pluie, ou que la mer elle-même. La lutte impitoyable pour la survie dans la mer reflète le combat de toute vie terrestre, humaine et non-humaine. »

Elle adopte à cette fin un point de vue qu'on ne rencontre pas souvent chez les biologistes marins : l'anthropomorphisme. Comme dans le conte ou la fable, les animaux sont ici personnifiés. La première partie du livre décrit la vie au bord de l'eau, la deuxième s'intéresse à la vie au grand large et la troisième à la vie dans les profondeurs. Chaque partie éclaire surtout un animal particulier. Dans la première, nous rencontrons un bec-en-ciseaux, oiseau de mer américain qui mène sa vie sur le rivage. Il chasse les petits poissons, évolue en fonction des saisons et des marées, tel un infime élément parfaitement adapté à l'écosystème complexe qui l'englobe. Sous la plume de Carson, l'oiseau n'acquiert pas seulement une histoire et une personnalité, il a même un nom : Rynchops – qui correspond au nom latin de l'espèce –, et il croise au cours du récit mille autres animaux qui peuplent ce biotope particulier du rivage : hérons, tortues, crevettes, harengs et sternes. Les humains, en revanche, restent de lointains étrangers, de simples figurants relégués en coulisse.

Dans la deuxième partie du livre, nous suivons un maquereau nommé Scomber, qui manœuvre au large au milieu d'un gigantesque banc de congénères. Il est entouré de mouettes, de requins et de baleines, mais n'est réellement menacé que lorsque des êtres sans visage plongent leurs chaluts dans les profondeurs.

Dans la troisième et dernière partie du livre, nous rencontrons enfin l'anguille. Rachel Carson n'aurait bien évidemment pas pu trouver meilleure illustration de la stupéfiante complexité de la mer. Dans une lettre à son éditeur, elle écrit : « Je sais que beaucoup de gens frémissent à la vue d'une anguille. Mais pour moi (comme, je le crois, pour tous ceux qui connaissent son histoire), rencontrer une anguille revient à peu près à rencontrer quelqu'un qui s'est rendu dans les endroits les plus beaux et les plus lointains de la planète ; en un instant, je vois une image vivante des lieux extraordinaires qu'elle a visités – des lieux que je ne pourrai, simple humaine que je suis, jamais voir. »

Le récit consacré à l'anguille commence au pied d'une colline, dans un petit étang situé à trois cents kilomètres de la mer. Cet étang est bordé de massettes et de jacinthes d'eau ; deux petits ruisseaux l'alimentent. Une fois le décor planté, elle introduit le personnage dont il va être question désormais : « Chaque printemps, un certain nombre de petites créatures remontent le ruisseau et font leur entrée dans l'étang des Butors. Elles ont un aspect curieux, celle de minces tiges de verre, moins longues qu'un doigt. Ce sont de jeunes anguilles nées dans les eaux profondes de l'océan. »

Rachel Carson nous présente ensuite une anguille femelle âgée de dix ans, qu'elle appelle Anguilla. Anguilla est arrivée alors qu'elle n'était encore qu'une jeune civelle et elle a toujours vécu dans cet étang depuis lors. Durant le jour, elle se cache dans les roseaux et part en chasse chaque soir à la tombée de la nuit, « car comme toutes les anguilles, elle aimait l'obscurité ». Elle a passé l'hiver enfouie dans la douceur tiède des lits boueux au fond de l'étang « car elle aimait la chaleur comme toutes ses pareilles ». Anguilla est une créature qui vit des expériences et ressent des émotions. Qui se souvient de son passé, qui souffre et qui aime. Elle est aussi, peu à peu, gagnée par la nostalgie. Un désir vague, inexprimé, se fait jour à l'approche de l'automne. Anguilla se prend à avoir des envies d'ailleurs. Par une nuit obscure, elle se dirige vers l'embouchure de l'étang. Elle continuera sur trois cents kilomètres à travers rivières et ruisseaux, jusqu'à l'océan. Nous la suivons à travers tous les obstacles et les difficultés qu'elle rencontre, pour s'élancer enfin sur la route de cette mer des Sargasses qui existe quelque part, là-bas au loin, comme un mirage. Plonger vers les grands fonds, vers « ces régions froides et silencieuses », loin, très loin, vers l'abîme qui est le « lit primitif de la mer ».

Et lorsque Anguilla et toutes ses pareilles ont disparu de notre vue et de notre connaissance, nous commençons à suivre les petites feuilles de saule impondérables, « seul testament » laissé par leurs parents, qui flottent au gré des courants marins, sur des milliers de kilomètres à travers l'océan jusqu'à la croûte continentale pour aller se répandre sur des terres « où la mer avait déjà régné bien des fois auparavant ».

Le livre parut aux États-Unis en novembre 1941. C'était bien entendu un très mauvais timing. Un mois plus tard, il serait totalement éclipsé par les événements mondiaux et l'attaque de Pearl Harbor. Les États-Unis entraient en guerre et l'intérêt pour les contes consacrés aux anguilles, aux maquereaux et aux becs-en-ciseaux s'évapora. Le livre se vendit à moins de deux mille exemplaires et fut bientôt complètement oublié.

Ce n'était que partie remise. Il serait par la suite redécouvert et réimprimé, lu et aimé par de nouvelles générations. Car il raconte la vie marine d'une manière qui est à la fois belle, fabuleuse, rêveuse, tout en restant strictement fondée sur les faits. La personnification des animaux est parfaitement maîtrisée. Rachel Carson utilise cette technique littéraire à des fins précises, sans pour autant outrepasser les limites de la science. Elle ne laisse pas l'anguille s'exprimer ou agir d'une manière qui serait étrangère à sa nature. Elle essaie simplement d'imaginer à quoi peut bien ressembler la réalité pour une anguille, de quelle façon celle-ci aborde les vicissitudes de l'étonnante existence qui est la sienne et que Rachel Carson en profite pour décrire avec une précision toute scientifique. Dans la préface de la première édition elle s'explique : « Je parle d'un poisson qui "a peur" de son ennemi, non que je pense qu'un poisson ressente la peur de la même façon que nous, mais parce que je dirais qu'il se comporte comme s'il avait peur. Chez le poisson, la réaction est avant tout physique ; chez nous, elle est avant tout psychologique. Mais si le comportement du poisson doit être compréhensible pour nous, nous devons le décrire en des termes qui relèvent de la psyché humaine. »

Ainsi, grâce à elle, le comportement de l'anguille nous devient pour la première fois compréhensible ; ou du moins un peu plus compréhensible qu'avant. Ce qui rend Rachel Carson unique dans l'histoire des sciences naturelles, c'est cette intuition : si elle veut comprendre un autre être, elle doit pouvoir apercevoir en lui un fragment d'elle-même. Elle s'identifie aux animaux, et cette identification lui donne la capacité, et le courage, de les humaniser. Elle fait ce qui est traditionnellement interdit à la science : elle prête à l'anguille une conscience, une conscience *quasi* humaine, et ainsi, elle réussit à l'approcher. Elle le fait non parce qu'elle croit que l'anguille possède une telle conscience, mais pour nous aider à appréhender un peu mieux l'être unique et complexe qu'elle représente. Pour permettre à l'anguille d'être une anguille, mais aussi une créature à laquelle nous pouvons, dans une certaine mesure, nous identifier. Une énigme, mais une énigme qui ne nous est plus tout à fait étrangère.

Qu'est-ce qui distingue au fond une anguille d'un être humain ? Le propre de l'être humain, dit-on, c'est d'être conscient de son existence ; et cette conscience s'accompagne d'une volonté d'agir sur cette existence. C'est du moins ainsi qu'on a longtemps expliqué la différence entre les humains et les animaux.

Au XVIIe siècle, René Descartes postulait qu'en dehors de l'être humain, il n'y avait que des « machines ». Les animaux étaient des corps, et leurs actions se réduisaient à des réponses mécaniques. L'être humain, en revanche, possédait ce qui manquait aux autres êtres : une âme. De cette âme provenait la pensée, qui était en elle-même la preuve de l'existence de la conscience. L'être humain a une conscience parce qu'il a une âme. Les animaux n'ont pas d'âme, donc ils n'ont pas de conscience.

La notion d'âme a permis de hisser l'être humain au-dessus des animaux, mais aussi au-dessus de la marche du temps, de la contingence et de l'impermanence. Plus récemment, on a émis l'idée que les êtres humains étaient des individus. Ce mot désigne étymologiquement une réalité qui ne peut être divisée en parties plus petites ; un tout qui reste intact et identique à lui-même, y compris lorsque tout se transforme autour de lui. Et puisque le corps humain est, à l'évidence, sujet au changement, de même que toutes les circonstances extérieures qui accompagnent une vie humaine, il faut bien qu'il y ait autre chose, qui ne change pas. Cet « autre chose », c'est ce qu'on a longtemps appelé âme.

Cependant, la question de la différence entre les animaux et les humains n'a jamais été tout à fait tranchée. En 1758, quand Carl von Linné publie la dixième édition de son œuvre sans cesse remaniée *Systema naturae* – édition généralement considérée comme essentielle et constituant le véritable point de départ de la nomenclature zoologique –, celle-ci contient une série de modifications sensationnelles par rapport aux éditions précédentes. C'est là notamment que Linné fait passer les baleines des poissons aux mammifères et les chauves-souris des oiseaux aux mammifères. Mais c'est là aussi qu'il suspend provisoirement la frontière admise entre humain et animal. Désormais, il situe en effet l'orang-outang dans le même genre, *Homo*, que l'être humain. Ce qui signifie que l'orang-outang, selon Linné, *est* réellement humain. Que nous, les *sapiens*, ne sommes pas, tout compte fait, les uniques membres vivants de notre famille, que nous ne sommes pas seuls ainsi que nous l'avions toujours pensé.

Il s'agissait d'une erreur scientifique, qui fut corrigée assez rapidement, mais qui n'en soulevait pas moins d'intéressantes questions. Si l'orang-outang était humain, cela signifiait-il que l'orang-outang avait une âme ? Était-il conscient de son existence ? Qu'est-ce qui différenciait alors l'humain et l'orang-outang du gorille, par exemple, ou du chimpanzé ? Et si cette frontière-là devenait poreuse, qu'est-ce qui distinguait au fond l'humain de la chauve-souris ou de l'anguille ?

Quelque temps plus tard, Charles Darwin nous priva une fois pour toutes de notre âme immortelle. La théorie de l'évolution n'autorise pas l'idée d'une âme inaltérable, puisqu'elle affirme que toute vie est soumise au changement, de même que toutes ses composantes. L'être humain est devenu un animal parmi les autres. Et par la suite, au rythme des avancées de la recherche contemporaine, dans un mouvement réciproque, les animaux sont devenus toujours un peu plus semblables à nous. Ils ont acquis, sinon une âme, du moins une conscience. Nous savons aujourd'hui que les animaux ont des états de conscience beaucoup plus différenciés qu'on ne le pensait précédemment. La recherche montre que la plupart des animaux, y compris les poissons, ressentent la douleur. Beaucoup d'éléments indiquent aussi qu'ils connaissent la peur d'une manière qui s'apparente à l'expérience humaine, de même qu'ils peuvent éprouver de la tristesse, des sentiments maternels, de la honte, du remords, de la gratitude et quelque chose que nous pourrions nommer amour.

En outre on rencontre des animaux, par exemple chez les primates et les corvidés, qui sont capables d'exécuter des opérations mentales complexes, qui peuvent apprendre à communiquer et à interagir aussi bien avec leurs congénères qu'avec d'autres espèces, qui ont une perception de l'avenir, dans le sens où ils peuvent renoncer à une récompense en échange de la promesse d'une plus forte récompense future. Tous les critères que nous avons établis au cours de l'histoire pour distinguer l'humain de l'animal – conscience, personnalité, utilisation d'outils, notion de l'avenir, pensée abstraite, solution de problèmes, langage, jeu, culture, capacité à éprouver la tristesse ou le manque, la peur ou l'amour –, tous ces critères se sont montrés au moins discutables, souvent insuffisants, parfois totalement erronés. La frontière est dans une certaine mesure réellement devenue poreuse. Une corneille placée devant un miroir sait que c'est elle-même qu'elle voit, ce qui signifie qu'elle est consciente de son existence. Elle sait qu'elle *est*, même si on ignore si elle sait *ce* qu'elle est.

Ainsi l'anguille a-t-elle une conscience, ou du moins une forme de conscience. Mais est-elle consciente de sa propre existence ? Et, dans ce cas, que *ressent*-elle ? Que ressent-elle à travers toutes ses métamorphoses, sa longue attente et ses pérégrinations ? Peut-être de l'ennui ? De l'impatience ? Un sentiment de solitude ? Que ressent-elle quand survient le dernier automne ? Quand son corps se transforme, devient puissant et prend des reflets argentés, quand quelque chose de grand et d'incompréhensible l'attire vers l'Atlantique ? Est-ce du désir ? De la nostalgie ? Un sentiment d'incomplétude ? Une angoisse de mort ? Quel effet cela fait-il, en vrai, d'être une anguille ?

Rachel Carson a humanisé l'anguille afin qu'en nous représentant son ressenti nous puissions aussi mieux comprendre son comportement. Mais cela signifie-t-il pour autant que nous comprenons ce qu'éprouve l'anguille *elle-même* ?

C'est là une question qui est devenue de plus en plus centrale au cours des dernières décennies. En 1974, le philosophe Thomas Nagel publiait un célèbre article sur la philosophie de la conscience, dont le titre était « Quel effet cela fait, d'être une chauve-souris ? » Sa réponse à cette question apparemment simple était brève : nous ne pouvons pas le savoir.

Tous les animaux sont doués de conscience, explique Nagel. La conscience est avant tout un état. C'est la manière subjective dont nous percevons le monde, le récit rapporté par nos sens à propos de ce qui nous entoure. Pour autant, un être humain ne peut jamais réellement comprendre ce que c'est que d'être une chauve-souris, ou une anguille, pas plus d'ailleurs qu'un potentiel habitant d'une autre planète. Notre expérience singulière en tant qu'êtres humains limite notre capacité à faire nôtres d'autres états de conscience.

Une chauve-souris se trouve manifestement dans un état de conscience très différent. Elle perçoit le monde avant tout comme un système d'échos. Cela, nous le savons entre autres grâce au naturaliste italien Lazzaro Spallanzani – celui qui, en plus d'être le quasi-homonyme du mystérieux professeur dans la nouvelle *L'Homme au sable* d'Hoffmann, avait aussi cherché en vain la vérité sur la reproduction de l'anguille. Spallanzani réalisa au début des années 1790 une série d'expériences pionnières avec des chauves-souris, où il put constater entre autres qu'elles volaient sans difficulté et sans jamais se cogner y compris dans des espaces clos plongés dans le noir. Il captura un grand nombre de chauves-souris, leur ôta les yeux et les relâcha. Quelques jours plus tard, il recueillit quelques chauves-souris aveugles et les disséqua, et découvrit qu'elles avaient récemment ingéré quantité d'insectes. Les chauves-souris pouvaient donc à la fois s'orienter et chasser sans recourir au sens de la vue. Autrement dit, conclut Spallanzani, elles devaient de servir de l'ouïe.

Quand une chauve-souris survole une rivière la nuit, elle ne voit pour ainsi dire rien, mais elle émet des sons rapides à très haute fréquence, répercutés par les objets présents dans l'environnement, qu'ils soient vivants ou inanimés. L'écho de ces sons est traité et interprété par la chauve-souris qui se fait ainsi une image extrêmement détaillée du monde qui l'entoure. Grâce à cette faculté, une chauve-souris peut voler à toute vitesse, dans une obscurité compacte, entre les branches d'un arbre sans jamais se cogner. Elle peut même distinguer différentes sortes de papillons de nuit, d'après la façon dont leurs ailes répercutent l'écho. Tout ce qu'elle rencontre possède un schéma d'écho particulier et c'est ainsi qu'elle perçoit son environnement. Son image du monde est constituée par un flux permanent d'échos, et celui-ci modèle naturellement aussi la façon qu'a la chauve-souris de *ressentir* le monde.

Un être humain se trouve dans un tout autre état de conscience ; si nous essayons de nous représenter l'effet que cela peut faire d'être une chauve-souris, nous en sommes empêchés précisément par les limites qui sont celles de notre propre conscience, selon Nagel.

Il ne suffit pas que j'essaie de me représenter l'effet que ça fait d'avoir des ailes et une mauvaise vue, de survoler une rivière la nuit et de happer des insectes avec ma bouche, pas davantage l'effet que ça fait d'émettre des ultrasons et d'en recueillir l'écho. « Pour autant que je puisse imaginer cela (ce qui ne va pas bien loin), cela ne me dit pas quel effet cela me ferait à moi de me comporter de la manière dont se comporte une chauve-souris. Mais ce n'est pas le problème. Je veux savoir quel effet cela fait à une chauve-souris d'être une chauve-souris. Si j'essaie d'imaginer cela, je suis borné aux ressources de mon propre esprit. »

De plus, selon Nagel, le problème ne se limite pas à la relation humain-animal. Comment une personne entendante peut-elle se représenter la manière dont une personne sourde de naissance perçoit le monde ? Comment une personne voyante peut-elle expliquer une image à quelqu'un qui a toujours été aveugle ?

Nagel a ainsi récusé ce qu'on appelle le réductionnisme, c'est-à-dire l'idée que des notions complexes puissent être comprises à partir de notions plus fondamentales. Par exemple, que nous puissions comprendre l'état mental d'un autre être en observant et en décrivant les processus physico-chimiques qui se déroulent dans son cerveau. Le réductionnisme tente d'expliquer le grand par le petit – le tout est constitué d'éléments qui peuvent être expliqués séparément, et à partir de là il doit être possible d'expliquer également le tout.

Or cela ne suffit pas, avance Nagel. Quand il s'agit de la conscience, il existe des états qui nous sont inconnus et qui le resteront toujours, même si nous devions vivre indéfiniment. Il est des choses que nous ne comprendrons jamais, que ce soit la chauve-souris ou l'anguille. Nous pouvons découvrir d'où elles viennent, comment elles se déplacent et s'orientent, nous pouvons apprendre à les connaître, mais nous ne pourrons jamais vraiment comprendre quel effet cela fait d'*être* elles.

L'argument est logique, et sans doute parfaitement fondé. Pourtant, on voudrait croire que Rachel Carson s'est approchée d'une forme de compréhension, même si on sait que celle-ci est impossible à strictement parler. Loin du réductionnisme, de l'évidence empirique, de la croyance traditionnelle de la science en la vérité qui se manifeste sous la lentille du microscope, elle l'a fait en mobilisant la faculté que les humains sont peut-être malgré tout jusqu'ici seuls à posséder. C'est-à-dire l'imagination.

Voici ce que raconte la légende. Il était une fois un garçon qui avait capturé une anguille. Le garçon s'appelait Samuel Nilsson, il avait huit ans et cela se passait en 1859. Cette anguille, qui n'était pas très grande, il l'avait lâchée dans un puits, à l'endroit où il vivait avec sa famille, dans une ferme de Brantevik, dans le sud-est de la Scanie. Puis il avait remis en place le lourd couvercle de pierre.

L'anguille vécut ainsi, dans le noir et la solitude, en se nourrissant de vers de terre et de rares insectes égarés dans le puits. Elle vécut là, isolée du monde, privée non seulement de l'océan, du ciel et des étoiles mais aussi du sens même de son existence : le voyage du retour jusqu'à la mer des Sargasses, l'accomplissement de son destin.

Elle vécut là pendant que tout autour d'elle se transformait. Pendant que les autres anguilles de sa génération forcissaient, s'argentaient et prenaient le chemin de l'océan. On était alors à la fin du XIXe siècle. Elle continua de vivre pendant que Samuel Nilsson, entre-temps devenu adulte, vieillissait et mourait. Elle continua de vivre pendant que les enfants de Samuel Nilsson en faisaient de même. Et ses petits-enfants et arrière-petits-enfants après eux.

L'anguille devint si vieille qu'elle finit par devenir célèbre. On venait de loin pour se pencher sur le puits dans l'espoir de l'entrapercevoir. Elle devint un lien vivant vers le passé.

Une anguille à qui on avait volé sa vie, et qui s'était vengée en déjouant la mort. Peut-être était-elle immortelle ?

Dire qu'il s'agit d'une légende, ce n'est pas vraiment lui rendre justice. Qu'il y ait eu une anguille dans le puits de Brantevik, c'est une certitude. Qu'elle y ait vécu longtemps, c'est également certain. Le seul point qui reste obscur, c'est son lien avec Samuel Nilsson. Alors combien de temps l'anguille de Brantevik a-t-elle vécu ? Nous ne pouvons pas vraiment répondre à cette question.

Certains s'y sont pourtant essayés. En 2009, l'équipe de tournage de l'émission « En pleine nature » s'est rendue à la ferme de Brantevik. L'anguille était alors censée avoir atteint cent cinquante ans. On voulait profiter de l'occasion pour documenter son existence, l'extraire du monde de la mythologie et la faire passer au moins en partie dans le monde réel. Ce furent quelques minutes parmi les plus dramatiques de l'histoire du documentaire animalier suédois. À grand-peine, on réussit à déplacer la lourde pierre rectangulaire qui tenait lieu de couvercle. On jeta un coup d'œil dans le puits, qui n'était profond que de quatre ou cinq mètres et tapissé de gros moellons. L'anguille était naturellement invisible. On fit venir une pompe pour évacuer l'eau. Toujours pas d'anguille. Martin Emtenäs, le présentateur de l'émission, descendit alors dans le puits et se mit à chercher à mains nues dans les anfractuosités pendant que le puits commençait, lentement, à se remplir de nouveau. Aucune anguille.

Ils étaient sur le point de replacer le couvercle et d'abandonner la partie quand ils crurent soudain percevoir un mouvement dans l'eau boueuse au fond du puits. Martin Emtenäs redescendit pour voir ce qu'il en était.

L'anguille, la mystérieuse anguille de Brantevik, qu'il réussit finalement à recueillir dans une éprouvette, était une créature étrange. Elle était petite, pas plus de cinquante-trois centimètres et demi, mince et pâle. Mais ses yeux étaient d'une taille tout à fait exceptionnelle. Quand tout le reste de son être avait cessé de grandir pour s'adapter à la vie dans le puits, ils étaient devenus quant à eux plusieurs fois plus grands que chez une anguille ordinaire. Comme pour compenser la privation de lumière. Dans l'herbe où elle rampait vaguement, filmée par la caméra, elle ressemblait à un visiteur d'un autre monde. Si tragiquement marquée par une vie dans le noir et la solitude. Si étrange, si différente, là, à la lumière, au milieu de nous.

« Il est tout à fait possible que la légende de l'anguille de Brantevik soit vraie », a commenté Martin Emtenäs. Peut-être avait-elle réellement cent cinquante ans. Et après un siècle et demi passé dans de telles conditions, il aurait sans doute été présomptueux de perturber les circonstances qui lui avaient permis de tromper la mort pendant si longtemps. Après l'avoir mesurée et examinée, l'équipe de télévision l'a donc relâchée dans le puits, dans cette obscurité où elle paraissait déterminée à survivre à tout et à tous.

L'anguille de Brantevik survécut effectivement quelque temps, mais elle finit tout de même par s'éteindre. En août 2014, le propriétaire du puits découvrit que l'anguille était morte. Si nous choisissons de croire la légende, elle aurait donc vécu au moins cent cinquante-cinq ans. Sa dépouille fut expédiée dans un laboratoire à Stockholm. On espérait pouvoir estimer son âge en comptant le nombre de cercles présents sur l'otolithe – une concrétion minérale située dans l'oreille interne.

Mais on ne découvrit jamais d'otolithe. Peut-être le minuscule cristal avait-il disparu pendant la décomposition du corps. On essaya d'extraire la boue du puits et de la filtrer, en vain. L'otolithe avait purement et simplement disparu. Ainsi l'anguille avait-elle réussi à tromper les humains une dernière fois, même quand elle n'avait plus eu la force de tromper la mort.

Quelle que soit la vérité concernant l'anguille de Brantevik, il est prouvé que l'anguille peut atteindre un âge extrêmement avancé. La doyenne de celles dont on connaît l'âge avec une quasi-certitude fut capturée à Helsingborg en 1863 par un garçon de douze ans nommé Fritz Netzler. L'anguille, petite et mince, avait alors deux ou trois ans et mesurait quarante centimètres à peine. Elle venait d'arriver dans le sud de la Suède après son périple depuis la mer des Sargasses. Transformée en anguille jaune, elle s'était engagée dans le détroit de l'Öresund avant de remonter le ruisseau (à présent enterré) qu'on appelait à l'époque le Hälsobäcken et qui traversait un parc du centre-ville de Helsingborg. Elle s'y était engagée sur deux cents mètres à peine quand elle fut capturée par le jeune Fritz. Celui-ci lui donna le nom de Putti, la rapporta dans l'appartement familial à Helsingborg et l'installa dans un petit aquarium, où Putti vieillit sans jamais grandir. Les années passaient, pourtant l'anguille demeurait dans son état juvénile, mince et longue de quarante centimètres à peine.

Putti avait environ vingt ans quand mourut le père de Fritz Netzler, qui s'appelait Fritz lui aussi et qui était médecin de ville. L'anguille et son maître furent séparés pendant quelque temps. Putti déménagea, dans son aquarium, d'une famille de Helsingborg à l'autre. Peut-être vécut-elle aussi quelque temps dans la ville universitaire de Lund.

Elle approchait la quarantaine quand elle fut autorisée en 1899 à revenir chez Fritz Netzler junior, qui était entre-temps devenu médecin comme son père. Elle était toujours aussi mince et mesurait toujours quarante centimètres à peine. Après toutes ces années passées dans de petits aquariums dans des appartements sombres, ses yeux avaient atteint une taille presque aussi disproportionnée que ceux de l'anguille de Brantevik. On raconte qu'elle mangeait dans la main de Fritz. De la viande ou du poisson. Ce qu'elle aimait pardessus tout, c'était le foie de veau coupé en petits morceaux.

Putti survécut à son maître. Elle approchait de son soixante-dixième anniversaire quand Fritz Netzler junior mourut en 1929. Après quelques années chez une autre famille, l'anguille fut donnée en 1939 au musée de Helsingborg. C'est là qu'elle finit par s'éteindre, en 1948 ; elle avait alors quatre-vingt-huit ans ou un peu moins.

De nos jours, elle est conservée dans une réserve du musée. Voici le descriptif qu'en donne le catalogue : « L'anguille Putti en aquarium avec couvercle. Anguille, liquide et pierres. » L'aquarium mesure cinquante centimètres et Putti trente-huit.

Elle vécut donc presque quatre-vingt-dix ans, mais selon des critères humains, elle était encore adolescente. Comme l'anguille de Brantevik, elle n'est pas seulement restée petite toute sa vie ; elle n'a jamais eu l'occasion de connaître la dernière métamorphose et de devenir anguille argentée. Ce qui témoigne d'un autre aspect énigmatique de la question : comment l'anguille sait-elle à quel moment elle doit engager ses transformations ? Comment sait-elle à quel moment sa vie approche de sa fin, à quel moment la mer des Sargasses l'attend ? Quelles sont les voix qui lui murmurent qu'il est temps de partir ?

Cela ne peut pas être l'effet du hasard. Car peu importe l'âge qu'elle atteint, il semble bien que l'anguille soit en mesure d'interrompre son propre vieillissement. Quand les circonstances l'exigent, la dernière métamorphose peut être reculée indéfiniment. Si elle n'a pas la possibilité de rejoindre l'océan, elle n'atteint pas la maturité sexuelle, elle ne se transforme pas en anguille argentée. Au lieu de cela, elle attend. Patiemment, décennie après décennie, elle attend, jusqu'à ce que la possibilité survienne enfin, ou que son énergie vitale s'épuise. Quand le cours de l'existence ne se déroule pas comme prévu, tout se passe comme si elle était capable de se mettre entre parenthèses, de reporter l'acte même de vivre. Et cela, presque indéfiniment.

Dans les années 1980, à l'occasion d'une étude menée en Irlande où l'on captura une grande quantité d'anguilles argentées – qui étaient toutes en route vers la mer des Sargasses et donc toutes en fin de vie –, on découvrit que leur âge était extrêmement variable. La plus jeune n'avait que huit ans et la plus vieille cinquante-sept. Elles se trouvaient toutes au même stade de développement, et avaient donc toutes le même âge relatif, si l'on veut. Pourtant, l'une avait sept fois l'âge réel de l'autre.

On peut à bon droit se poser la question : comment un tel être appréhende-t-il le temps ?

Pour l'être humain, la perception du temps est impitoyablement liée au vieillissement, et celui-ci suit une chronologie relativement prévisible. L'être humain ne traverse pas de métamorphoses au sens propre ; nous changeons, mais nous demeurons la même personne. La santé peut varier d'un individu à l'autre, nous pouvons être exposés aux maladies ou aux accidents, mais en général, nous savons à peu près à quel âge nous pouvons nous attendre à aborder une nouvelle phase de vie. Notre horloge biologique est plus ou moins stable ; nous savons à quel moment nous sommes jeunes, et à quel moment nous ne le sommes plus.

L'anguille, au contraire, devient un être différent à chaque métamorphose, et chaque stade de son existence peut être étiré ou raccourci selon le lieu où elle se trouve et les conditions dans lesquelles elle vit. Son vieillissement semble être lié à autre chose qu'au temps.

Un tel être vit-il le temps comme une évolution ? Ou davantage comme un état ? A-t-il sa propre façon de mesurer le temps, distincte de la nôtre ? Une façon d'appréhender le temps qui serait propre à la mer, peut-être ?

Rachel Carson écrit que dans les grands fonds, là où l'anguille se reproduit et meurt, il n'existe pas d'horloge. Là-bas, le temps a en quelque sorte épuisé son rôle, il ne compte pour rien dans la perception de la réalité. Il est devenu insignifiant. Là-bas, les moyens ordinaires que nous avons de le mesurer n'ont pas cours. Il n'y a ni jour ni nuit, ni hiver ni été. Tout ce qui s'y passe obéit à un rythme propre. Elle parle de l'abîme sous le tapis d'algues de la mer des Sargasses, où « les changements sont lents, les années s'écoulent sans signifier quoi que ce soit, les saisons ne jouent plus le moindre rôle ». Et dans *La Mer autour de nous*, elle parle de l'expérience de l'individu qui navigue à la voile sur l'océan par une nuit étoilée, qui regarde l'horizon et éprouve que le temps pas plus que l'espace ne semblent avoir de fin. « Alors, ce qui ne lui arrive jamais à terre, il apprend et comprend que son monde est un monde avant tout aquatique, un globe dominé par sa couverture marine et où les continents ne sont que des accidents temporaires à la surface de la mer universelle. »

Les êtres vivants les plus anciens que nous connaissons ont leur origine dans la mer. La cyprine, ou praire d'Islande, pêchée en 2006 au large des côtes islandaises et à laquelle on a donné le nom de coquillage Ming, s'est révélée être âgée d'au moins cinq cent sept ans. Les chercheurs ont estimé qu'elle était née en 1499, quelques années après que Colomb eut trouvé le chemin de l'Amérique, et qu'elle était contemporaine de la dynastie Ming – d'où son nom. Qui sait combien de temps elle aurait pu vivre encore si les chercheurs, tout à leurs efforts pour lui attribuer un âge, ne l'avaient pas tuée par mégarde. Dans le Pacifique, à l'est de la Chine, on trouve des éponges appelées « éponges de verre », qui peuvent atteindre onze mille ans et plus. Au fond de l'océan, où la rotation terrestre n'influence pas plus la vie que le lever et le coucher du soleil, le vieillissement semble tout bonnement obéir à d'autres lois. S'il existe réellement un être qui soit éternel, ou quasi éternel, c'est dans la mer qu'on peut s'attendre à le trouver.

Non, l'anguille n'est peut-être pas immortelle, mais elle n'en est pas loin. Et si on s'autorise à l'humaniser quelque peu, on doit se poser la question : comment fait-elle pour se débrouiller avec tout ce temps et toute cette attente ? La plupart des gens diraient sans doute que la pire façon d'appréhender le temps, c'est l'ennui. L'attente, en l'absence de tout événement attendu, voilà ce qui est le plus difficile à supporter, et le temps n'est jamais aussi présent, aussi insistant, que lorsque nous nous ennuyons. Nous frissonnons à l'idée de cent cinquante ans passés dans un puits obscur, dans l'isolement, sans la moindre perception sensorielle ou presque. Quand le temps n'est pas découpé, ou masqué, par l'expérience, il devient un monstre, une réalité insoutenable.

Pour moi, cent cinquante ans passés dans la solitude et l'obscurité évoquent une interminable nuit d'insomnie. Le genre de nuit où chaque seconde s'ajoute à la précédente, en un minutieux puzzle sans fin. J'essaie de me représenter l'impatience, au cours d'une telle nuit, celle qui vient quand on est absolument conscient du passage du temps et qu'on ne peut pourtant l'influencer d'aucune manière.

Pour l'anguille, il en va à l'évidence tout autrement. Un animal ne ressent sans doute pas l'ennui de la même façon que nous. Un animal n'a pas cette sorte de perception mesurée du temps, des secondes qui se transforment en minutes, qui se transforment en années puis en une vie entière. Une anguille ne s'impatiente peut-être pas lorsqu'il ne se passe rien.

Mais il existe une autre forme d'impatience, qui est peut-être liée à la première. C'est celle qui survient lorsqu'on sent malgré soi que quelque chose n'a pas pu s'accomplir.

L'impatience qui survient quand on est empêché de faire ce qu'on voulait faire.

C'est à cela que je pense quand je me représente l'anguille de Brantevik. Elle a eu beau repousser la mort et vivre jusqu'à cent cinquante-cinq ans, le temps ne lui a pas suffi pour accomplir sa destinée. Elle a défié toutes les limites, elle a survécu à tous ceux qui l'entouraient, elle a réussi à étirer sa longue existence désespérante pendant un siècle et demi. Pourtant, il ne lui a pas été donné de retourner à la mer des Sargasses. Les circonstances l'ont retenue captive d'une attente sans fin.

Et cela nous apprend que le temps est un compagnon auquel on ne peut se fier. Les secondes ont beau s'égrener parfois avec une lenteur infinie, la vie passe en un éclair : on naît, avec son origine et son héritage, on multiplie les efforts pour s'affranchir de tout ce qui nous a été imposé, et peut-être réussit-on, mais bien vite on s'aperçoit qu'il faut refaire le voyage en sens inverse jusqu'au lieu d'où l'on vient, et que si on n'y arrive pas, on n'aura pas achevé ce qu'on avait à faire, et soudain on se retrouve là, à la lumière de cette découverte, avec la sensation d'avoir vécu toute sa vie isolé dans un puits obscur, sans avoir rien compris à qui on était vraiment, et puis un jour il est trop tard.

POSER UNE NASSE

Nous habitions une maison en briques blanches – ma mère, mon père, ma grande sœur, ma petite sœur et moi. Nous avions un garage, une pelouse, des arbres fruitiers et une serre, où nos parents cultivaient des tomates. Nous avions chacun notre chambre, une salle de bains avec baignoire, une assez grande cuisine et un séjour plein de tableaux où personne n'allait jamais. Nous avions une pièce pour regarder la télé, avec un grand canapé. Nous avions un sous-sol avec buanderie et chaufferie. Nous avions un potager où poussaient des pommes de terre, des carottes et des fraises, et un compost où on trouvait des vers de terre. Nous avions une table de ping-pong, un métier à tisser, un congélateur d'appoint et un alambic qui bouillonnait dans la douche environ une fois tous les deux mois en répandant dans toute la maison une forte odeur de moût. Nous avions un pommier et un prunier parfaitement alignés pour faire une cage de but idéale. Nous avions un bac à sable et une véranda, dont le toit en plastique crépitait comme un tir d'artillerie quand il pleuvait. Nous vivions dans une rue où toutes les maisons avaient été construites à la même époque. Nos voisins étaient charcutiers, éleveurs porcins, gardiens de nuit, routiers, et le quartier grouillait d'enfants. Nous étions absolument comme tout le monde. Nous étions d'une fantastique normalité. C'est la seule chose qui nous distinguait.

J'ai compris d'assez bonne heure que cette vie que nos parents nous avaient construite n'allait pas de soi. Eux-mêmes étaient nés dans un autre monde et, s'ils en étaient arrivés là, c'était parce que les gens comme eux avaient été embarqués dans un mouvement historique qui, en l'espace de trois décennies, avait à peu près tout changé. Ce n'était pas un ascenseur social individuel. C'était la classe ouvrière tout entière qui avait fait le voyage. Trente ans de réformes sociales avaient tiré les journaliers agricoles et les ouvriers de l'industrie des baraques insalubres et des taudis surpeuplés qu'ils occupaient jusque-là pour les faire emménager dans des maisons individuelles comme la nôtre, avec garage, voiture, serre et arbres fruitiers. C'était un mouvement extraordinairement puissant, comme un courant marin.

Mon père est né à l'été 1947. Sa mère, ma grand-mère, avait alors vingt ans, et cela faisait déjà six ans qu'elle travaillait comme bonne à tout faire. Après sept années d'école élémentaire, elle avait fait sa communion, et le lendemain de la cérémonie elle était partie à vélo pour se présenter à son premier emploi. Elle avait quatorze ans. Le vélo, elle l'avait acheté à crédit. Elle devait rembourser dix couronnes par mois. Son salaire était de vingt-cinq couronnes.

Jusque-là, elle avait vécu avec ses parents et ses cinq frères et sœurs. Ses parents étaient des *statare*, des journaliers agricoles. Ils étaient payés en nature ; c'était un servage à peine déguisé. Ils vivaient dans une baraque, ce qu'on appelait à l'époque une *statarhus*. Trois pièces : une cuisine, une chambre où ils dormaient à huit, à raison de deux par lit, et un « salon » où personne n'avait le droit de mettre les pieds durant la semaine. Des toilettes sèches à l'extérieur. Un poêle à bois. Des fenêtres qui laissaient entrer le froid et les courants d'air. Un père violent. Ils ne possédaient rien, et même si le régime des *statare* avait été officiellement aboli en 1945, ils continuaient de vivre dans la même baraque et de travailler en gros dans les mêmes conditions. Les *statare* savaient quelle était leur place dans le monde. Leurs enfants aussi.

Ma grand-mère paternelle était belle, d'une beauté simple et dénuée de prétention. Elle souriait souvent. Elle avait un regard timide, où l'on décelait une ombre de mélancolie. Elle avait passé son adolescence à travailler dans une dizaine de maisons différentes. De sept heures du matin à sept heures du soir, elle lavait, récurait, nettoyait sans trêve. Elle avait un jour de congé le dimanche, plus un après-midi par semaine. Elle dormait seule dans une chambre de bonne. Elle détestait son travail, elle détestait vivre en étrangère chez les autres, elle détestait les cris, le mépris et la soumission qu'on lui imposait. Elle se languissait de sa maison, de ses frères et sœurs, de l'enfance.

Juste avant la naissance de mon père, elle est revenue dans sa famille. À l'automne de la même année, elle a été embauchée dans l'usine de caoutchouc de la ville. Ce travail lui déplaisait moins que celui de domestique, mais elle avait aussi la responsabilité d'élever seule un petit enfant. Elle avait eu droit à deux mois de congé maternité avant d'être contrainte de retrouver un gagne-pain. Ses parents et ses jeunes sœurs s'occupaient de mon père pendant la journée.

Il avait sept ans quand ils ont déménagé, tous les deux, grand-mère et lui, pour aller vivre dans la ferme sur les terres en pente au-dessus de la rivière. La ferme de grand-père.

C'était une exploitation affermée par l'Église, avec des cochons, des terres agricoles, et un jardin de fleurs dont grand-mère avait la charge. Mon père a appris dès son plus jeune âge à aider aux travaux de la ferme, mais il aimait aussi boxer et manier la fronde. Il courait à travers champs jusqu'à la rivière ; il a appris à nager dans le courant au-dessus des rapides. Il s'intéressait à l'histoire et aux sciences, mais n'a pas poursuivi sa scolarité. Il a commencé à travailler en conduisant le camion qui emmenait les cochons à l'abattoir. Il a fait son service militaire, il a rencontré maman et il a trouvé du travail comme asphalteur – métier qu'il exercerait toute sa vie.

Ce passage à l'âge adulte a coïncidé avec les années où étaient instaurées en Suède les allocations familiales généralisées, les aides sociales et la retraite professionnelle. L'impôt sur le revenu était désormais calculé de façon individuelle. La prise en charge collective était étendue aux malades, aux jeunes mères, aux enfants, aux personnes âgées. On avait redistribué les richesses. De deux semaines de congés payés, on était passé à quatre. La sécurité individuelle ne relevait plus en premier lieu de la famille ou du clan, mais de la société. Il était devenu possible pour un cantonnier et une assistante maternelle – mes parents – de mener une vie entièrement différente de celle qu'avaient connue leurs propres parents, leurs grands-parents, et toute la classe ouvrière avant eux.

Rien dans ce voyage n'était joué d'avance. Rien ne relevait non plus du hasard. Des forces puissantes étaient en action. Mes parents avaient été des feuilles de saule portées par les courants. Sans rien faire ou presque, ils avaient traversé un océan.

Papa avait vingt ans et maman dix-sept quand ma grande sœur est née. Quelques années plus tard à peine, ils empruntaient de l'argent à la banque et construisaient la maison en briques blanches.

C'est là, devant la maison, que mon père a déroulé sur la pelouse un étrange objet oblong fait de cercles de métal et de filet.

« C'est une nasse à anguilles, a-t-il dit. Je viens de l'acheter. »

Je ne sais pas à qui il l'avait achetée. Elle n'était pas neuve en tout cas, le filet avait plusieurs grands accrocs que nous avons réparés avec du gros fil à repriser, mais elle dégageait quelque chose de puissant. Longue de quatre ou cinq mètres, très large à une extrémité, elle allait en se rétrécissant et finissait en pointe ; du côté de l'ouverture, elle présentait deux pans de filet qu'on pouvait étirer latéralement, si bien qu'elle atteignait en tout trois mètres d'envergure. Je la voyais déjà, sous l'eau, dans la rivière, avec sa gueule étirée, capturant absolument tout ce que le courant charriait dans sa direction. Notre nasse déborderait littéralement de poisson. On était bien loin des cordeaux ou de la vermée puante. Cet instrument bouleversait toutes les hiérarchies. Avec cette nasse, nous ne serions plus des invités temporaires et insignifiants dans le cycle infini de vie et d'activité de la rivière ; nous allions devenir quasiment tout-puissants. C'était comme si nous nous apprêtions à intervenir dans l'ordre même des choses.

Nous avons dîné. Papa s'est fourré une chique sous la lèvre, et nous sommes partis en voiture en direction de l'eau. Il faisait encore clair. Nous avons pris la route, puis continué parallèlement à la rivière en suivant les larges traces de pneus. Nous sommes arrivés au pied du saule. Il avait plu pendant plusieurs jours d'affilée, et la rivière était haute, plus large que d'habitude d'au moins deux mètres. Par endroits elle avait débordé et formait des mares d'eau stagnante où pointaient des brins d'herbe solitaires.

La barque amarrée au pied du saule oscillait en tirant sur sa chaîne comme un animal captif. Mon père, immobile, contemplait la rivière boueuse qui coulait plus vite et plus fort que d'habitude. Il a craché dans l'herbe. « Elle est sacrément haute. » Puis : « Bon, on fait quand même un essai. »

Nous avions emporté deux longs pieux et un troisième un peu plus court. Nous les avons rangés dans la barque avec la nasse, et nous sommes partis.

« Tu veux que je rame ? ai-je demandé.

– Non, c'est moi. Toi, tu poses la nasse. »

Il s'est éloigné un peu de la rive avant de commencer à ramer à contre-courant pour s'éloigner des rapides. Il maniait les avirons à une vitesse furieuse, faisant grincer les tolets. Le courant lui résistait et soulevait la proue hors de l'eau à chaque coup de rame. Mon père marmonnait, jurait, y allait de tout son corps au moment de ramener les avirons vers lui. Après cent mètres environ, il les a plongés dans l'eau presque à la verticale, nous immobilisant à la force de ses bras. La barque oscillait dangereusement, comme si elle essayait de lui échapper. Mon père parait le mouvement à coups d'aviron.

« Plante-le au fond ! » D'un mouvement de tête impatient, il me montrait l'endroit où je devais enfoncer le premier grand pieu. Je l'ai soulevé, les doigts gourds, je l'ai plongé dans l'eau, côté pointu vers le bas, et je l'ai planté de toutes mes forces dans le fonds vaseux. La barque tournait comme si elle voulait me faire valser par-dessus bord, mais j'ai réussi à attraper la massette et à cogner tant bien que mal sur le pieu pour bien l'enfoncer. L'eau boueuse me giclait au visage.

Le temps que je parvienne à fixer les deux pieux au fond de la rivière et à y nouer les pans de l'ouverture de la nasse, nous étions tous deux trempés et couverts de boue. Papa était en sueur, le souffle court. Il a lâché les avirons, laissant la barque filer sur quelques mètres, et j'ai réussi à planter le troisième pieu, le plus court, et à y attacher le bout de la nasse. Elle s'étirait devant nous, cachée mais bien ouverte, au milieu du courant, étirant toute sa longueur dans l'eau trouble, comme une chambre secrète, invisible.

Avec un soupir, il a levé les avirons et laissé la barque filer dans le courant. Il a craché dans l'eau en regardant les pieux qui émergeaient de la rivière comme les mâts d'un bateau en train de sombrer.

« Ce serait bien le diable si on ne prend pas d'anguille avec ça. »

Ce soir-là, je me suis endormi avec des images d'anguilles plein la tête. Des quantités d'anguilles, luisantes, jaunes et brunes, grouillaient à mes pieds. Certaines essayaient de respirer, gueule ouverte, le regard fixe ; elles s'enroulaient autour de mes jambes, s'agrippaient à moi comme des plantes cherchant à monter vers la lumière. Leurs yeux ressemblaient à des boutons noirs.

Le lendemain matin, le niveau de la rivière avait déjà un peu baissé. Mon père a repris les avirons. Il observait la rivière. Le courant s'était calmé, l'eau était plus claire, et il ne devait plus fournir autant d'efforts pour manœuvrer et remonter le courant en direction de la nasse.

De loin déjà, nous avons vu que ça n'allait pas. L'un des grands pieux était à demi couché dans le courant, l'autre avait tout bonnement disparu. La nasse avait été emportée, si bien que l'ouverture se trouvait maintenant en aval, uniquement retenue par le pieu plus court.

« Et merde », a fait mon père.

Il s'est approché. La nasse remuait dans l'eau avec des mouvements rapides. J'ai arraché le pieu et j'ai ramené le filet mouillé, qui était froid et tapissé de végétaux vert sombre. L'eau ruisselait sur mon pantalon, mes doigts étaient de plus en plus raides. Mon père a rangé les avirons sans un mot et a commencé à m'aider en jetant par-dessus bord, au fur et à mesure, branchages et touffes d'herbes brillantes avant de replier la nasse à nos pieds.

C'est alors seulement que je l'ai vue. Tout au fond de l'extrémité resserrée en forme de cornet, dissimulée par les végétaux, une anguille se tordait lentement. Elle était petite comme un orvet, vingt centimètres de long, pas plus, mince, avec des yeux comme deux points noirs, et j'ai pensé qu'elle aurait dû pouvoir se faufiler sans mal par les mailles du filet.

Elle était beaucoup trop petite pour être mangée, mais je l'ai quand même glissée dans le seau.

« Je veux la ramener à la maison.

– Pour quoi faire ? Il vaut mieux la laisser grossir.

– Je peux la mettre dans l'aquarium, celui qui est à la cave. »

Mon père a eu un sourire incrédule.

« Une anguille comme animal domestique… »

De retour à la maison, je suis allé chercher l'aquarium et je l'ai mis dans ma chambre. Il n'était pas grand. J'ai versé du sable au fond, j'ai ajouté une grosse pierre et je l'ai rempli d'eau. J'ai lâché l'anguille. Sans un mouvement ou presque, elle a glissé jusqu'au fond et s'est mise au repos derrière la pierre.

Elle n'a jamais eu de nom. Au cours des semaines qui ont suivi, elle est restée là, immobile, derrière sa pierre. Assis devant l'aquarium, je la regardais à travers la vitre, attendant qu'elle bouge, qu'il se passe quelque chose, que je puisse enfin apercevoir quelque chose dans ses yeux noirs qui paraissaient morts. J'ai tenté de la nourrir, j'ai lâché de petits insectes et des vers de terre dans l'eau. Elle ne réagissait pas. Elle restait derrière sa pierre, comme engourdie, comme si le temps n'avait plus cours pour elle.

J'essayais de me représenter ce qu'elle voyait par la vitre de l'aquarium. Ce qu'elle ressentait. Avait-elle peur ? Restait-elle immobile pour se cacher ? Croyait-elle que tout cessait d'exister lorsqu'elle-même cessait d'être ce qu'elle avait l'habitude d'être ? Pouvait-elle se représenter une autre existence que celle qui était la sienne actuellement ?

Au bout d'un mois, je ne l'avais toujours pas vue remuer. Elle était là, derrière sa pierre. Le seul mouvement était la pulsation prudente des petites ouïes de part et d'autre de sa tête. L'eau commençait à verdir. L'aquarium sentait la pourriture.

« Elle ne mange pas, ai-je dit à mon père. Elle va mourir de faim.

– Bah, elle mange sans doute quand elle en a besoin.

– Mais elle ne bouge pas du tout. Je crois qu'elle est en train de mourir. »

Quelques jours plus tard, mon père est venu dans ma chambre. Il a contemplé l'aquarium. Il a vu l'eau croupie, l'anguille derrière la pierre, et il a froncé les sourcils.

« Ça n'a pas de sens », a-t-il dit.

Le soir, nous sommes descendus au bord de la rivière. J'ai porté le seau depuis la voiture jusqu'au talus, je me suis laissé glisser sur la berge. Au pied du saule, j'ai pris l'anguille dans mon poing. Elle était froide et inerte. Doucement, j'ai plongé mon poing dans l'eau. Je l'ai lâchée. Au début, elle est restée aussi immobile que moi. Puis elle s'est mise à bouger. Son corps a sinué lentement, d'un côté puis de l'autre. D'un mouvement fluide, elle s'est enfoncée dans l'obscurité, et elle a disparu.

LE LONG VOYAGE DU RETOUR

Une anguille puissante aux reflets argentés nage jusqu'à la mer et se met en route pour son ultime voyage vers la mer des Sargasses. Comment sait-elle où elle doit aller ? Comment trouve-t-elle son chemin ?

Concernant l'anguille, on peut se contenter de questions naïves, parce que même les questions naïves n'ont pas nécessairement de réponse. On peut aussi s'en réjouir. On peut être content de savoir que la connaissance a ses limites. Ce n'est pas seulement une réaction de défense, c'est une manière d'accepter, en tant qu'être humain, que le monde puisse être difficile à comprendre. Le secret est attirant en soi.

Car que disons-nous, en vérité, quand nous prétendons savoir que l'anguille se reproduit dans la mer des Sargasses ? Nous disons que nous avons de bonnes raisons de penser qu'il en est ainsi, après que Johannes Schmidt a passé dix-huit ans à écumer l'Atlantique en collectant des feuilles de saule de plus en plus petites. Nous choisissons de croire aux observations et aux conclusions de Johannes Schmidt. Nous *croyons* que les anguilles argentées traversent l'Atlantique à la nage pour se reproduire à cet endroit, qu'elles ne fraient nulle part ailleurs et qu'aucune n'en est jamais ressortie vivante. Nous le croyons parce que tout indique qu'il en va ainsi, et que rien n'indique de façon crédible qu'il en irait autrement. Nous pouvons même nous autoriser à dire que nous *savons* qu'il en est ainsi. « Nous savons quelle est leur destination », écrivait Johannes Schmidt. Après tant d'années au large, il estimait sans doute avoir mérité le droit d'utiliser ce verbe.

Pourtant, il s'agit en l'occurrence d'un savoir conditionnel. Ce sur quoi nous nous reposons pour affirmer que l'anguille se reproduit à tel endroit, c'est une série d'observations, et un certain nombre d'hypothèses. Pour l'être humain épris de connaissance, cela ne va pas sans poser problème. Si l'on veut être clair, ce que souhaitent en général les personnes de tempérament scientifique, le savoir n'est pas chose graduée, mais binaire. Soit on sait, soit on ne sait pas. Les sciences de la nature sont plus strictes de ce point de vue que la philosophie ou la psychanalyse. Les biologistes et les zoologues ont de bonnes raisons de s'en tenir au principe selon lequel tout savoir se fonde en premier lieu sur l'observation.

C'est encore dans une certaine mesure l'héritage d'Aristote qui se fait sentir. Toute connaissance part de l'expérience empirique. La réalité doit être décrite telle qu'elle apparaît à nos sens. Nous ne pouvons déclarer être vrai avec certitude que ce que nous avons réellement observé. Cette vision de la connaissance qu'on peut acquérir du monde a survécu parce qu'elle est logique, mais aussi parce qu'elle porte en elle une promesse. Tant que nous ne savons pas, nous sommes livrés à la croyance, mais pour qui s'arme de patience la vérité se révèlera toujours tôt ou tard sous la lentille du microscope.

Quand nous disons savoir que l'anguille fraie dans la mer des Sargasses, cette affirmation se heurte donc encore à deux objections de taille. 1. Aucun être humain n'a jamais vu deux anguilles se reproduire. 2. Aucun être humain n'a jamais vu d'anguille adulte dans la mer des Sargasses.

Cela signifie que le mystère de l'anguille subsiste, en un sens. Mais cette incertitude est aussi un moteur, au moins pour certains de ceux qui s'intéressent à l'anguille. Le mystère est là pour être dévoilé, les questions attendent une réponse, mais en même temps, c'est bien le mystère qui suscite et entretient l'intérêt. Les personnes qui, au fil des siècles, ont vu dans l'anguille une énigme à résoudre se sont en même temps attachées de façon presque passionnée à préserver cette énigme.

Quand Rachel Carson parle de l'anguille dans *La Vie de l'océan*, son livre d'histoire naturelle aux allures de conte, elle s'attarde justement sur ces aspects énigmatiques jamais élucidés. En tant que scientifique, on attendrait qu'elle manifeste de la frustration de ne pas savoir, mais il semblerait presque que ce soit l'inverse. Rachel Carson est attirée par le mystère. Son approche est au moins autant personnelle que scientifique, et cela vaut pour l'anguille comme pour la nature en général.

Au sujet du voyage des anguilles argentées vers la mer des Sargasses, elle écrit : « Aussi longtemps que la marée descendit, des anguilles quittèrent les marécages, courant vers la mer. Plusieurs milliers d'anguilles filèrent sous le phare, cette nuit-là, au cours de la première étape d'un long voyage maritime. En dépassant les brisants et pénétrant dans l'océan, elles disparurent également hors de la vue des hommes et presque hors de leur connaissance. »

On imagine qu'Aristote, Francesco Redi, Carl von Linné, Carlo Mondini, Giovanni Battista Grassi, Sigmund Freud et Johannes Schmidt auraient protesté. Peut-être n'auraient-ils jamais pu accepter qu'une créature soit réellement capable d'échapper à la connaissance humaine. Mais pour Rachel Carson il semble y avoir quelque chose de simple et de beau dans l'image de ces anguilles disparaissant vers l'inconnu, en secret. Une créature qui échappe activement au savoir humain. Comme s'il devait simplement en être ainsi. « L'histoire du voyage des anguilles jusqu'à leurs lieux de frai est cachée dans la mer profonde. Nul ne peut retracer [leur] route. » Tout se passe comme si l'énigme de l'anguille, subsistant envers et contre tout, était à ses yeux éternelle. Un mystère qui dépasse la faculté de représentation humaine. Comme l'infini ou la mort.

Cette même impression se retrouve chez Tom Crick, le professeur d'histoire narrateur du roman de Graham Swift, lorsqu'il parle de l'anguille : « La curiosité ne sera jamais satisfaite. Même aujourd'hui, où nous en savons tant, la curiosité n'a pas démêlé l'énigme de la naissance et de la vie sexuelle de l'anguille. Peut-être sont-ce là des choses destinées, comme tant d'autres, à n'être jamais connues avant que le monde touche à sa fin. Ou peut-être – mais là c'est de la spéculation et c'est ma propre curiosité qui me mène par le bout du nez – le monde est-il fait de telle façon que quand toutes les choses seront sues, quand la curiosité se sera éteinte (longue vie donc à la curiosité !), ce sera le moment où le monde aura touché à sa fin. Mais même si nous apprenons comment, et quoi et où et quand, saurons-nous jamais pourquoi ? Pourquoi pourquoi ? »

En dépit de toutes les observations et de toutes les tentatives d'élucidation, il existe donc encore des blancs dans le récit qu'on peut faire sur l'anguille. Nous savons que l'anguille argentée s'en va à la faveur des nuits sombres de l'automne, le plus souvent entre octobre et décembre. La feuille de saule, de son côté, apparaît dans la mer des Sargasses au printemps ; les plus petits spécimens font en général leur apparition entre février et mai. Cela indiquerait que le frai a lieu à peu près à cette époque de l'année. Ce qui donne à son tour un cadre temporel au voyage de l'anguille argentée. Elle a, au plus, six mois pour arriver à destination.

Cependant, le mystère subsiste : pourquoi la mer des Sargasses ? Pourquoi là, et uniquement là ? Beaucoup d'animaux migrent pour se reproduire, mais rares sont ceux qui effectuent un aussi long et pénible voyage, vers un lieu unique distant de plusieurs milliers de kilomètres, une seule fois dans leur vie, et qui meurent ensuite.

Selon certaines théories, seule la mer des Sargasses fournirait à l'anguille la température et la salinité qui conviennent à sa reproduction. Et l'anguille est au moins aussi vieille que la dérive des continents. Les premières anguilles avaient sans doute un itinéraire beaucoup plus court et plus simple à accomplir. Mais tandis que les blocs continentaux se sont modifiés et déplacés, centimètre par centimètre, sur des millions d'années, l'anguille, elle, n'a pas changé. Elle doit encore aujourd'hui retourner sur le lieu exact de son origine.

Et on ne sait toujours pas vraiment comment elle fait pour s'y rendre. Quels chemins emprunte-t-elle ? Comment sait-elle quelle direction est la bonne et comment fait-elle pour arriver à temps ? Comment une anguille peut-elle, en quelques mois seulement, parcourir sept ou huit mille kilomètres depuis les fleuves et les cours d'eau d'Europe, en naviguant dans les profondeurs de l'océan ?

Une équipe de recherche européenne a publié en 2016 un rapport présentant les conclusions de l'étude la plus ambitieuse menée à ce jour sur le voyage de l'anguille vers la mer des Sargasses. Pendant cinq ans, 707 anguilles argentées ont été équipées d'un émetteur électronique avant d'être relâchées à différents endroits, en Suède, en France, en Allemagne et en Irlande.

À mesure que les anguilles se déplaceraient vers l'ouest et que leurs émetteurs se détacheraient et remonteraient à la surface, chargés d'informations, les chercheurs pourraient commencer à se faire une image du voyage proprement dit.

Telle était l'idée de départ. Mais comme souvent lorsqu'il s'agit des anguilles, le résultat ne fut pas tout à fait conforme aux prévisions. Sur les 707 anguilles que comptait le projet, seules 206 avaient fourni, via leur émetteur, une quelconque information utile aux chercheurs. Et sur ces 206 anguilles, seules 87 étaient arrivées suffisamment loin dans l'océan avant de perdre leur émetteur pour donner un début d'aperçu de leur voyage.

Mais 87 anguilles en route vers la mer des Sargasses, c'était bien plus que ce qu'on avait jamais pu observer jusque-là, et le résultat, pour partiel qu'il fût, donnait déjà une idée de la complexité et de la difficulté de cette migration annuelle. Le premier constat fut que ces anguilles nageaient sans cesse, de jour comme de nuit, et semblaient avoir une stratégie bien arrêtée pour éviter les dangers. Pendant le jour, elles se déplaçaient dans les eaux sombres et froides, jusqu'à mille mètres de profondeur. La nuit, à la faveur de l'obscurité, elles montaient vers les eaux plus chaudes de la surface. Malgré ces précautions, une grande partie d'entre elles disparurent dès les premières étapes du voyage. Avalées sans trace par l'océan ou, plus précisément sans doute, par des requins et autres prédateurs.

Ce qu'on put constater également, c'est que certaines anguilles ne semblaient vraiment pas pressées d'arriver à destination. En théorie, on peut calculer le temps qu'il faut pour accomplir le voyage vers la mer des Sargasses. Des expériences ont montré qu'une anguille nageant à une vitesse moyenne parcourt en une seconde un peu plus de la moitié de sa longueur. D'autre part, on sait qu'une anguille argentée, qui ne chasse plus, ne mange plus et ne se laisse plus influencer par les distractions ordinaires de l'existence, peut nager sans s'arrêter pendant au moins six mois avec ses réserves de graisse pour seul carburant. Si l'on trace un trait sur une carte, d'un point donné en Europe jusqu'à la mer des Sargasses, en combinant distance et vitesse, sachant que l'anguille doit être arrivée au plus tard en mai, on constate que le voyage est pleinement réalisable. Très long, très fatigant, mais possible.

Parmi les anguilles de l'étude, il y en avait cependant un certain nombre qui semblaient ne pas avoir compris ce qu'elles étaient censées faire, ni qu'il fallait se dépêcher si elles voulaient arriver à temps. Certaines, très impressionnantes, parcouraient certes en moyenne près de cinquante kilomètres par jour ; d'autres, dans le même laps de temps, n'avançaient que de trois kilomètres.

De plus, elles choisissaient des itinéraires complètement différents. À l'évidence, la route vers la mer des Sargasses n'est pas unique, mais multiple. Les anguilles lâchées sur la côte ouest de la Suède prenaient par exemple vers le nord, remontant dans la mer de Norvège avant de bifurquer vers l'ouest dans l'Atlantique nord-est. Toutes les anguilles suédoises suivaient à peu près le même chemin, à l'exception d'une anguille solitaire qui, arrivée dans l'océan, prit soudain vers l'est et disparut au large de Trondheim.

Les anguilles lâchées dans la mer Celtique, au sud de l'Irlande, et dans le golfe de Gascogne en France, prirent quant à elles vers le sud avant de bifurquer vers l'ouest. L'une d'entre elles tourna cependant en rond au large du Maroc pendant neuf mois avant de repartir vers les Açores.

Les anguilles lâchées dans la Baltique au départ des côtes allemandes choisirent des itinéraires variables. Certaines suivirent l'exemple des anguilles suédoises en prenant vers le nord et la mer de Norvège. D'autres partirent vers le sud en passant par la Manche. Aucune d'entre elles ne parvint cependant jusqu'à l'Atlantique. Les anguilles lâchées en Méditerranée depuis le sud de la France prirent comme on pouvait s'y attendre la direction de Gibraltar, mais seules trois d'entre elles réussirent à traverser le détroit et à gagner l'océan.

À première vue, le résultat était maigre. Les mouvements des anguilles dessinaient sur la carte des motifs étranges, comme si quelqu'un avait dessiné un labyrinthe les yeux bandés. On eût dit que rien n'avait été décidé à l'avance et que chaque voyage était le premier. Mais une chose au moins devenait parfaitement claire : la plupart des anguilles n'arriveraient jamais à temps pour participer au frai printanier. Le long voyage du retour vers l'origine restait pour le plus grand nombre une aventure inachevée.

On peut y voir un bien triste sort, à la fois pour les anguilles et pour l'étude scientifique. Pas une seule des 707 anguilles argentées ne put être suivie jusqu'à la mer des Sargasses. Impossible de savoir si la moindre d'entre elles avait même réussi à aller jusqu'au bout. Toutes avaient été tôt ou tard englouties par l'océan, tandis que leurs émetteurs électroniques remontaient à la surface.

Pourtant, les chercheurs réussirent à tirer de leurs observations quelques conclusions nouvelles et surprenantes. Ils établirent tout d'abord que la migration des anguilles était sans doute une affaire encore plus complexe qu'on ne l'avait soupçonné jusque-là, mais qu'il était cependant possible de l'expliquer, au moins en partie. Un motif avait en effet fini par émerger de toutes ces observations, qui paraissaient de prime abord si décevantes et si erratiques. Tout d'abord, entre son point de départ et son point d'arrivée, l'anguille prend rarement le chemin le plus court. Son voyage ne ressemble pas à celui de l'oiseau ou de l'avion. Pour autant, toutes les anguilles d'Europe semblent se rejoindre à peu près à mi-chemin de leur périple, quelque part du côté des Açores, pour se diriger de là en troupe plus ou moins unie vers la mer des Sargasses. Si le voyage commence dans le doute, voire dans une certaine confusion, il devient de plus en plus résolu et orienté à mesure qu'il se poursuit.

On fit aussi une autre découverte qui compliquait encore un peu plus l'image de la migration des anguilles.

En récupérant d'anciennes collectes de larves leptocéphales de la mer des Sargasses et en comparant leur taille et leur rythme de croissance, on put constater que le frai annuel commençait sans doute plus tôt qu'on ne l'avait cru, peut-être dès le mois de décembre. Cela signifierait qu'il débute à peu près au moment où les dernières anguilles argentées quittent les côtes européennes – ce qui rend encore plus incompréhensible le fait qu'elles puissent arriver à temps.

L'explication avancée par les chercheurs est que toutes les anguilles n'y arrivent pas : toutes ne sont pas au rendez-vous dès la première fois. Pour certaines, le voyage du retour prend beaucoup plus de temps. Peut-être en est-il tout simplement ainsi, que les anguilles adaptent leur vitesse et leur itinéraire à leurs possibilités. Tandis que certaines nagent fébrilement pour atteindre la mer des Sargasses au début du printemps, d'autres prennent leur temps et attendent l'année suivante. Par exemple, une anguille partant d'Irlande peut accomplir un trajet assez rectiligne vers l'ouest et arriver à temps pour le printemps, alors qu'une anguille au départ de la Baltique peut se fixer pour objectif de n'arriver qu'au mois de décembre de l'année suivante, après un voyage de plus d'un an. Cela n'expliquerait pas seulement les différences de comportement, mais donnerait aussi une sorte de logique à cette imprévisibilité apparente. Peut-être les anguilles sont-elles tout bonnement des individus, pourvus de capacités différentes mais aussi de méthodes différentes pour avancer. Le but est peut-être le même pour tous, mais aucun voyage de retour vers les origines ne ressemble vraiment à un autre.

Reste alors la question qui vaut pour les anguilles comme pour les humains : comment savoir quel est le chemin qui ramène vers l'origine ? Comment fait-on pour rentrer chez soi ?

Que l'anguille possède des facultés singulières qui la rendent habile à franchir de longues distances, on le sait depuis longtemps. On sait par exemple qu'elle a un odorat extraordinaire. D'après le chercheur allemand Friedrich-Wilhelm Tesch, qui écrivit dans les années 1970 l'ouvrage de référence *Der Aal* (« L'Anguille »), son odorat est en gros aussi sensible que celui du chien. Versez une goutte d'essence de rose dans l'immense lac de Constance, écrit Tesch, une anguille en percevra le parfum. Il est probable qu'elle s'oriente en partie à l'odorat pour localiser la mer des Sargasses ou, à défaut, ses congénères. Il est aussi probable qu'elle soit sensible aux différences de température et de salinité, et que celles-ci constituent également des indicateurs pour elle. Certains chercheurs croient que la magnétoréception, très développée chez l'anguille, est son principal auxiliaire lors de la navigation. D'une manière comparable aux abeilles et aux oiseaux migrateurs, elle serait capable de « lire » le champ magnétique terrestre et de s'orienter en fonction de lui.

Nous *savons* quelle est leur destination. Et d'une manière ou d'une autre, les anguilles elles-mêmes le savent. Elles savent où elles doivent se rendre, même si elles se laissent parfois aller à emprunter des détours tortueux et imprévisibles. *Comment* elles le savent, voilà l'une des énigmes qui subsistent, et à laquelle les chercheurs eux-mêmes sont, pour certains, passionnément attachés.

Rachel Carson décrit cette connaissance héréditaire qu'a l'anguille de son origine comme un savoir qui dépasse le simple instinct. Dans *La Vie de l'océan,* elle décrit l'apparition soudaine, un jour d'automne, d'une « étrange inquiétude », « l'objectif confusément perçu » d'un « lieu de chaleur et d'obscurité ... au-delà des premiers commencements de la mémoire ». Elle décrit de quelle façon ces anguilles qui ont vécu toute leur vie dans des rivières, des fleuves et des étangs, se mettent alors en route vers le large. Elles découvrent quelque chose qu'elles reconnaissent, une sensation d'appartenance, « dans les rythmes larges, étranges, d'une eau vaste que chacune d'elles avait connue au début de sa vie ». Se souviennent-elles de l'endroit d'où elles sont venues un jour et vers lequel elles se dirigent à présent ? Ont-elles le souvenir de leur tout premier voyage à travers l'Atlantique ? Non, peut-être pas, dans le sens où nous définissons le souvenir. Mais quand ces chercheurs européens, après avoir suivi les 707 anguilles argentées sur une petite partie de leur voyage, tentèrent d'expliquer comment elles réussissaient à retrouver le lieu de leur origine, c'est tout de même à une forme de mémoire qu'ils firent appel.

« Il semblerait, écrivent-ils, qu'elles suivent des traces olfactives familières dont l'origine est le lieu de reproduction, ou qu'elles naviguent à l'aide de signes de reconnaissance inscrits en elles au cours de la phase leptocéphale. »

Ce qu'a surtout montré leur étude, c'est que plus elles avancent dans leur voyage, plus elles semblent retrouver un itinéraire préétabli. Elles semblent tout simplement suivre le Gulf Stream et la dérive nord-atlantique. Comme si une carte ou un souvenir s'était imprimé dans leur être quand elles n'étaient encore que de petites feuilles de saule translucides flottant vers l'Europe au gré des courants, et que cette mémoire avait survécu pendant dix, vingt, trente ou cinquante ans, à travers toutes leurs métamorphoses, jusqu'au jour où vient l'heure de refaire le chemin en sens inverse, de remonter le puissant courant océanique qui les avait portées autrefois.

Ainsi, l'anguille argentée retourne enfin à son origine et disparaît ce faisant à la fois de notre vue et de notre connaissance. Personne n'a encore vu une anguille dans la mer des Sargasses.

Ce n'est pas faute d'avoir essayé. Après les expéditions menées par Johannes Schmidt au début du XXe siècle, il fallut attendre un certain temps avant que quelqu'un s'aventure de nouveau vers ces confins en quête de l'anguille, peut-être parce que le travail de Schmidt avait été jugé concluant, ou alors parce qu'il suscitait encore plus de découragement que de respect. Mais les expéditions ont repris ces dernières décennies. Certains parmi les plus éminents experts au monde ont voulu y aller pour mettre à l'épreuve les théories existantes, les confirmer ou les réfuter, mais aussi pour découvrir ce que nul n'a encore jamais vu : une anguille vivante dans la mer des Sargasses.

En 1979, le biologiste marin Friedrich-Wilhelm Tesch a ainsi effectué une grande expédition impliquant deux navires allemands. Il en rend compte dans l'ouvrage *L'Expédition Anguille dans la mer des Sargasses, 1979*. L'expédition se déroula tout au long du printemps, à plusieurs endroits correspondant à des zones de frai présumées. On immergea des filets avec la plus grande précision aux endroits exacts où l'on supposait que se déroulait le frai, et on collecta, à l'instar de Schmidt, quantité de petites larves leptocéphales, mais rien qui donnât la moindre indication que des anguilles puissent être présentes. On ramena à la surface plus de sept mille œufs de poisson, mais pas un seul ne se révéla après examen être un œuf d'anguille. Quant à une anguille adulte, on n'en vit évidemment pas la couleur.

L'Américain James McCleave, qui est depuis trente ans l'un des grands experts mondiaux de l'anguille, a mené sa première expédition en mer avec Friedrich-Wilhelm Tesch en 1974, et sa première expédition en mer des Sargasses en 1981. Depuis, il en a accompli sept autres. Avec son équipe de recherche, il a mis au point des techniques sophistiquées pour tenter de capturer une anguille, ou du moins d'entrapercevoir son reflet. Selon sa théorie, les lieux propices au frai sont les zones où se rencontrent des masses d'eau de température différente, ce qu'on appelle en océanographie des « fronts ». C'est là qu'il a recueilli les plus petits spécimens de larves leptocéphales, et c'est là qu'il a le plus activement cherché la présence d'une anguille adulte. Il a écumé ces zones à bord de bateaux équipés d'instruments de mesure acoustique capables de capter l'écho d'anguilles présentes dans les grands fonds.

Il a effectivement capté des échos, qui provenaient selon toute vraisemblance d'anguilles vivantes en train de frayer, mais chaque fois qu'il plongeait ses filets, ceux-ci remontaient vides.

Au cours d'une expédition menée avec sa collègue Gail Wippelhauser, McCleave a employé une ruse machiavélique pour tirer les farouches anguilles de leur cachette. Les deux chercheurs avaient fait capturer à l'avance cent femelles américaines adultes et leur avaient artificiellement conféré une maturité sexuelle en leur injectant des hormones. L'idée était de lâcher ces femelles au milieu d'un front dans la mer des Sargasses, dans des cages reliées à des flotteurs. Elles allaient servir d'appât pour attirer des mâles en quête de partenaires.

Les femelles se montrèrent cependant peu coopératives. Elles étaient gardées dans un laboratoire ; il n'y avait qu'à les conduire jusqu'au port de Miami le jour du départ de l'expédition. Mais le temps que le navire quitte le quai, la plupart étaient mortes. À l'arrivée en mer des Sargasses, sur les cent femelles du projet, seules cinq étaient encore en vie.

Ces cinq anguilles furent placées vaille que vaille dans leur cage, et McCleave et Wippelhauser se relayèrent pour suivre au radar, de jour comme de nuit, le mouvement des flotteurs. Mais pour une raison insondable, ils réussirent cependant à les perdre. Anguilles, cages et flotteurs disparurent dans la mer et on ne les revit jamais.

Lors d'une autre expédition dirigée par Gail Wippelhauser, sans James McCleave cette fois, on réussit à capter à l'aide des instruments de mesure acoustique les échos de ce qu'on pensait être un grand rassemblement d'anguilles en train de frayer. On misa le tout pour le tout, en posant pas moins de six filets. On ne ramena pas même l'ombre d'une anguille.

Plus étrange encore, on n'a jamais non plus rencontré d'anguille morte sous une forme ou sous une autre, flottant dans l'eau ou victime d'un prédateur. On a capturé des espadons et des requins ayant fait de l'anguille argentée leur repas, mais jamais à proximité de la mer des Sargasses. Une fois, au large des Açores, on a pêché un cachalot contenant les restes d'une anguille argentée, mais les Açores sont encore assez loin de la mer des Sargasses. Une fois arrivée à destination, l'anguille, morte ou vive, a toujours réussi jusqu'ici à se rendre invisible.

Les avis divergent quant à l'importance que revêtirait le fait de découvrir une anguille sur les lieux. Certains chercheurs estiment que cela ne changerait pas grand-chose, dans la mesure où nous savons que c'est là qu'elle fraie. D'autres pensent que notre connaissance de son cycle de vie ne pourra pas être tenue pour suffisante tant qu'on n'aura pas observé une anguille sur son site de reproduction. Pour ces chercheurs, l'évanescente anguille conserve dans une certaine mesure son statut de graal scientifique.

Certains, dont James McCleave, ont aussi commencé à poser une autre question embarrassante : tant que nous n'aurons pas suivi la route de toutes les anguilles argentées, ou ne serait-ce que d'une seule d'entre elles, vers leur destination, pouvons-nous vraiment affirmer que l'anguille ne se reproduit *que* dans la mer des Sargasses ? Johannes Schmidt a mis vingt ans à découvrir les plus jeunes larves leptocéphales, mais il n'avait exploré qu'une infime partie des mers du globe. Schmidt lui-même écrivait en 1920 qu'il était impossible de répondre à la question tant qu'on n'aurait pas parcouru l'ensemble des océans. Et presque toutes les expéditions menées depuis lors, y compris celles de McCleave, se sont concentrées sur les zones déjà connues de la mer des Sargasses. Peut-être certaines anguilles se rendent-elles à un tout autre endroit ? Il n'en est sans doute pas ainsi, mais comment pouvons-nous en avoir la certitude ?

De plus, la mer des Sargasses constitue elle-même un espace gigantesque. Est-elle un seul grand lieu de frai, ou y en a-t-il plusieurs, distincts les uns des autres ? Les anguilles américaines et européennes fraient-elles au même endroit, ou dans des endroits différents ? Certains chercheurs, au nombre desquels se rangeait Friedrich-Wilhelm Tesch, ont pu émettre l'hypothèse que l'anguille américaine fraie dans la partie ouest de la mer des Sargasses, tandis que l'européenne se cantonne plus à l'est, mais que ces zones se recoupent partiellement. D'autres estiment, à partir des lieux où ont été découvertes les larves leptocéphales de ces deux espèces, qu'il n'est pas possible de tirer de telles conclusions. Tout ce que nous savons avec certitude, c'est que les petites feuilles translucides, européennes comme américaines, partent de la mer des Sargasses et sont emportées par les courants. Pendant ce temps, tout porte à croire que leurs parents restent sur place, meurent et se décomposent.

Ainsi, aujourd'hui encore, les meilleurs zoologues et biologistes marins du monde, qui connaissent l'anguille mieux que quiconque, sont contraints d'émailler de réserves les conclusions de leurs rapports. « Nous pensons... », « Les données indiquent... », « On peut supposer que... » En continuant patiemment d'exclure les hypothèses moins vraisemblables, on avance lentement vers une vraisemblance qui s'approche à son tour d'une vérité.

Par exemple, on peut supposer que ce qui est vrai pour l'anguille japonaise, l'une de ses plus proches cousines, est aussi vrai pour notre anguille européenne. Or, concernant l'anguille japonaise, certains aspects traditionnels de la question ont d'ores et déjà été résolus.

L'anguille japonaise, *Anguilla japonica*, ressemble pour l'essentiel à l'européenne. Dans les grandes lignes, son existence se déroule de la même façon. Elle éclot dans la mer et voyage vers les côtes sous forme de petite feuille de saule. Elle se transforme en civelle, remonte les cours d'eau du Japon, de la Chine, de la péninsule coréenne et de Taiwan. Elle devient anguille jaune et vit de longues années dans l'eau douce avant de devenir anguille argentée et de retourner à la mer pour s'y reproduire et mourir. Elle est très populaire en cuisine, notamment au Japon, et elle a longtemps joué un rôle important dans la culture et la mythologie, notamment en tant que symbole de fertilité.

La reproduction de l'anguille japonaise était jusque récemment entourée d'un plus grand mystère encore que celle de l'anguille européenne. C'est en 1991 seulement que des chercheurs ont pu établir le lieu du frai. Avec la même persévérance que Johannes Schmidt, quoique sur une période plus courte, le biologiste marin Katsumi Tsukamoto a navigué avec ses filets et ses instruments en quête de larves leptocéphales de plus en plus petites. Une nuit d'automne de 1991, il a enfin découvert quelques spécimens âgés de quelques jours, voire de quelques heures à peine. Le lieu de la découverte se situait loin au large, en plein Pacifique, à l'ouest de l'archipel des Mariannes.

Moins de vingt ans après cette trouvaille, on en fit une autre, plus sensationnelle encore. À l'automne 2008, une équipe de l'Atmosphere and Ocean Research Institute de Tokyo réussit à capturer trois anguilles japonaises adultes après le frai. Un mâle et deux femelles. Tous trois étaient dans un piteux état et moururent peu de temps après. Mais cela n'en signifiait pas moins qu'on avait découvert la variante asiatique du graal.

Et alors ? Quelle importance ? Aucune, au fond, à en croire l'un des membres de l'expédition, l'Américain Michael Miller. Nous savions déjà qu'elles se reproduisaient *à peu près* à cet endroit. Mais où exactement, comment elles y parviennent, combien d'entre elles réussissent – voilà ce qui continue de nous échapper. Nous ne les avons jamais encore vues se reproduire. Nous ne savons pas pourquoi. *Pourquoi pourquoi ?*

Le secret est attirant, mais tout indique que l'éternelle question de l'anguille va tôt ou tard recevoir de nouvelles réponses. Au Japon, on a non seulement découvert des anguilles argentées vivantes après le frai, on a aussi réussi à faire ce qui reste à ce jour impossible pour l'anguille européenne ou américaine. On l'a persuadée de se reproduire en captivité. Dès 1973, des chercheurs de l'université de

Hokkaido sont parvenus à prélever des œufs d'anguilles femelles, à les féconder artificiellement et à obtenir qu'ils éclosent et se transforment en larves. Ce n'était pas en premier lieu l'avenir de l'anguille qu'on cherchait à préserver : la motivation était étroitement économique. L'anguille est un mets très apprécié des Japonais. S'il était possible de l'élever comme on élève par exemple le saumon, on pourrait en produire beaucoup plus pour un coût bien moindre. C'est donc une puissante industrie qui est prête à mettre de gros moyens au service de la recherche dans l'espoir de parvenir à un tel résultat.

Cependant, là encore, l'anguille ne s'est pas montrée particulièrement coopérative. Les sensationnelles petites larves engendrées par des moyens artificiels à l'université de Hokkaido avaient à peine le temps d'éclore et de ressentir l'absence de courant marin dans l'aquarium qu'elles mouraient. Peu importe ce que les chercheurs essayaient de leur faire manger, les minuscules créatures refusaient tout et dépérissaient.

Pendant des années, tandis que se succédaient les générations de larves artificielles promptes à mourir, les scientifiques ont cherché le moyen de les maintenir en vie. Qu'aimaient-elles manger ? Nul ne le savait. Personne n'avait jamais réussi à observer de quoi elles se nourrissaient à l'état sauvage. On essaya tout, et encore autre chose. Plancton, œufs de poisson, rotifères microscopiques, fragments de poulpe, de méduse, de crevette et de moule – les petites larves résistaient à toutes les tentatives, refusaient de se nourrir et mouraient rapidement.

Il fallut attendre près de trente ans avant que les chercheurs réussissent enfin, en 2001, à inventer un plat que les larves acceptent de goûter. Il s'agissait d'une poudre à base d'œufs de requin congelés ; à l'aide de ce mets exquis, on réussit à maintenir quelques larves en vie pendant dix-huit jours. C'était un nouveau record, mais on était encore très loin de savoir comme les convaincre de se transformer en anguilles comestibles.

Elles continuèrent à se montrer récalcitrantes. Même si les chercheurs réussissaient désormais à les faire manger – le menu avait été si bien adapté, entre-temps, que quelques larves au moins avaient survécu jusqu'au stade de civelles –, la grande majorité d'entre elles continuait de dépérir au bout de quelques jours à peine. Quatre pour cent seulement des larves écloses survivaient jusqu'à cinquante jours, et un pour cent seulement jusqu'à cent jours. Le nombre de celles qui survivaient assez longtemps pour se transformer en civelles restait infinitésimal.

Non seulement cela, mais les anguilles de laboratoire ne se comportaient pas de la même manière qu'à l'état sauvage. Les femelles produisaient beaucoup moins d'œufs en captivité. Il s'avéra aussi que tous les œufs éclos en laboratoire donnaient naissance à des mâles. Personne ne comprenait vraiment pourquoi. On commença à injecter des œstrogènes aux civelles pour créer artificiellement des anguilles femelles. En 2010, des chercheurs japonais réussirent pour la première fois à boucler le cycle de vie en récupérant des œufs, et plus tard des larves leptocéphales, d'anguilles elles-mêmes nées en laboratoire. Mais beaucoup développaient d'importantes malformations à cause des hormones utilisées. Ces larves ne ressemblaient en rien à celles qu'on pêchait dans la mer. Elles avaient la tête étrangement déformée et nageaient difficilement. C'était comme si l'anguille refusait de laisser quiconque prendre le contrôle de sa procréation. Comme si son existence ne regardait qu'elle, et elle seule.

Aujourd'hui, les scientifiques cherchent encore des méthodes pour obtenir des anguilles d'élevage, à supposer que de telles méthodes existent. L'enjeu est important non seulement pour l'industrie japonaise mais aussi, à terme, pour la survie de l'anguille dans le monde. Ils sont encore très loin du but. Mais la science évolue rapidement, les découvertes et les innovations techniques se succèdent, et pour les nouvelles générations qui veulent apprendre à connaître l'anguille et à la comprendre, l'espoir est permis. Peut-être réussira-t-on dans un avenir pas trop lointain à mettre au point un équipement suffisamment léger pour accompagner une anguille argentée jusqu'au bout de son voyage vers la mer des Sargasses. Peut-être pourra-t-on alors affirmer avec certitude où exactement sur la carte a lieu le frai ; et quand on aura suivi suffisamment d'anguilles, on pourra confirmer, ou exclure, qu'elles se reproduisent aussi ailleurs. Peut-être comprendra-t-on mieux ce qui entrave le retour de l'anguille sur son lieu d'origine, et peut-être pourra-t-on y remédier. Peut-être des chercheurs européens et américains réussiront-ils, à l'instar de leurs collègues japonais, à féconder des œufs d'anguilles européennes et américaines et à les persuader d'éclore en captivité. Peut-être ces anguilles d'élevage pourront-elles survivre et devenir assez grandes, et assez saines, pour qu'on puisse les manger. Ou alors, bien sûr, pour qu'on puisse les relâcher dans leur milieu naturel.

Une personne douée d'un tempérament scientifique et optimiste dira que c'est une simple question de temps.

Pour peu qu'on ait la volonté et les moyens, les énigmes qui doivent être résolues le seront tôt ou tard.

Le problème pour l'anguille, cependant, est que le temps dont elle dispose ne cesse de se réduire.

DEVENIR FOU

Je me souviens de ma grand-mère paternelle. Debout sur la pelouse, la tête légèrement penchée, les bras levés, elle tenait entre les mains une branche fourchue prise à un pommier du jardin. C'était la première fois que je voyais une baguette de sourcier.

Lentement, elle s'éloignait de l'arbre, s'avançait, tournait à gauche, puis à droite, hésitante, comme si chaque pas était une avancée en terrain inconnu. Le regard absent, elle ne semblait même pas avoir conscience que nous la regardions.

Soudain elle s'arrête. Ses bras tremblent, ils semblent attirés vers le sol. La fourche la malmène, violemment, comme si elle cherchait à lui échapper des mains. Grand-mère lève les yeux et dit en riant : « Je ne peux pas l'expliquer. Elle fait ça toute seule. Moi, je ne bouge pas. »

Papa secoue la tête. S'approchant d'elle, il prend une branche de la fourche. Ensemble, ils continuent à avancer, l'un contre l'autre. Ils décrivent un cercle sur l'herbe, on dirait une danse, calme et singulière. De retour au même endroit, ils s'arrêtent, et le bras de grand-mère est de nouveau attiré vers le bas. Papa rit, lui aussi, pendant que la fourche continue de remuer violemment.

« C'est à peine si j'arrive à résister. »

Quand il lâche prise, grand-mère s'immobilise. Elle considère la fourche d'un air perplexe.

« Je ne me l'explique pas, redit-elle. Mais je le sens. Je ne fais rien, c'est elle qui tire.

– Ça me dépasse », dit papa.

Un soir alors que nous étions au bord de la rivière, il a déposé sur la berge seau et matériel de pêche. Il a coupé une petite branche fourchue du saule et l'a examinée après l'avoir débarrassée de ses brindilles et de ses feuilles.

« On essaie ? »

J'ai hoché la tête, pas tout à fait à l'aise. Je l'ai vu s'éloigner à pas lents, dans son pantalon ciré orange et ses grandes bottes en caoutchouc. Il longeait la rivière à pas prudents, ses jambes légèrement arquées fendaient l'herbe mouillée, haute et rêche. Quand il s'est retourné vers moi, il n'était plus qu'une silhouette à contre-jour dans le soleil du soir. Il brandissait la fourche devant lui avec précaution, presque à contrecœur, comme si elle le conduisait vers quelque chose qu'il n'était pas certain de vouloir rencontrer. Il est revenu vers moi. Rien. Il a jeté la fourche dans l'herbe. Il a secoué la tête.

« Je ne dois pas avoir le don », a-t-il dit.

Ce que nous ignorions l'un et l'autre, c'est qu'il existe une explication toute simple aux mouvements de la baguette de sourcier. Cette explication existe depuis un siècle et demi. Entre-temps, beaucoup d'études scientifiques ont été consacrées à cette technique, capable de découvrir par exemple de l'eau, du pétrole ou des métaux dans la terre, et pratiquement toutes ont montré que ça ne marchait pas. Une baguette de sourcier ne fournit pas la moindre information sur ce qui existe ou non sous la surface du sol.

Et pourtant elle bouge. Elle bouge, sans que la personne qui tient la baguette n'influence son mouvement de façon consciente. L'explication tient à ce qu'on appelle l'effet idéomoteur. Il s'agit de petits mouvements musculaires exécutés en dehors du contrôle de l'individu. Ces mouvements ne correspondent pas à un geste délibéré, mais à une idée, une représentation ou un ressenti. On l'appelle parfois « effet de Carpenter », d'après le physiologiste anglais William B. Carpenter qui décrivit le phénomène pour la première fois en 1852. C'est exactement le même processus qui explique le mouvement de la « goutte » sur une planche de Ouija.

La personne qui tient la baguette la laisse descendre et frapper le sol par des mouvements imperceptibles dont elle-même n'a pas conscience. Mais pour que ça fonctionne, il faut qu'il y ait chez elle une idée ou une représentation préexistante qui va la conduire inconsciemment à un endroit précis – même si ce n'est pas nécessairement le « bon » endroit, si c'est de l'eau ou des métaux qu'elle cherche. Que va donc trouver son inconscient à cet endroit où la branche fourchue est soudain puissamment attirée vers le sol ? Pourquoi les muscles vont-ils bouger à tel endroit et pas à tel autre ?

La théorie de l'effet idéomoteur n'explique pas ce point. Peut-être s'agit-il d'impressions subtiles. Peut-être lisons-nous notre environnement de façon inconsciente, et en tirons-nous des conclusions que nous ne comprenons pas nous-mêmes. Nous faisons sans cesse les mêmes choix inconscients. Mais parfois c'est peut-être seulement le hasard qui nous dit à quel moment un muscle doit bouger. À quel moment il faut rester, et à quel moment il est temps de partir.

Grand-mère croyait en Dieu.

« Il est grand, disait-elle. Bien plus grand que n'importe quelle personne que tu peux imaginer.

– Plus grand que grand-père ?

– Beaucoup plus grand. »

Elle n'allait pas à l'église, mais Dieu, elle y croyait dur comme fer. Comme à Jésus, à la virginité de Marie et à la résurrection du Christ. Et à une vie dans l'au-delà, où elle retrouverait sa mère, son père et, plus tard, ses frères et sœurs plus âgés ainsi que son mari. À la fin, même son fils. Elle croyait aussi aux lutins. Elle en avait vu un quand elle avait une quinzaine d'années et qu'elle travaillait comme bonne à tout faire. Un soir, tard, elle rentrait le long d'un chemin bordé d'arbres, et soudain il était apparu. Il marchait à côté d'elle, au bord du chemin. Un lutin. Haut d'un mètre à peine, vêtu de gris. Elle était avec une camarade, qui avait vu le lutin elle aussi. Le petit être avait marché un moment à leurs côtés, puis il avait disparu.

Je n'étais pas croyant. J'allais au catéchisme, mais on avait fini par me mettre à la porte car je ne tenais pas en place. Un jour, en visite à l'église avec ma classe, j'avais levé la main et demandé au pasteur : « Mais qui a inventé toutes ces histoires ? »

Mon père n'était pas croyant, lui non plus. Il avait fréquenté l'école jusqu'à ses quatorze ans, il avait appris la liste des rois de Suède et les Évangiles, mais il supportait mal l'autorité. Il ne croyait ni aux lutins, ni à Dieu.

Seule l'anguille avait le pouvoir de nous faire hésiter.

En relevant nos cordeaux un matin, nous n'avons trouvé qu'une seule anguille. Mais elle était assez grande, près d'un kilo, d'un gris jaune, la tête large. Nous l'avons rapportée à la maison et laissée dans le garage comme d'habitude, dans le seau blanc.

L'après-midi je suis retourné dans le garage pour changer l'eau. L'anguille avait disparu. Pourtant, c'était un grand seau, et il y avait au moins vingt centimètres entre le niveau de l'eau et le bord. La dernière fois que je l'avais vue, l'anguille était enroulée au fond, seules ses ouïes remuaient. Et maintenant elle n'était plus là. Le seau était toujours debout, rempli d'eau. Mais pas d'anguille.

Je ne savais que penser. D'abord je me suis dit qu'elle avait réussi à se hisser par-dessus le bord et à s'enfuir en rampant. Mais le garage était fermé. Je l'ai cherchée partout. L'anguille avait vraiment disparu. Mon père l'avait-il déjà nettoyée ? Sans moi ? Ça me paraissait peu croyable ; d'un autre côté, il n'était pas censé revenir de toute la journée. Peut-être l'avait-il fait malgré tout avant de partir.

Quand il est rentré le soir, je suis allé le voir tout de suite, sans lui laisser le temps de descendre de voiture.

« Tu t'es occupé de l'anguille ?

– Quelle anguille ? Elle est dans le seau, non ?

– Elle n'y est plus. Quelqu'un a dû la prendre. »

Nous sommes allés dans le garage et nous avons contemplé le seau en silence. Mon père a constaté lui aussi que l'anguille n'était plus là.

« Ça m'étonnerait quand même que quelqu'un l'ait prise, a-t-il dit. Ce serait bizarre, non, de voler une anguille ? Je crois qu'elle s'est échappée. Elle doit être cachée quelque part. »

Nous avons fouillé le garage de fond en comble. Planches, escabeaux, outils, bacs à bouteilles, bêches, fourches, râteaux, seaux, caisses de pommes de terre, matériel de pêche, il était rempli de bric-à-brac. Nous avons tout soulevé, nous avons cherché dans les moindres recoins.

Elle était cachée tout au fond, derrière une paire de bottes en caoutchouc. Parfaitement immobile, et recouverte d'une couche de poussière. Je l'ai ramassée. Elle était froide et molle. La peau desséchée, incrustée de gravier, les yeux vitreux, elle pendait dans mon poing comme une chaussette sale.

De toute évidence, elle était morte. Elle avait passé au moins cinq ou six heures hors de l'eau, peut-être davantage.

« Remets-la dans le seau, je m'en occuperai tout à l'heure », a dit mon père.

J'ai lâché l'anguille dans l'eau et je suis resté un moment à l'observer. Elle flottait à la surface, ventre clair à l'air. Soudain, elle s'est retournée. Son corps a sinué, sa tête a pivoté d'un côté puis de l'autre ; lentement, très lentement, elle a commencé à nager en rond pendant que ses ouïes s'ouvraient et se refermaient.

J'avais déjà vu ça. Tôt un matin en descendant le talus jusqu'à la rivière, alors que le jour n'était pas encore bien levé, nous avions trouvé une anguille pendue à la ligne d'un cordeau que nous avions fiché un peu en hauteur, sur un replat. Sa tête était presque au niveau du cordeau, la pointe de sa queue à quelques centimètres de la surface de la rivière.

J'avais entendu parler d'anguilles qui attrapent leur proie et s'enroulent aussitôt après sur leur axe en une violente spirale. Celle-ci avait dû se tordre frénétiquement pour se retrouver ainsi complètement hors de l'eau, entortillée à la ligne.

Elle pendait, inerte, la tête sur le côté. Plusieurs mètres de fil en nylon épais lui cisaillaient la peau, son corps présentait des marques sanglantes sur toute sa longueur, comme si elle avait été fouettée. J'ai déroulé le fil avec précaution. L'anguille était molle et lourde dans ma main. Morte, à l'évidence. Je l'ai lâchée dans le seau, où elle a flotté ventre à l'air pendant dix secondes, vingt secondes ; puis, lentement, elle s'est retournée et s'est mise à nager en rond le long du bord.

Il est des circonstances où l'on doit choisir ce qu'on veut croire. Du plus loin qu'il m'en souvienne, je suis quelqu'un qui croit ce qui peut être prouvé – la science et la raison plutôt que la religion et la transcendance. Mais l'anguille pose problème. Pour qui a vu une anguille mourir et ressusciter, la pensée rationnelle ne suffit plus. On peut presque tout expliquer, on peut invoquer des processus d'oxygénation, un métabolisme particulier, un mucus protecteur, des ouïes adaptables. Mais j'ai vu la chose de mes propres yeux. Je suis un témoin. Une anguille peut mourir et se remettre à vivre.

Les anguilles, elles sont à part, disait mon père. Et il avait toujours l'air un peu content en disant ça. Comme s'il avait besoin de cette énigme. Comme si elle comblait un espace vide en lui. Et je me suis laissé persuader, moi aussi. J'ai fait mon choix. Je pense qu'on découvre ce qu'on veut croire au moment où on en a besoin. Nous avions besoin de l'anguille, mon père et moi. Ensemble, tous les deux, nous n'aurions pas été les mêmes sans elle.

C'est bien plus tard seulement que j'ai lu la Bible et que j'ai compris : c'est précisément ainsi que naît la foi. Croire, c'est approcher ce qui est secret, ce qui existe au-delà du langage et de la perception des sens. La foi exige qu'on abandonne quelque chose de sa raison. Paul l'écrit dans sa première épître aux Corinthiens : « Que votre foi repose, non pas sur la sagesse des hommes, mais sur la puissance de Dieu. » Tout croyant doit donc renoncer à l'intellect et s'en remettre, non pas à la rationalité ni à la science ni à la vérité qui se révèle sous la lentille du microscope, mais au ressenti. « Si quelqu'un parmi vous pense être un sage à la manière d'ici-bas, qu'il devienne fou pour devenir sage. » Pour croire, il faut d'abord oser devenir fou.

Seul un fou peut croire aux miracles. Il y a là quelque chose d'effrayant et d'attirant à la fois. Quand Jésus marche sur les eaux, les disciples assis dans leur barque réagissent avec effroi. Ils le prennent pour un fantôme. Mais Jésus leur dit : « Rassurez-vous, c'est moi, n'ayez pas peur », et Pierre ose alors s'aventurer sur les flots à sa rencontre. Ce premier pas, quand Pierre enjambe la lisse et pose le pied à la surface de l'eau, c'est le commencement de tout. Le familier rencontre l'inconnu. Quelque chose, qu'il croyait avoir compris, se révèle être différent de ce qu'il pensait. Et il choisit d'y croire. Quand Jésus s'approche de la barque, tous se prosternent et lui disent : « Tu es véritablement le Fils de Dieu. »

Quand ils naviguent sur le lac de Tibériade et qu'une tempête se déchaîne, les disciples affolés réveillent Jésus qui dort à l'arrière de la barque. Jésus se contente de lever le doigt et ordonne : « Silence, tais-toi ! » Aussitôt le vent retombe, et il admoneste les disciples en se moquant d'eux : « Pourquoi êtes-vous si craintifs ? N'avez-vous pas encore la foi ? »

Je n'ai jamais réussi à croire aux miracles de la moindre religion, mais je peux comprendre ceux qui veulent troquer la peur contre une conviction inébranlable. Je peux comprendre ceux qui, en rencontrant une réalité inconnue ou effrayante, choisissent le miracle plutôt qu'une incertitude. C'est une réaction humaine. Croire, c'est s'en remettre. À quoi ? Nous ne pouvons l'exprimer qu'au travers de métaphores.

Or la promesse de la foi chrétienne – ce qui attend celui qui ose devenir fou – est la plus grande de toutes les promesses : « Celui qui croit en moi, même s'il meurt, vivra ; quiconque vit et croit en moi ne mourra jamais. »

Jésus promet la vie éternelle à ses disciples, et c'est pourquoi le plus important des miracles est sa propre résurrection. Que Jésus meure et ressuscite, tel est le noyau de la doctrine chrétienne. Sans résurrection, le christianisme n'a pas de sens. La foi ne peut concerner uniquement cette vie, elle doit s'étendre au-delà. Dans l'épître aux Corinthiens,

Paul l'affirme : « Si le Christ n'est pas ressuscité, notre proclamation est sans contenu, votre foi aussi est sans contenu. »

Seul un fou peut croire à la résurrection, mais j'ai quelquefois souhaité pouvoir être fou, et je crois que mon père aussi l'a souhaité parfois. Car en quoi consiste au juste la résurrection ? Si nous devons la prendre au pied de la lettre, elle signifie qu'un être humain (ou une anguille) peut mourir et recommencer à vivre. Mais Paul ajoute ceci : « Le dernier ennemi qui sera anéanti, c'est la mort. » La mort est incontournable, mais il y a différentes façons de l'aborder. Un peu plus loin, Paul parle de transformation, expliquant que la mort n'est pas une fin, mais une sorte de métamorphose : « Tous nous serons transformés, et cela en un instant, en un clin d'œil, quand, à la fin, la trompette retentira. Car elle retentira, et les morts ressusciteront, impérissables, et nous, nous serons transformés. »

Ainsi, un être humain (ou une anguille) peut mourir et se transformer en un clin d'œil et revenir sous une forme impérissable. Non, ce n'est pas une vérité. C'est une métaphore. Mais une métaphore peut être porteuse d'une vérité qui lui est propre. Il n'est pas nécessaire de croire au miracle pour croire au sens du miracle. On peut être fou de plusieurs manières. Et il n'est pas nécessaire de croire littéralement l'Évangile (ou l'anguille) pour croire au noyau de son message : ceux qui meurent continuent d'être avec nous sous une autre forme.

Grand-mère croyait en Dieu, contrairement à moi, et contrairement à mon père. Quoique. Bien plus tard, au moment de sa mort, alors que j'étais près d'elle, elle a dit en pleurant : « Je serai toujours avec vous. » Bien entendu, je l'ai crue. Je n'avais pas besoin de croire en Dieu pour ça.

C'est en dernier recours ce que promet Jésus lorsqu'il se montre aux apôtres trois jours après sa mort. « Et moi, je suis avec vous tous les jours jusqu'à la fin du monde. » Et c'est naturellement cela que nous espérons lorsque nous croyons. En un Dieu ou en une anguille.

L'ANGUILLE NOUS QUITTE

Le dernier ennemi qui doit être combattu est la mort. Bien sûr, cela ne vaut pas seulement pour les croyants. C'est aussi valable pour ceux qui préfèrent la connaissance, et tout particulièrement pour tous ceux qui s'efforcent encore de comprendre l'anguille.

Car l'anguille meurt, et de plus en plus vite. Certains indices laissent penser que le phénomène aurait débuté dès le XVIIIe siècle, c'est-à-dire à peu près au moment où la science commençait à s'intéresser sérieusement à elle. Des données plus tangibles confirment sa raréfaction au moins depuis les années 1950. Le processus s'est considérablement accéléré au cours des dernières décennies. La plupart des rapports de recherche publiés sur le sujet indiquent une situation plus ou moins catastrophique. L'anguille meurt, et il ne s'agit pas ici de mort naturelle au terme d'une longue vie changeante. Elle s'éteint. Elle est en train de nous quitter.

Voilà la formulation la plus récente et la plus urgente de la question de l'anguille : pourquoi meurt-elle ?

Pour commencer, il faut replacer la question dans son contexte. La vie est changeante, c'est la première loi de l'évolution. Et elle est éphémère, c'est la première loi de la vie elle-même. Mais ce qui se produit à l'heure actuelle, pour l'anguille comme pour beaucoup d'autres espèces, est un phénomène qui, par sa nature et son ampleur, dépasse de loin le cours normal de la vie et de l'évolution.

Rachel Carson est l'une des premières à avoir donné l'alerte, avec *Printemps silencieux*, le dernier livre qu'elle ait écrit, et qui restera à jamais associé à son nom. Paru en 1962, c'est l'un des ouvrages les plus influents de tous les temps sur le thème de la capacité des humains à détruire ce qu'ils prétendent aimer. *Printemps silencieux* traite de l'usage délétère du DDT et autres insecticides de synthèse. Il décrit comment l'arrosage inconsidéré des forêts et des terres arables tue non seulement les insectes mais aussi les oiseaux, les poissons, les mammifères et, par prolongement, les êtres humains eux-mêmes. Combinant la recherche scientifique et une écriture singulière, tout à la fois belle et frappante, Rachel Carson réussit à faire saisir l'ampleur du problème et la nature concrète de ses conséquences.

Elle prévoyait un temps où la vie autour de nous ne se verrait plus et ne s'entendrait plus, parce qu'elle aurait disparu de notre monde sensible, parce qu'elle n'existerait plus, tout simplement. Elle prévoyait une ère silencieuse, des printemps sans bourdonnements d'insectes ni chants d'oiseaux, sans poissons sautant dans les rivières ni chauves-souris volant dans le clair de lune. Elle voyait l'extermination en cours d'une grande partie des êtres vivants que nous avions l'habitude d'avoir autour de nous, et elle en connaissait la raison : « À mesure qu'il progresse vers son objectif annoncé de conquête de la nature, l'homme laisse derrière lui un impressionnant sillage de destructions, affectant la Terre où il habite et les êtres qui partagent avec lui cette demeure. »

En s'identifiant aux animaux, à une réalité qui dépassait sa propre personne, Rachel Carson a saisi mieux que quiconque ce qui était en train de se produire. Ce désespoir s'est mué en courage de conviction. Elle estimait que c'était son droit et son devoir de témoigner, de partager son savoir en insistant sur le fait qu'il restait peu de temps pour agir. En juin 1963, pendant que *Printemps silencieux* se diffusait à travers le monde, elle prononça un discours devant une commission du Sénat américain chargée d'évaluer les risques environnementaux. Ce discours commençait ainsi : « Le problème que vous avez choisi d'éclairer aujourd'hui doit trouver sa solution dans les plus brefs délais. J'ai la conviction profonde que le premier pas devra être accompli dès la présente audience. » Son sentiment d'urgence n'avait rien de rhétorique. Elle était mourante. Le cancer du sein dont elle souffrait déjà au moment de la parution de *Printemps silencieux* s'était étendu au foie, et elle savait que c'était sa dernière chance de transformer sa conviction en action. Et elle finirait par avoir gain de cause, du moins concernant les insecticides les plus dévastateurs. L'emploi du DDT en agriculture fut interdit aux États-Unis en 1972, en grande partie grâce à l'immense succès rencontré par *Printemps silencieux*. Mais Rachel Carson elle-même n'était plus là. Elle avait succombé en avril 1964, à l'âge de cinquante-six ans. Elle resterait à jamais celle qui avait su reconnaître et nommer avant tout le monde la menace qui est désormais notre affaire à tous.

Bien sûr il est déjà arrivé, depuis les quelque trois milliards d'années que compte la vie sur Terre, que surviennent des changements si spectaculaires qu'on peut parler à bon droit d'une métamorphose, d'une transformation de la composition même de la vie sur notre planète. Cinq fois, il est arrivé que ces changements soient importants au point de constituer une rupture majeure. Ces cinq périodes sont communément appelées les cinq grandes extinctions de masse.

La première a débuté il y a environ 450 millions d'années, à la fin de l'Ordovicien, lorsque la vie se concentrait encore dans les océans. En raison d'un refroidissement, dû à la dérive des continents, entre 60 et 70 % des espèces de la planète auraient disparu au cours d'une période d'environ 10 millions d'années.

La deuxième extinction est due elle aussi à un refroidissement, survenu il y a 364 millions d'années. Elle aurait conduit à la disparition de 70 % des espèces qui existaient alors.

La troisième fut la plus mortifère de toutes. Elle eut lieu au cours de la transition entre les périodes du Permien et du Trias et éradiqua plus de 95 % des espèces du globe. Ses causes font l'objet de nombreuses hypothèses. Il s'agirait d'une combinaison d'événements ayant entraîné d'importants changements climatiques.

La quatrième eut lieu au cours d'une période relativement longue dans la transition entre le Trias et le Jurassique, il y a environ 200 millions d'années, et coûta la vie à 75 % des espèces du globe.

La cinquième extinction de masse est aussi la plus connue. Il y a 65 millions d'années, un astéroïde géant se serait abattu sur la péninsule du Yucatán et ce serait au moins l'un des facteurs ayant contribué à la disparition des dinosaures et d'environ 75 % de toutes les espèces vivantes de l'époque.

Les espèces terrestres ont connu bien d'autres bouleversements d'envergure, mais à l'aune de la longue histoire de la vie, l'extinction massive demeure un phénomène exceptionnel. Les espèces se succèdent, animaux et plantes apparaissent et disparaissent, mais les périodes au cours desquelles se produisent ces changements sont en général si longues qu'ils ne dérangent pas fondamentalement l'ordre naturel. C'est la vie, pourrait-on dire – la vie qui va, avec ses adieux et ses séparations ; ce n'est pas un anéantissement.

Or, de nombreux chercheurs affirment que ce que nous connaissons actuellement ne relève pas du cours normal de la vie, mais constitue en réalité la sixième extinction de masse. En août 2008, les biologistes américains David Wake et Vance Vredenburg publiaient dans la respectable revue scientifique *The Proceedings of the National Academy of Sciences* un article intitulé « Sommes-nous en train de vivre la sixième extinction de masse ? » Ces auteurs n'étaient pas les premiers à poser la question, mais leur réponse était si convaincante que la menace s'est trouvée propulsée du statut de simple hypothèse à celui de forte probabilité.

Wake et Vredenburg s'intéressaient spécifiquement aux amphibiens. À travers l'exemple des grenouilles et des salamandres, ils étaient en mesure de démontrer qu'une forme d'extinction de masse était bien d'ores et déjà en cours. Sur les quelque 6 300 espèces connues d'amphibiens, un tiers au moins était menacé d'extinction, et la tendance s'accélérait.

L'une des personnes qui lurent attentivement cet article était la journaliste scientifique Elizabeth Kolbert. En 2014 elle en tira un livre intitulé *La Sixième Extinction*, qui résume ce que nous savons de l'éventuelle extinction de masse actuellement en cours. Un tiers de tous les coraux du monde sont menacés de disparition, de même qu'un tiers des espèces de requins, un quart des mammifères, un cinquième des reptiles et un sixième de tous les oiseaux. Cette extinction de masse ne sera peut-être pas aussi radicale que les cinq premières, mais la menace est si grande, et elle se développe si vite, que la possibilité n'est pas à exclure. Si la tendance se confirme, il y a tout lieu de penser que, d'ici un siècle, le nombre d'espèces présentes sur la planète aura diminué de moitié.

Cette évolution est d'une rapidité exceptionnelle. Elle concentre en quelques siècles à peine des processus qui, dans les cas précédents, s'étalaient sur des millions d'années. Mais ce qui la rend réellement unique, c'est que pour la première fois, son agent responsable est un être vivant. Il ne s'agit pas d'un corps céleste, d'une éruption volcanique ou de la dérive des continents, mais d'un animal terrestre. Parmi toutes les espèces qui peuplent la planète, il y en a une qui a pris le pouvoir, et qui détruit ce faisant l'écosystème de toutes les autres. Elle a réussi à transformer non seulement la face de la Terre, mais aussi l'atmosphère terrestre. Aucune autre espèce n'a jamais, de près ou de loin, exercé une telle influence sur la vie en tant que telle. Sur les différentes formes de vie. Sur toute vie.

« Si Wake et Vredenburg ont raison, écrit Elizabeth Kolbert, alors nous sommes aujourd'hui non seulement les témoins de l'un des événements les plus rares de l'histoire des êtres vivants, mais également ses instigateurs. »

Mais pourquoi l'anguille précisément meurt-elle ? Quelles sont les circonstances spécifiques qui font que cette survivante par excellence, cette quasi-immortelle, ne parvient plus à se débrouiller ? Cette question pose en premier lieu un problème théorique. Et si on veut le poser de façon scientifique, chacun sait qu'il ne faut pas commencer par demander pourquoi. Il faut procéder par ordre, et d'abord constater *le fait que* tel phénomène se produit. Autrement dit : l'anguille meurt-elle ? Ensuite, on doit observer le phénomène et expliquer, le cas échéant, *ce* qui se produit. En l'occurrence : comment l'anguille meurt-elle ? Ensuite seulement on peut aborder la question du pourquoi.

Il existe un organisme international regroupant mille organisations membres dont le rôle est de coordonner une grande partie du travail pour la protection de la nature et la préservation de la diversité biologique dans le monde. Son nom est l'UICN – Union internationale pour la conservation de la nature. C'est lui qui, entre autres activités, établit et tient à jour la « liste rouge » recensant les animaux et les plantes qu'il convient de considérer comme menacés. L'objectif de cette liste est de créer « un système universellement reconnu de classement des espèces qui courent un fort risque d'extinction à l'échelle globale ». Les critères de l'UICN font en quelque sorte office de référence internationale. C'est une évaluation scientifique fiable de l'état de santé de la vie sous toutes ses formes.

Chaque espèce est considérée en fonction d'un certain nombre de critères et située sur une échelle qui va de la mention la plus réjouissante : « préoccupation mineure », en passant par « espèce quasi menacée », « espèce vulnérable », « espèce en danger », « espèce en danger critique d'extinction » et « espèce disparue à l'état sauvage », jusqu'au constat irréversible : « espèce disparue ». Dans la mesure où il s'agit d'une classification objective et méthodique, on peut y lire ce qu'il en est de tous les êtres vivants, depuis les algues et les annélides jusqu'aux humains.

Ceux-ci s'en sortent d'ailleurs très bien. La dernière évaluation d'*Homo sapiens* par l'UICN date de 2008. La voici : « Classé en préoccupation mineure dans la mesure où l'espèce est très répandue, adaptable et en actuelle augmentation. » On constate que « l'être humain est le plus répandu de tous les mammifères terrestres et vit sur tous les continents du globe (même s'il n'existe pas de colonie permanente en Antarctique). Un petit groupe d'humains a même été introduit dans l'espace, où ils peuplent la station spatiale internationale. » Pour l'instant, aucune mesure conservatoire n'est nécessaire, conclut l'UICN. *Homo sapiens* se porte comme un charme.

Il n'en va pas de même pour *Anguilla anguilla*. Nous avons du moins toutes les raisons de le supposer. Nous devons le croire. Car, s'agissant de l'anguille, nous ne pouvons jamais avoir de véritable certitude. Nous restons comme toujours réduits à des conjectures. En effet, l'anguille ne correspond pas tout à fait aux critères habituellement retenus par l'UICN. Tout d'abord, on ne sait pas combien d'anguilles il existe dans le monde. Or la taille de la population est le premier critère qui permet de mesurer la vitalité d'une espèce. Selon la méthode choisie par l'UICN, elle doit être évaluée d'après le nombre d'« individus reproducteurs », c'est-à-dire ayant atteint la maturité sexuelle. Pour déterminer comment se porte *Anguilla anguilla*, il faudrait donc observer, toujours selon l'UICN, « le nombre d'anguilles adultes présentes sur le lieu de reproduction ». Il faudrait donc compter le nombre d'anguilles argentées présentes dans la mer des Sargasses. Dans la mesure où on n'en a jamais encore vu une seule, malgré un siècle de recherches obstinées, ce point demeure évidemment problématique. L'anguille ne se laisse pas inventorier ainsi. Elle se dérobe à tous, y compris à ceux qui essaient de la sauver.

Ce qui est possible, en revanche, c'est d'évaluer le nombre d'anguilles argentées qui quittent les côtes européennes en direction de la mer des Sargasses. Même si les informations restent assez maigres, là aussi : les anguilles ont tendance à disparaître très vite de notre vue et de notre connaissance, direction les abysses. Les observations recueillies indiqueraient toutefois que le nombre d'anguilles migrantes a diminué d'au moins 50 % au cours des quarante-cinq dernières années.

La troisième méthode, sur laquelle se fonde essentiellement l'évaluation de l'UICN, consiste à aborder la question par l'autre bout en observant le résultat de ces mystérieuses rencontres dans les profondeurs de la mer des Sargasses, ce que Rachel Carson appelait « le seul testament » laissé par les anguilles. Autrement dit, on va dénombrer les civelles qui font leur apparition au printemps le long des côtes européennes. On sait en effet beaucoup plus de choses sur leur compte que sur celui de leurs parents. Et d'après ces informations, la situation est catastrophique. Toutes les évaluations fiables le confirment : le nombre de civelles arrivant aujourd'hui en Europe représente entre 1 et 5 % de ce qu'il était encore à la fin des années 1970. Pour chaque centaine de minces « tiges de verre » qui remontaient la rivière quand j'étais petit, c'est à peine une petite poignée qui fait aujourd'hui le voyage.

Sur cette base, l'UICN juge l'anguille européenne, *Anguilla anguilla*, « en danger critique d'extinction ». Autrement dit, d'après la définition officielle de cette mention, elle court « un risque extrêmement élevé d'extinction à l'état sauvage ». La situation est donc non seulement catastrophique mais aiguë. L'anguille peut réellement disparaître, dans un avenir relativement proche, non seulement de notre vue et de notre connaissance, mais aussi de notre monde tout court.

Voilà donc la dernière question : pourquoi l'anguille meurt-elle ? Et la dernière réponse, comme toujours avec l'anguille, est qu'il n'est pas évident de le savoir. Le problème reste celui auquel se heurtent depuis des siècles tous ceux qui essaient de la comprendre. Elle se dérobe. Elle nous échappe. Nous ne savons pas avec certitude. Nous savons jusqu'à un certain point, mais pas davantage. Nous restons encore, dans une certaine mesure, livrés à la croyance.

Il existe plusieurs explications au fait que l'anguille va mal, et la science peut corroborer et valider chacune d'entre elles. Mais personne ne sait avec certitude si ces explications sont les seules, ni même si elles ont ou non un caractère décisif. Car tant qu'une partie de son cycle de vie nous échappe, nous ne pouvons pas savoir avec certitude pourquoi elle meurt. Tant que nous ignorons, par exemple, de quelle façon elle s'oriente dans l'océan, nous ne pouvons pas savoir ce qui l'empêche de le faire. Pour la sauver, nous devons la comprendre. C'est ce que soulignent la plupart des rapports sur la situation de l'anguille aujourd'hui : pour l'aider, nous devons en savoir plus. Il nous faut davantage de connaissances, davantage de recherches, et il ne reste pas beaucoup de temps.

Nous en venons ainsi au grand paradoxe, qui est que le caractère secret de l'anguille est soudain devenu son plus grand ennemi. Si elle doit survivre, il faut que nous puissions la débusquer de ses cachettes et résoudre les questions qui n'ont pas encore trouvé de réponse. Et cela a un prix, comme le savent tous ceux qui, depuis toujours, aiment l'anguille pour sa nature énigmatique et qui tiennent à la respecter. Ceux que l'anguille séduit parce que le secret est attirant en soi et parce que ce qui est illuminé de part en part manque de relief, d'ombres, de nuances – manque de complexité, en un mot. Ceux qui pensent, comme Graham Swift, ou comme son narrateur Tom Crick, qu'un monde où tout se laisse expliquer est un monde proche de sa fin.

C'est un cas d'école de l'injonction paradoxale : nous qui voulons protéger l'anguille pour préserver un coin d'ombre et de mystère dans un monde violemment éclairé, nous sommes perdants dans tous les cas. Ceux qui pensent qu'une anguille doit avoir le droit d'être une anguille ne peuvent plus se permettre de la laisser à ses énigmes.

Car nous savons au moins une chose, concernant la mort de l'anguille : cette mort est imputable aux humains. Toutes les explications avancées jusqu'à présent par la recherche la relient d'une manière ou d'une autre à l'activité humaine. Plus l'anguille est exposée aux humains, plus elle meurt. Quand le Conseil international pour l'exploration de la mer (CIEM) a résumé en 2017 ce qu'il conviendrait de faire pour sauver l'anguille, sa recommandation était à la fois très générale et sans appel : l'interaction humaine avec l'anguille devrait être « aussi proche que possible de zéro ». Nous ne savons encore pas tout sur ce qui menace l'anguille, mais nous en savons assez pour identifier le seul secours possible – nous devons tout simplement la laisser tranquille.

Nous savons par exemple que l'anguille tombe malade plus fréquemment que par le passé. Elle contracte entre autres le virus *herpes anguillae*, une affection découverte pour la première fois chez des anguilles japonaises en captivité, mais qui s'est communiquée, via l'importation, aux anguilles sauvages d'Europe. Au départ, elle a été identifiée aux Pays-Bas, en 1996. Dans le sud de l'Allemagne, des tests ont montré que près de la moitié des anguilles étaient contaminées.

Pour une raison quelconque, ce virus ne semble toucher que les anguilles, d'où son nom. Il peut demeurer longtemps à l'état latent, mais une fois activé, il est très agressif, se propage rapidement et donne lieu à une maladie particulièrement effrayante. Des plaies sanglantes se développent autour des ouïes et des nageoires. Les cellules des ouïes meurent, les filaments gorgés de sang s'agglutinent les uns aux autres. L'inflammation gagne les organes internes, l'anguille devient léthargique, elle ne peut plus se mouvoir que lentement, près de la surface, jusqu'à ce qu'elle s'épuise et meure.

Elle peut aussi être victime d'un parasite, un nématode appelé *Anguillicoloides crassus*. Lui aussi a été découvert à l'origine chez l'anguille japonaise. Il est arrivé en Europe dans les années 1980, sans doute par l'intermédiaire d'anguilles importées vivantes de Taïwan. En quelques décennies, la parasitose s'est répandue dans toute l'Europe, et jusqu'en Amérique. Une étude menée en 2013 en Caroline du Sud, aux États-Unis, a montré que 30 % des anguilles étaient atteintes, et cela dès le stade de civelle. L'étude a aussi montré que le parasite s'était répandu plus vite en raison des tentatives pour sauver l'anguille en implantant à différents endroits des civelles capturées ailleurs.

Ce nématode est un ver rond qui attaque la vessie natatoire de l'anguille, provoquant saignements, inflammations et formation de tissu cicatriciel. L'anguille grandit plus lentement et devient plus vulnérable aux maladies. Elle commence à se mouvoir plus près de la surface et ne peut parcourir que de courtes distances. L'issue n'est pas nécessairement fatale, mais une anguille infestée par *Anguillicoloides crassus* a peu de chance d'atteindre un jour la mer des Sargasses.

Ce que nous savons également, c'est que l'anguille est particulièrement vulnérable aux polluants. Dans la mesure où elle vit longtemps et occupe un rang élevé dans la chaîne alimentaire, elle est particulièrement sensible aux déchets toxiques rejetés par l'industrie et l'agriculture. Tout comme les parasites, ces polluants semblent influer sur sa possibilité d'accomplir le voyage du retour jusqu'à la mer des Sargasses. Les anguilles exposées aux PCB, par exemple, connaissent des problèmes cardiaques et des œdèmes, et elles ont du mal à stocker les graisses, ce qui rend la migration presque impossible. Des anguilles exposées à divers insecticides se sont révélées moins aptes à supporter la transition de l'eau douce à l'eau de mer. S'il est vrai, comme cela semble être le cas, que de moins en moins d'anguilles argentées réussissent à se rendre jusqu'à leur lieu de reproduction, il est vraisemblable que les polluants y sont pour quelque chose.

D'autres théories sont plus difficiles à corroborer. Il semblerait par exemple que l'anguille soit plus qu'auparavant victime d'autres prédateurs. Même si l'être humain est ici *a priori* hors de cause, il est possible que des anguilles affaiblies par les maladies, les parasites ou les polluants et qui, pour cette raison, nagent moins vite et plus près de la surface, soient des proies faciles par exemple pour les cormorans, qui apprécient l'anguille et qui existent en grand nombre.

Une menace moderne, considérée par certains chercheurs comme étant la plus grave, et qui relève quant à elle incontestablement des humains, est l'accumulation des obstacles placés sur la route de l'anguille. Les écluses et autres retenues artificielles empêchent à la fois la jeune anguille de remonter les cours d'eau et l'anguille adulte de regagner la mer. Et les installations hydroélectriques, qui présentent par ailleurs de grands avantages écologiques, sont meurtrières pour les anguilles. Les turbines des barrages tuent chaque année d'innombrables anguilles argentées en route vers l'Atlantique. D'après certains rapports, chaque centrale tuerait jusqu'à 70 % des anguilles qui tentent le passage.

Et quand elles réussissent malgré tout à franchir l'obstacle, elles sont souvent blessées et stressées au point qu'il devient difficile d'accomplir la suite du voyage. Quant aux échelles à poisson qui ont été construites pour tenter de remédier à ce problème, elles sont le plus souvent adaptées au saumon, qui nage plus en surface.

La pêche constitue naturellement un autre problème pour la survie de l'anguille, même si son importance réelle fait débat. Historiquement, l'anguille a été un poisson très populaire en Europe, au point de constituer un secteur économique à part entière. Au cours des dernières décennies, on a aussi beaucoup exporté vers le Japon – qui représente aujourd'hui à lui seul 70 % de la consommation mondiale et qui souffre, comme l'Europe et l'Amérique du Nord, d'une réduction de sa population d'anguilles.

Un autre enjeu majeur concerne la pêche à la civelle. De nos jours celle-ci se déroule surtout en Espagne et en France. Dans la mesure où elles sont capturées en grande quantité, à ce stade précoce de leur vie, leur pêche a un impact certain sur la population générale.

Une menace plus difficile à observer, mais qui est cependant peut-être la plus grave de toutes, est le changement climatique. Il est avéré que celui-ci influe à la fois sur la force et sur la direction des grands courants marins, et tout porte à penser que cela pose problème pour la migration des anguilles. D'une part, cela peut compliquer la traversée de l'Atlantique pour l'anguille argentée qui doit rejoindre le lieu du frai. D'autre part et surtout, cela influe sur les larves qui se laissent entraîner sans résistance par les courants jusqu'en Europe.

Quand ces courants se modifient, on peut supposer que le lieu du frai dans la mer des Sargasses se déplace, et que les larves impondérables ne trouvent plus le courant qui les portera vers l'Europe, ou qu'elles sont entraînées dans d'autres directions. Le changement climatique peut aussi provoquer une modification de la température et de la salinité de l'eau, ce qui influe à son tour sur la production du plancton dont les larves se nourrissent durant leur voyage.

Plusieurs études indiquent que le changement climatique contribue de façon décisive à la diminution spectaculaire, ces dernières années, du nombre de civelles qui atteignent nos côtes. C'est un avertissement très sérieux. Il signifie qu'un processus infiniment sensible et complexe – la migration des anguilles –, qui se déroulait sans encombre depuis des millions d'années, a été bouleversé de fond en comble en quelques décennies seulement.

Alors que restera-t-il de l'anguille, si l'anguille elle-même disparaît ? Des images, des souvenirs et des histoires, bien sûr. Une énigme qui ne fut jamais tout à fait résolue.

Peut-être connaîtra-t-elle le même sort que le dodo. De créature vivante et bien réelle, elle passera peu à peu au statut de symbole tragicomique de ce dont les humains sont capables dans leurs moments de plus grande inconscience.

Le dodo était cet oiseau maladroit à gros bec, découvert à la fin du XVIe siècle et totalement éradiqué cent ans plus tard. Il fut décrit pour la première fois par les marins hollandais qui l'avaient rencontré sur une île de l'océan Indien. Cette île, qui prendrait plus tard le nom d'île Maurice, est apparemment le seul endroit au monde où le dodo ait vécu.

Il mesurait environ un mètre de haut et pesait dans les quinze kilos. Il avait de courtes ailes, un plumage gris-brun, une tête chauve, un énorme bec vert et noir légèrement recourbé. Ses pattes étaient jaunes et robustes, son arrière-train rebondi. Il ne savait pas voler et se déplaçait plutôt lentement. D'un autre côté, jusqu'à l'arrivée des marins hollandais, il n'avait pas d'ennemis naturels sur l'île. Les illustrations de l'époque le représentent volontiers sur le mode de la dérision, avec ses yeux inexpressifs, deux petits boutons ronds fixés sur sa grosse tête déplumée, son air surpris et un peu niais.

Le dodo est mentionné pour la première fois en 1598 dans un rapport émanant d'une expédition hollandaise. Il y est fait état d'un oiseau deux fois plus gros qu'un cygne, mais dont les ailes ne sont pas plus grandes que celles d'un pigeon. On dit aussi que son goût n'est pas fameux, et qu'il reste coriace quel que soit le temps de cuisson, mais que le ventre et la poitrine sont mangeables.

Car voilà ce que firent les marins hollandais en découvrant le dodo : ils le mangèrent. Il était tellement facile à attraper. Tous les témoignages convergent sur ce point. Les oiseaux n'essayaient même pas de fuir quand on les approchait. Ils étaient gras, de vrais sacs à viande, trois ou quatre d'entre eux suffisaient à rassasier tout un équipage. On les décrivait comme paresseux et insouciants, apparemment incapables d'imaginer qu'un autre être vivant puisse constituer un danger pour eux. Sur un dessin de 1648, on voit les marins massacrer allègrement à coups de bâton ces créatures malhabiles. Ce ne fut pas leur seul malheur. Dans leurs bagages, les humains apportaient d'autres animaux inconnus, chiens, cochons et rats qui débarquèrent sur l'île en se disputant l'espace et la nourriture, pillant le nid du dodo, dévorant ses œufs et ses petits.

À l'été 1681, le marin Benjamin Harry mentionne dans son journal avoir aperçu un dodo sur l'île Maurice. C'est le dernier témoignage qu'on ait d'un dodo vivant. Le dernier rescapé, celui qui avait fini par rester tout seul. Après cela, terminé, extinction du dodo, sans rien pour rappeler sa mémoire à part quelques souvenirs de plus en plus imprécis.

Pendant un temps, le dodo tomba dans l'oubli. Ou alors, on en parlait vaguement comme d'un être mythique, on ne savait plus s'il avait réellement existé, beaucoup en doutaient. En 1848, Alexander Melville et Hugh Strickland publièrent un ouvrage intitulé *Le Dodo et ses apparentés*, dont l'ambition était de fournir une description exhaustive du dodo. Or celui-ci était éteint depuis plus d'un siècle et demi, et les informations dont ils disposaient étaient pour le moins lacunaires. « Tout ce que nous avons, ce sont les descriptions grossières de marins incultes, trois ou quatre tableaux peints à l'huile et quelques fragments d'os ayant survécu à deux siècles de négligence. Les paléontologues sont mieux armés pour documenter certaines espèces éteintes depuis des dizaines de milliers d'années que nous ne le sommes pour un groupe d'oiseaux contemporains de Charles Ier. »

Melville et Strickland purent en tout cas établir ce que confirment les tests ADN modernes : le plus proche parent du dodo qui a survécu jusqu'à nos jours est le pigeon. Pour le reste, ils ne contribuèrent pas de façon significative à la compréhension du dodo. Ils ne trouvaient rien d'étonnant à ce que cette créature singulière ait vécu sur cette île et nulle part ailleurs. Pour eux, la répartition des espèces dans le temps et dans l'espace n'avait rien à voir avec l'environnement ou le climat, encore moins avec l'évolution. Elle était le moyen qu'avait trouvé « le Créateur » pour maintenir dans la durée « l'équilibre toujours précaire et incertain de la nature ». L'extinction du dodo n'était donc pas non plus un sujet d'étonnement. « La mort, écrivaient-ils, est une loi de la nature, pour les espèces comme pour les individus. »

Avec le temps, on en viendrait cependant à bien mieux connaître le dodo. En 1865, on découvrit le premier fossile, et la science commença à s'intéresser sérieusement au destin unique du dodo, en tant qu'oiseau rare et en tant qu'exemple de l'influence illimitée et irréversible de l'homme sur tous les vivants. Depuis la fin du XIXe siècle, un nombre considérable de livres ont été écrits sur le dodo, qui est même devenu une icône grâce à Lewis Carroll et au personnage qui porte son nom dans *Alice au pays des merveilles*. Il est aujourd'hui l'un des animaux éteints les plus célèbres. Non seulement cela, il est devenu un symbole à part entière, une illustration du cynisme brutal de l'être humain et une métaphore pour désigner tout ce qui est vieilli, obsolète, superflu, inopportun, tout ce qui est jugé bête, maladroit, incapable de s'adapter aux temps nouveaux.

Dead as a dodo, dit-on en anglais. Mort comme un dodo. À l'avenir, il est possible qu'on dise plutôt *dead as an eel*. Mort comme une anguille.

Après tout, c'est peut-être préférable à d'autres destins. Peut-être l'anguille connaîtra-t-elle le même sort que la vache de mer – souvenir englouti d'un être de plus en plus lointain et évanescent.

La vache de mer, ou rhytine de Steller, est cet animal-sirène qui fut décrit pour la première fois au milieu du XVIIIe siècle par le naturaliste allemand Georg Wilhelm Steller. Ce mammifère pouvant atteindre neuf mètres de long, indolent et végétarien comme ses plus proches cousins, le dugong et le lamantin, avait une peau épaisse semblable à de l'écorce, une petite tête compte tenu de l'énorme taille de son corps, deux membres courts à l'avant et une queue évoquant celle d'une baleine.

Georg Wilhelm Steller l'aperçut pour la première fois au cours d'une expédition conduite par l'explorateur dano-russe Vitus Béring dans des eaux qui seraient plus tard connues sous le nom de mer de Béring. C'était la deuxième mission entreprise par celui-ci dans cette zone inexplorée. Son objectif était de traverser la mer, sous mandat de la marine russe, et de cartographier la côte Ouest de l'Amérique. Steller, lui, avait traversé toute la Russie d'ouest en est pour participer à l'expédition, mû par son appétit de connaissance et son goût de l'aventure. Auparavant, il avait étudié la théologie, la botanique et la médecine à l'université de Wittenberg, il avait accompagné un transport de soldats russes blessés jusqu'à Saint-Pétersbourg et trouvé un emploi en tant que médecin personnel de l'archevêque de Novgorod. Il approchait la trentaine et venait de se marier lorsqu'il prit la décision, à l'hiver 1737, de s'aventurer seul à travers l'immense Sibérie vers la péninsule du Kamtchatka, où Vitus Béring préparait son départ.

Le 29 mai 1741, le *Saint Pierre* quittait enfin le port d'Okhotsk avec soixante-dix-sept hommes à son bord. L'expédition eut presque aussitôt à essuyer une tempête et perdit le contact avec son navire jumeau, le *Saint Paul*. Il fallut décrire un grand arc par le sud pour rejoindre l'Alaska. À l'arrivée, l'équipage était mal en point ; beaucoup souffraient du scorbut. Pour couronner le tout, Béring et Steller ne s'entendaient pas. Béring voulait faire vite, cartographier la côte autant que possible et rentrer avant les premières tempêtes d'automne. Steller, de son côté, voulait faire ce pour quoi il s'était embarqué : étudier la faune et la flore.

Après un peu plus de deux mois en mer, Béring avait lui-même contracté le scorbut. Il fut décidé de reprendre au plus vite la route du Kamtchatka. Mais sur le chemin du retour, le navire essuya de nouveau une violente tempête et s'échoua sur les récifs près d'une île que personne ne connaissait. Là, dans les brisants, face à cette terre inconnue, alors que la plus grande partie de l'équipage était malade et qu'on jetait au fur et à mesure les cadavres pardessus bord, Steller commença immédiatement à organiser des excursions. Il avait des terres à explorer et des animaux à observer. Ce fut à cet endroit, sur cette île qui prendrait plus tard le nom de Béring, un peu à l'est du Kamtchatka, que Georg Wilhelm Steller aperçut pour la première fois, le 8 novembre 1741, un grand troupeau de ces vaches de mer, jamais décrites auparavant. Elles étaient au repos, dans l'eau peu profonde au bord du rivage.

Une vision grandiose, à n'en pas douter. Steller entreprit de décrire le phénomène en détail. Du nombril jusqu'à la tête, l'animal avait l'allure d'un grand phoque, écrivit-il ; mais du nombril à la queue, il ressemblait plutôt à un poisson. Le crâne rond n'était pas sans rappeler la tête d'un buffle. En dépit de son énorme taille, ses yeux étaient à peine plus grands que ceux d'un mouton, et dépourvus de paupières. Les oreilles se dissimulaient dans les replis de la peau épaisse. Excepté sa large queue, il n'avait pas de nageoires, ce qui le distinguait des baleines. « Ces animaux vivent dans la mer en troupeaux, comme du bétail. Ils ne font rien d'autre que manger. »

Steller nota tout de leur apparence exotique, de leur alimentation, de leur comportement et de leur mode de reproduction. Mais il s'attarda au moins autant sur leur chair, grasse et savoureuse, et sur leur nombre, qui était suffisant selon lui pour nourrir tout le Kamtchatka. Ces vaches de mer, précisait-il, ne craignaient absolument pas les humains. Elles ne cherchaient même pas à fuir quand on les approchait. Lorsque les membres d'équipage affamés les capturaient à l'aide de crocs de fer et découpaient de grands morceaux de chair à même leur corps, elles se contentaient de pousser un soupir.

Si l'instinct de survie leur faisait défaut, elles compensaient ce manque par des manifestations touchantes d'empathie, constata Steller.

« Je n'ai pas pu détecter chez elles de signe particulier d'intelligence, en revanche un amour surprenant les unes pour les autres ; un amour si grand que lorsque l'une d'entre elles était harponnée, toutes les autres essayaient de la sauver. Certaines tentaient de nous empêcher de hisser le camarade blessé sur le rivage en formant autour de lui un cercle fermé ; certaines essayaient de renverser notre canot ; d'autres se couchaient sur nos cordes ou tentaient d'extraire le harpon du corps blessé. »

L'un des mâles, écrivit Steller, revint même deux jours de suite pour revoir une femelle morte qui gisait sur le rivage. « Et pourtant, quel que fût le nombre d'animaux blessés ou tués par nous, les autres restaient toujours au même endroit. »

La rencontre avec les vaches de mer indolentes mais pleines d'amour fut un événement marquant pour Steller. Et leur découverte fit sensation dans le monde de la biologie. Les siréniens, ces mammifères plus proches de l'éléphant que du phoque ou de la baleine, ne se meuvent habituellement que dans les eaux tropicales. Cette nouvelle espèce subsistait quant à elle sur une île froide et austère du Pacifique nord et ne se rencontrait apparemment nulle part ailleurs. Ces vaches de mer étaient un nouvel exemple frappant de la complexité de la nature et de la fascinante diversité des espèces. Un miracle de vie surgi dans l'un des recoins les plus inhospitaliers du globe.

Cependant, en sirènes qu'elles étaient, elles entraînèrent les marins à leur perte et connurent elles-mêmes un destin tragique. Vitus Béring mourut le 8 décembre. Environ la moitié de l'équipage subit le même sort. Steller, lui, passa l'hiver sur l'île avec les autres rescapés ; ils survécurent notamment en capturant des loutres de mer dont ils mangeaient la viande crue. Au printemps ils réussirent à construire un nouveau bateau à partir des restes du *Saint Pierre* et, après plus d'un an, décharnés et décimés, ils revinrent au Kamtchatka en août 1742. Georg Wilhelm

Steller eut le temps de publier ses observations, révélant au monde les étonnantes sirènes nordiques qu'il avait vues, mais il ne tarda pas à sombrer dans l'alcoolisme et mourut en 1746 dans le Tioumen russe, à l'âge de trente-sept ans.

Et les rhytines de Steller moururent elles aussi, bien entendu. Pour les chasseurs russes lancés sur les traces de l'expédition de Béring, elles n'étaient que des animaux gras et lents, des proies faciles. La dernière sirène fut tuée en 1768, vingt-sept ans seulement après la découverte de Steller. Aujourd'hui, peu de gens savent qu'elle a existé. Avec un soupir discret, elle a disparu de notre monde, de notre vue et de notre connaissance, docile jusqu'au bout. À la différence du dodo, elle n'est même pas devenue une expression imagée.

Non, l'anguille n'est ni dodo ni vache de mer. D'abord, elle ne vit pas isolée sur une île de l'océan Indien ou de la mer de Béring. Ensuite elle a survécu trop longtemps à l'irruption des humains dans le monde pour connaître une fin aussi abrupte. Et peut-on imaginer que tous ces efforts consentis pour la comprendre aient été vains ?

Car il existe malgré tout beaucoup de scientifiques qui s'intéressent à elle et qui font de leur mieux pour l'aider, maintenant que sa mort programmée est devenue le principal défi auquel ils sont confrontés en tant que chercheurs.

Leurs avertissements et ceux d'organismes tels que le CIEM et l'UICN sont pris au sérieux, du moins en Europe. En 2007, les pays de l'Union européenne ont adopté un plan d'action, une série de propositions ambitieuses pour tenter de sauver l'anguille. Chaque pays membre accepte ainsi de prendre les mesures nécessaires pour permettre à 40 % au moins de toutes les anguilles argentées de regagner l'Atlantique, par exemple en limitant la pêche et en construisant des échelles à poisson qui les aident à franchir barrages et centrales hydroélectriques. Toute exportation vers d'autres pays que ceux de l'UE, et notamment vers le Japon, qui représente pourtant un très important marché, est aussi désormais interdite (même si une exportation illégale se poursuit sans doute en parallèle), et les pêcheurs de civelles doivent remettre à l'eau au moins 35 % du produit de leur pêche. La même année, l'autorité de pêche suédoise a mis en place une interdiction de pêcher l'anguille en Suède, sauf pour les professionnels munis d'une autorisation spéciale, ou dans l'eau douce à compter du troisième obstacle recensé à partir de la mer.

Ces mesures ont paru donner des résultats dans un premier temps. Pendant quelques années, après 2007, l'anguille européenne a récupéré un peu de vitalité. Surtout, les civelles arrivaient un peu plus nombreuses et, pour la première fois depuis longtemps, ceux qui ont à cœur le devenir de l'anguille ont pu s'autoriser un modeste optimisme.

Mais à partir de 2012, la tendance s'est de nouveau inversée. La population a cessé de croître. La petite amélioration était une exception passagère, semble-t-il, et les objectifs fixés par le plan européen sont loin d'avoir été atteints. Dans l'ensemble, la situation de l'anguille est au moins aussi critique qu'elle l'était avant 2007.

En 2016, l'expert de l'anguille Willem Dekker, de l'université suédoise des sciences agricoles, a résumé la situation en disant que nous en sommes à un « point mort utopique ». L'espoir nourri pendant quelque temps reposait sur des attentes irréalistes. En réalité, explique-t-il, les mesures prises jusqu'ici pour sauver l'anguille ne sont pas seulement insuffisantes ; elles s'apparentent à des manœuvres de diversion qui nous égarent. Tant que nous nous en tenons à ce que nous croyons savoir – ce que nous pensions jusqu'ici correspondre à la réalité –, la situation de l'anguille ne s'améliorera pas. Au contraire, elle empirera progressivement.

Et pendant qu'on continue de discuter, le temps passe.

À l'automne 2017, les ministres européens de l'Agriculture et de la Pêche adoptèrent de nouveaux quotas de pêche et la proposition étonnamment radicale de la Commission européenne fut d'interdire totalement la pêche de l'anguille dans la Baltique. La Suède était au départ favorable à l'interdiction, mais aucun autre pays ne lui emboîta le pas, et on choisit finalement de reculer. Il fallait garder une marge de négociation, expliqua Sven-Erik Bucht, le ministre suédois de l'Agriculture qui, à l'instar de tant d'autres, avait plus de sympathie pour d'autres poissons. Si on choisissait de mener le combat pour l'anguille, on perdrait la possibilité de protéger d'autres espèces et « personne ne pourra prendre le parti du saumon ». La décision finale entérina donc une baisse prudente des quotas pour le saumon, le cabillaud, le hareng et la plie, tandis que la pêche à l'anguille était autorisée à continuer à peu près comme avant.

C'est seulement un an plus tard que l'UE décida de suspendre la pêche à l'anguille dans toute l'Union, y compris en Méditerranée et sur la côte atlantique. Mais cette interdiction ne vaut que trois mois par an, et ne concerne pas pour le moment la civelle.

Ainsi l'anguille continue de disparaître, pendant que les décisions sur ce qu'il conviendrait de faire pour la protéger continuent d'être repoussées indéfiniment. Jusqu'à ce que nous en sachions davantage. Ou qu'il n'y ait plus rien à savoir.

Est-il possible d'imaginer un monde sans l'anguille ? Est-il possible d'écarter de nos représentations un être qui a existé pendant au moins quarante millions d'années, qui a survécu à des périodes glaciaires et vu dériver des continents, qui était déjà là depuis des millions d'années quand l'être humain a fait son apparition et qui a été depuis l'objet de tant de traditions, de fêtes, de récits et de légendes ?

Non, aurait-on en envie de répondre, le monde des représentations ne fonctionne pas ainsi. Ce qui existe, existe, et ce qui n'existe pas reste toujours dans une certaine mesure impensable. Imaginer un monde sans l'anguille, ce serait comme imaginer un monde sans montagne ou sans mer, sans air ou sans terre, un monde sans saules ni chauves-souris.

En même temps, toute vie est sujette au changement, y compris la nôtre, et sans doute était-il à une certaine époque, du moins pour quelques-uns, tout aussi difficile de se représenter un monde sans dodo ou sans vache de mer. De même qu'il était impossible pour moi de me représenter un monde sans grand-mère ou sans papa.

Pourtant ils ont disparu. Et le monde est toujours là.

DANS LA MER DES SARGASSES

Je ne me souviens pas de la dernière fois où nous sommes allés à la pêche. Avec le temps, ça arrivait de plus en plus rarement, non que l'anguille eût perdu son mystère, mais peut-être parce que d'autres énigmes avaient pris le relais. Notre petit monde fermé de la rivière subissait la concurrence des nouveaux mondes qui s'ouvraient devant moi. C'était prévisible, bien sûr. On grandit, on devient quelqu'un d'autre, on se libère, on s'en va, on change, on cesse de pêcher l'anguille. Avec toutes ces métamorphoses qu'on traverse, il est inévitable que certaines choses se perdent.

À l'adolescence, il m'est arrivé de descendre au bord de la rivière avec des copains. Papa restait à la maison. On emportait des bières et un pistolet à air comprimé. Quand on attrapait une anguille, on essayait de lui tirer une balle dans la tête. On y allait à tour de rôle, on ratait notre coup, on recommençait. Je rapportais les anguilles à la maison pour mon père, qui s'énervait chaque fois qu'il manquait se casser une dent sur un plomb diabolo. Je crois qu'il nous trouvait irrespectueux. Vis-à-vis de lui, mais surtout peut-être vis-à-vis de l'anguille.

Parfois il y allait seul. Il pêchait l'anguille, mais de plus en plus rarement. J'ai fini l'école, j'ai commencé à travailler. Le week-end, je sortais. Nous nous éloignions ; il n'y avait pas de conflit ou de prise de distance, seulement un changement qui agissait à tous les niveaux et, semblait-il, en dehors de notre volonté. Le courant qui avait autrefois emporté mon père m'emportait à mon tour loin de lui. À vingt ans, j'ai quitté la maison et je me suis retrouvé là où ce courant semblait destiné à m'entraîner depuis le début : l'université.

Si l'anguille représentait notre lien, l'université était son exact opposé : une manifestation de tout ce que nous ne partagions pas, mon père et moi. Un lieu étranger, très différent de tout ce que j'avais connu jusque-là. Un lieu où le passé s'incarnait sous la forme de bâtiments solennels, où les gens s'exprimaient par abstractions dans une langue que je ne comprenais pas, où personne n'avait l'air de travailler, où chacun avait avant tout le souci de se *réaliser*. Cela me fascinait. Ma réticence était très superficielle. Je me suis laissé imprégner par ce milieu, et par cette culture, j'ai appris à imiter ces codes sociaux exotiques. Je transportais mes livres d'un endroit à l'autre, ils constituaient ma pièce d'identité, et quand on me demandait d'où je venais je répondais comme j'avais appris à le faire, de façon évasive. Je pensais sans doute que l'odeur de l'asphalte me dénoncerait et ferait de moi un étranger dans les couloirs de la fac.

Mais l'été, je revenais toujours à la maison, au moins pour quelques jours, et nous descendions au bord de la rivière. Nous avions à ce stade abandonné nasse et cordeaux pour adopter une forme de pêche plus moderne, des cannes à lancer ordinaires équipées d'un hameçon simple et d'un gros plomb. L'hameçon une fois appâté à l'aide d'un ver de terre, nous le laissions traîner au fond. Mon père avait fabriqué des porte-cannes, de lourds tubes d'acier que nous plantions dans le talus. Nos cannes à pêche se dressaient tels des mâts dans le ciel nocturne. Nous avions aussi des fauteuils pliants. Le haut des cannes était garni de petites clochettes qui nous alertaient dès que ça mordait. Nous restions là jusque tard dans la nuit, dans le bruit monotone des rapides, à observer les ombres du saule et les chauves-souris vives comme l'éclair qui contournaient nos cannes avec adresse. Nous buvions du café. Nous parlions d'anguilles que nous avions capturées, ou d'anguilles que nous avions perdues ; nous n'avions pas d'autres sujets de conversation. Pourtant, je ne m'ennuyais jamais.

Plus tard, mes parents ont acheté un chalet. C'était une petite maison en bois peinte en rouge, assez quelconque, avec des toilettes sèches à l'extérieur et un puits qui donnait de l'eau pas très propre. Mais elle était située au bord d'un lac entouré de forêt, avec de grandes roselières où des cygnes tuberculés et des grèbes huppés faisaient leur nid. Presque chaque jour, le héron et le balbuzard survolaient le lac. Le soir, le soleil plongeait derrière les sapins telle une grosse boule enflammée. Mes parents adoraient ce lieu et y passaient le plus de temps possible.

Il y avait aussi une petite barque en plastique, dont ils avaient hérité en achetant la maison. Quand je venais en visite, plutôt que d'aller jusqu'à la rivière, nous pêchions sur place. Le brochet et la perche, surtout. Nous explorions le lac, qui était plus grand qu'il n'en avait l'air à première vue. Le chalet était à l'est ; au sud on avait la roselière, vaste et peu profonde ; on pouvait amarrer la barque au bord et entendre les brochets s'ébattre dans le crépuscule. Une petite rivière avait son embouchure au nord ; les perches venaient chasser à cet endroit à toute heure du jour et de la nuit. À l'ouest, le lac s'étirait en une langue étroite parsemée de roseaux, de nénuphars et d'îlots herbeux. C'était là que se cachaient, pensions-nous, les plus gros brochets.

Un soir, nous étions dans le chalet, à contempler le lac qui avait débordé, submergeant la pelouse sur plusieurs mètres. Soudain, nous avons vu émerger de l'eau, au ras de l'herbe, de puissantes queues de poisson qui battaient l'air, dans le clair de lune, tels de sombres étendards. C'étaient des tanches, avons-nous fini par comprendre. Nous les avons pêchées comme nous avions pris l'habitude de le faire pour l'anguille : avec canne au lancer et clochette au sommet. J'en ai pris une qui pesait presque trois livres ; elle était sombre, visqueuse, avec de petites écailles presque invisibles. Nous avons aussi capturé une brème indolente et maladroite, comme résignée, qui s'est laissé tirer hors de l'eau sans résistance.

Mais pas d'anguille. Jamais. Avec le temps, cela ressemblait de plus en plus à un mystère.

« Il y en a pourtant forcément », murmurait mon père. Tout lui donnait raison. Le lac était peu profond, le fond boueux, tapissé de végétation et de pierres où se cacher, et ça grouillait de petits poissons. La rivière qui se déversait dans le lac n'aurait dû poser aucun problème de circulation ; elle était de plus reliée à celle où nous avions toujours pêché l'anguille et qui n'était distante que de vingt ou trente kilomètres.

« Je ne comprends pas, disait-il. Il doit pourtant bien y en avoir. »

Nous ne vîmes jamais l'ombre d'une anguille. Comme pour nous rappeler l'importance qu'elle avait revêtue autrefois à nos yeux, elle se dérobait. Nous avons fini par nous demander si elle existait vraiment.

Mon père est tombé malade. C'était au début de l'été ; il allait avoir cinquante-six ans. Il savait depuis un certain temps que quelque chose n'allait pas. Il avait eu des douleurs ; il avait fini par se rendre au centre médical, qui l'avait envoyé à l'hôpital. On lui avait fait passer des examens et des radios, et on avait fini par repérer le problème, une grosse tumeur agressive. On lui apprit aussi pourquoi il était tombé malade. Il existait un lien entre cette forme de cancer et son travail d'asphalteur. La vapeur chaude de l'asphalte avait pénétré petit à petit au plus profond de son organisme et maintenant, de façon plus littérale que jamais, elle n'en ressortirait plus.

Il fut opéré au début de l'automne, une intervention longue et complexe. L'hiver était déjà bien avancé quand il fut autorisé à rentrer à la maison. Avant cela, il avait passé des mois dans une salle commune avec un pied de perfusion à côté de son lit, sans pouvoir manger ni même se fourrer une chique sous la lèvre. Nous lui rendions visite et le regardions en silence pendant qu'il s'obligeait à se lever pour longer le couloir dans un sens, puis dans l'autre, courbé sur un déambulateur. Il était pâle et maigre sous sa blouse d'hôpital. C'était la première fois que je le voyais vraiment affaibli.

Ce fut là, un jour, à la cafétéria, pendant que mon père somnolait dans son lit d'hôpital sous l'effet de la morphine, que ma mère me raconta ce que j'aurais dû avoir compris depuis longtemps. Mon grand-père paternel, celui que j'avais toujours appelé grand-père, n'était pas le père de mon père. Son père biologique était un autre homme, que personne dans la famille ne connaissait. Ma grand-mère avait rencontré cet homme quand elle avait vingt ans. Elle était tombée enceinte, elle avait donné naissance à l'enfant, et cet homme n'avait voulu avoir affaire ni à elle ni à son fils. C'était tout ce que nous savions à son sujet ; cela et son prénom, qui était aussi le deuxième prénom de mon père.

Pourquoi ne l'avais-je pas compris ? Comment cela avait-il pu m'échapper ? Je savais bien que mon père avait vécu les premières années de sa vie chez les parents de ma grand-mère. Je savais que les sœurs de ma grand-mère s'étaient occupées de lui quand elle avait trouvé du travail à l'usine de caoutchouc, en ville. J'avais entendu parler de la mort de la mère de ma grand-mère, alors que mon père n'avait que deux ou trois ans, et de l'histoire de la baraque des journaliers qu'ils avaient pu quitter quand ils avaient obtenu un logement à eux. Pour une raison quelconque je n'avais pas fait le lien.

Papa avait sept ans quand ma grand-mère a rencontré celui que nous allions par la suite appeler grand-père. Ils étaient ensemble depuis peu de temps quand papa était rentré à la maison à la fin de son premier jour d'école. Il était dans tous ses états. Les enfants de la classe avaient dû parler de leur père à tour de rôle en racontant qui il était. Mais papa, lui, ne savait pas. Il n'avait rien à dire, et peut-être avait-il compris pour la première fois que l'origine est quelque chose qui nous marque, que nous le voulions ou non, et que celui qui ne connaît pas son origine sera toujours dans une certaine mesure un errant. Quand on ne sait pas d'où on vient, on ne peut pas savoir non plus quelle direction on doit prendre. Le voyage de l'aller et celui du retour suivent le même itinéraire tracé d'avance.

Grand-mère et grand-père se fiancèrent peu après ce premier jour d'école. Ils se marièrent quelques semaines plus tard, une cérémonie simple et rapide, les sœurs de ma grand-mère faisant office de témoins.

Dès le départ, grand-père, celui que j'appellerais par la suite grand-père, traita papa comme son propre fils, et il semble que mon père ait pris une forme de décision à ce moment-là. Son origine était une énigme, à laquelle il pouvait lui-même choisir de répondre comme il le voulait. Il avait vécu les sept premières années de sa vie sans père et maintenant, soudain, il en avait un. Le personnage invisible qui avait tenu passivement ce rôle jusque-là ne l'intéressait pas, et la raison pour laquelle il ne nous en a jamais parlé, c'est qu'il ne voulait pas qu'il y ait le moindre doute dans notre esprit à ce sujet. Notre grand-père, c'était l'homme bon et droit qui, à la différence de l'invisible, avait répondu présent. À un moment, mon père avait décidé que son origine, et par conséquent aussi la nôtre, était auprès de cet homme-là, dans la ferme surplombant la rivière. Et cela s'était révélé vrai, dans tous les sens importants du terme. Pas même là, alors qu'il était malade et que tout était incertain, il n'en a parlé, et nous ne l'avons jamais interrogé.

Après son opération et six mois de convalescence à l'hôpital, il a eu une rémission de quatre ans. Quatre années de rétablissement progressif avant que les tumeurs ne reviennent, plus brutales à chaque fois. D'abord une deuxième poussée, avec un nouvel automne d'interventions, de complications, de douleurs et plusieurs mois d'hospitalisation en salle. Puis une troisième. À ce stade, ses défenses étaient si entamées que le mot de résistance n'avait plus aucun sens.

Il venait d'avoir soixante ans. Un jour, j'étais avec lui à la maison, c'était en début de soirée, nous regardions la télévision. Il était à demi allongé dans le fauteuil inclinable noir, les pieds sur un tabouret, fatigué mais de bonne humeur. Nous ne savions pas encore que le cancer était revenu, nous ignorions tout de ce qui se dissimulait une nouvelle fois dans son corps. Ou du moins, je l'ignorais.

« L'eau est encore haute ? » m'a-t-il demandé.

Il parlait du chalet, du lac.

« Non, elle a baissé, elle recouvre à peine le ponton.

– Mais le ponton est toujours à sa place ? Il n'a pas bougé ?

– Non, non, on l'a bien consolidé. Il en faudrait beaucoup pour le faire bouger.

– Ce serait bien le diable s'il était emporté maintenant.

– Oui. Mais on a souvent dit ça. »

Il a tourné la tête vers moi.

« Alors ? Tu as pêché quelque chose ? » a-t-il demandé.

C'est alors que j'ai vu le changement dans ses yeux. Le blanc avait viré, un ton gris-jaune pâle, comme un vieux parchemin terni enveloppant le noir de la pupille. Je l'ai fixé brièvement, et j'ai dû manifester une réaction car son regard a erré un moment avant de se reporter sur l'écran, et je suis resté assis, à côté de lui, en silence, à regarder droit devant moi sans bien comprendre ce qui venait de se passer.

Nous avons parlé encore un peu ; chaque fois que je me tournais vers lui c'était comme s'il évitait délibérément le contact. Il détournait la tête, comme s'il me cachait quelque chose, et je me suis souvenu d'un autre jour, il y a longtemps, nous étions attablés dans la cuisine, j'étais encore petit. On était en plein hiver, dehors il faisait froid, la neige était compacte et papa portait un bonnet en laine jaune décoré d'une couronne bleue. Quand il l'a ôté, son front avait la même couleur jaune que le bonnet. « J'ai attrapé la jaunisse », a-t-il dit en riant. Je n'ai pas compris que c'était une plaisanterie. J'ai demandé à maman ce qu'était la jaunisse, et elle m'a répondu que c'était une grave maladie du foie. J'ai eu peur et je n'ai rien dit. Je croyais que papa allait mourir et je n'avais pas de mots pour expliquer ma peur. Et quand il a dit que c'était une blague, que le bonnet avait déteint sur sa peau, je n'ai pas vraiment osé le croire. J'avais compris que si certaines personnes pouvaient attraper des maladies graves et même mourir, cela pourrait très bien arriver à mon père. Ou à moi.

La nuit tombait au-dehors. Nous étions toujours devant la télé, et je voyais bien qu'il était très fatigué, même s'il ne voulait rien laisser paraître. Il avait envie de s'attarder un moment encore. Il ne voulait pas reconnaître cette fatigue qui envahissait tout son corps, ni admettre que tout n'allait pas au mieux. Alors il est resté là, à écouter, à parler à voix basse, avec douceur, et soudain, quasiment au milieu d'une phrase, il a fermé les yeux et il s'est endormi. Il était là, à demi étendu dans son fauteuil, immobile, les yeux fermés, la respiration lourde, profonde, comme s'il s'était absenté. Et je suis resté seul, dans le fauteuil à côté du sien, j'ai tourné mon regard vers la télé et j'ai attendu, sans vraiment savoir ce que j'attendais.

Après un court moment – dix secondes, vingt secondes – il a rouvert les yeux. Il a essayé de sourire. « Je crois bien que je suis parti un moment », a-t-il dit.

Quelques semaines plus tard, je lui rendais visite à l'hôpital, c'était deux jours après la Saint-Jean, et rien n'était plus secret. Désormais, le foie était atteint, nous avait expliqué le médecin, un jeune homme à l'expression sérieuse. Quand nous lui avons demandé ce qu'il était possible de faire, il a eu un geste vague.

Papa comprenait sans doute la réalité mieux que moi. « Cette fois, je ne vais pas m'en sortir », a-t-il dit. Je voulais protester, mais je ne trouvais plus mes mots. « J'espère que vous aurez envie de garder le chalet », a-t-il ajouté. Je lui ai promis au moins cela. Quelques jours plus tard, il a été admis en soins palliatifs et il glissé dans l'inconscience.

Le 3 juillet était un jeudi. Il faisait une chaleur presque étouffante. Nous étions dans la petite chambre de l'unité de soins palliatifs. La porte était ouverte sur un bout de gazon ; un étang miniature s'étendait un peu plus loin, derrière quelques arbres. Un héron observait la surface lisse en tournant la tête d'un côté et de l'autre.

La nuit avait été difficile. Bien qu'inconscient, papa gémissait comme si l'angoisse et la douleur étaient toujours là. Maman, qui dormait dans sa chambre, sur un lit de camp, n'avait presque pas fermé l'œil.

Quand je suis arrivé le matin, il était plus calme. Je suis resté seul à son chevet, à lui tenir la main. Sa main était chaude, humide, ses doigts massifs raides comme des bouts de bois. Il ne bougeait pas, ne faisait aucun bruit. J'écoutais son souffle, faible et irrégulier. Entre deux respirations, les secondes s'étiraient indéfiniment.

Je me suis demandé, pour la première fois, à quoi on reconnaît vraiment la mort. Comment sait-on quand elle vient ?

Quand le cœur cesse de battre, diraient certains. Quand le dernier souffle quitte le corps et que tout devient silencieux. C'est ainsi qu'on se représente traditionnellement l'instant du passage. Il y a une frontière claire entre la vie et la mort. C'est le moment exact où le cœur bat pour la dernière fois, où le va-et-vient de la respiration cesse. Cet instant peut être repéré. Comme quand on souffle une bougie.

Mais la mort ne ressemble pas nécessairement à ça. Un cœur ne cesse pas de battre d'une seconde à l'autre, il bat de façon de plus en plus faible et irrégulière. Il peut s'arrêter un moment et reprendre. La tension artérielle baisse, l'oxygénation diminue petit à petit. La vie n'est pas remplacée par la mort en un instant ; la vie glisse doucement dans la mort.

En Suède, la mort légale n'a rien à voir avec le souffle ni avec les battements du cœur. Selon la loi, une personne est en vie tant que son cerveau présente une forme ou une autre d'activité. Le premier alinéa de l'article définissant les critères de la mort stipule qu'un être humain est décédé dès lors que « l'ensemble des fonctions cérébrales se sont interrompues totalement et de façon irréversible ».

Cette définition permet entre autres d'autoriser la transplantation d'organes d'un donneur dont on a constaté la mort cérébrale bien qu'il soit maintenu sous respiration artificielle. Mais c'est aussi une définition qui accorde une valeur particulière à la vie. Elle affirme que la vie ne se réduit pas à une fonction biologique, qu'elle a partie liée avec la conscience. Sinon la conscience éveillée, du moins la faculté qu'on lui suppose de percevoir, de ressentir ou de rêver.

Cette faculté ne serait pas entièrement dépendante des battements du cœur et du va-et-vient respiratoire. En 2016, un groupe de recherche de l'université Western Ontario, au Canada, a étudié l'instant de la mort chez quatre patients. Une fois interrompus tous les traitements de maintien artificiel de la vie, l'activité cérébrale était mesurée au moyen d'électrodes. Chez trois patients, on avait constaté la fin de toute activité cérébrale avant que le cœur ne cesse de battre ; chez l'un, elle avait même cessé dix minutes auparavant. Mais chez le quatrième, c'était l'inverse. Une activité cérébrale s'était poursuivie jusqu'à dix minutes après le dernier battement de cœur. Que se passait-il chez cette personne ? En quoi consistaient ces pointes frémissantes sur la courbe de l'électroencéphalogramme ? Images ? Sensations ? Émotions ? Rêves ?

Dans une autre étude, menée par le médecin réanimateur américain Lakhmir Chawla, on a même pu démontrer une activité cérébrale accrue à l'instant de la mort. Chawla avait constaté ce pic d'activité électrique chez sept patients pendant une durée comprise entre trente secondes et trois minutes, au moment précis où le cœur cessait de battre. Alors qu'ils étaient plongés dans un coma profond, ils connaissaient au seuil de la mort une activité cérébrale subite dont le niveau était presque comparable à celui d'une personne pleinement consciente. Depuis la parution de son rapport en 2009, Lakhmir Chawla a observé le même phénomène chez plus d'une centaine de patients, et même si ses résultats sont controversés, ils semblent pouvoir étayer ce qu'on appelle communément l'expérience de mort imminente. Peut-être existe-t-il des états psychiques que nous ne connaissons pas, et que nous ne comprendrons jamais pleinement tant que personne n'aura pu nous en parler par-delà la mort. Peut-être ces états psychiques n'ont-ils rien à voir avec ce par quoi nous mesurons habituellement notre existence – battements de cœur, respiration, mais aussi le temps lui-même. C'est du moins l'hypothèse avancée par Arvid Carlsson, lauréat du prix Nobel de médecine en 2000. Peut-être à l'instant de la mort vivons-nous un état totalement dégagé de la perception du temps, écrit-il dans un article, avant d'ajouter : « Et cela, qu'est-ce que c'est ? L'éternité, bien sûr. »

Papa n'avait pas de casque à électrodes. J'ignorais s'il subsistait chez lui une forme de conscience ce matin-là où il faisait si chaud, et si tel était le cas, ce qu'il pouvait bien ressentir, ou rêver. Je ne savais pas depuis combien de temps j'étais assis là, j'avais fini par perdre toute notion du temps, mais en serrant sa main un peu plus fort, j'ai réalisé que ça faisait un moment que je ne l'avais pas entendu respirer. J'ai appelé une infirmière. Elle est venue aussitôt. Elle a pris son poignet, a tâté son pouls. Je la regardais de l'autre côté du lit tout en continuant de tenir la main de mon père. L'infirmière a levé les yeux vers moi et a hoché doucement la tête.

Le lendemain, assis devant la maison, nous écoutions sonner le glas ; l'église était à moins d'un kilomètre. Nous étions sur l'herbe, au pied du pommier, devant la serre où les tomates commençaient à peine à rougir, à l'endroit précis où nous avions enfoncé la fourche dans la terre pour faire sortir les vers de terre, où nous avions repeint la barque, où mon père avait déployé un jour la nasse à anguilles. Les cloches sonnaient, leur bruit résonnait, sourd et lent. On avait l'impression qu'il venait de très loin.

Une semaine plus tard, après l'enterrement, nous sommes allés au chalet. C'était encore une journée de grande chaleur. L'herbe était haute, desséchée. Le balbuzard survolait le lac, qui était parfaitement lisse dans l'air brûlant. Je me tenais au bord avec une canne à pêche, le regard fixé sur le bouchon qui oscillait à la surface de l'eau. Quelqu'un m'a appelé ; j'ai posé la canne sur l'herbe. En revenant quelques minutes plus tard, j'ai vu qu'elle filait dans l'herbe à toute vitesse, entraînée par la ligne archi-tendue qui disparaissait plus loin dans le lac. Je l'ai rattrapée *in extremis*. Aussitôt je me suis senti aspiré par une résistance spéciale, et j'ai eu le temps de penser que la sensation était familière. Le poisson tirait en direction des nénuphars puis, soudain, il a changé de direction et s'est mis à nager droit vers le rivage. Avant que j'aie pu réagir, la ligne a disparu entre les grosses pierres du bord. Elle était coincée.

Pendant un instant, le temps s'est figé. La ligne se tendait, se relâchait. Petits mouvements de lutte. Je manipulais la ligne, je tirais dessus tant bien que mal ; la canne ployait comme un roseau. J'ai fait quelques pas de côté pour trouver un nouvel angle et j'ai tiré un coup sec, faisant chanter le nylon. J'ai pensé qu'il n'y avait que deux issues, dans cette situation, et que la deuxième n'avait que des perdants. J'ai juré à voix basse avant de m'agenouiller, ligne à la main, en essayant de distinguer quelque chose dans l'eau trouble.

Je sais que c'était une anguille car je l'ai vue. Lentement, elle est montée de l'obscurité en sinuant, à ma rencontre. Elle était grande, gris pâle, les yeux comme deux boutons noirs, et elle me regardait comme pour s'assurer que je la voyais, moi aussi. J'ai lâché la ligne. Je l'ai vue se dégager de l'hameçon au moment même où elle atteignait la surface ; puis elle s'est retournée, elle s'est enfoncée dans l'ombre et elle a disparu.

Je suis resté un moment à genoux au bord du lac. Le silence était total, l'eau parfaitement lisse, le soleil y étincelait d'un éclat blanc. C'était un secret, ce qui se cachait sous la surface, mais ce secret était désormais aussi le mien.

REMERCIEMENTS

J'ai toujours pensé à l'écriture comme à un travail solitaire, mais transformer un texte en livre, c'est vraiment tout autre chose.

Je voudrais remercier ma relectrice, Anna Andersson, et mon éditeur, Daniel Sandström, pour m'avoir aidé avec tant de patience et de professionnalisme à faire, de cette masse de texte, un livre.

Je voudrais remercier Ingrid H. Fredriksson qui a corrigé le texte et Mikael Svensson qui a vérifié les données factuelles, m'évitant ainsi tous deux des erreurs embarrassantes.

Je suis infiniment reconnaissant à Lars Sjööblom et à Eva Wilsson pour la couverture de l'édition suédoise qu'ils ont créée, qui est plus belle que tout ce que j'aurais pu rêver.

Merci à mon agente, Elisabet Brännström, pour le travail qu'elle a accompli afin de permettre au livre de circuler dans le monde, et pour l'engagement et l'amour qu'elle lui a témoignés dès le début.

Je voudrais bien sûr remercier ma mère et mes sœurs, Britt-Marie, Malin et Jenny, qui partagent cette histoire avec moi et qui m'ont autorisé à l'écrire à ma façon.

Et pour finir, mes très précieux : Hanna, Sixten et Emil. Toute la route, depuis la mer des Sargasses et retour. Merci pour la compagnie.

SOURCES

La citation de Seamus Heaney placée en exergue est tirée de la suite poétique « A Lough Neagh sequence – for the fishermen », dans le recueil *Door Into the Dark*, 1969.

ARISTOTE ET L'ANGUILLE NÉE DE LA VASE

Aristote, *Histoire des animaux*, traduction Pierre Pellegrin, Flammarion, 2017.

Homère, *L'Iliade*, traduction Leconte de Lisle, Lemerre, 1866.

James Lennox, « Aristotle's biology », *Stanford Encyclopedia of Philosophy*, 2006.

M. C. Marsh, « Eels and the eel question », *Popular Science Monthly*, vol. 61, septembre 1902.

James Prosek, *Eels – An exploration, from New Zealand to the Sargasso, of the world's most mysterious fish*, 2010.

Richard Schweid, *Consider the Eel – A natural and gastronomic history*, 2002.

Izaak Walton, *The Compleat Angler*, 1653.

SIGMUND FREUD ET LES ANGUILLES DE TRIESTE

David Cairncross, *The Origin of the Silver Eel – With remarks on bait & fly fishing*, 1862.

Carl H. Eigenmann, « The annual address of the president – The solution of the eel question », *Transactions of the American Microscopical Society*, vol. 23, mai 1902.

Sigmund Freud, *Lettres de jeunesse*, traduction Cornélius Heim, Gallimard, 1990.

M. C. Marsh, « Eels and the eel question », *Popular Science Monthly*, vol. 61, septembre 1902.

Laurence Simmons, *Freud's Italian Journey*, Brill, 2006.

Joel Whitebook, *Freud – An intellectual biography*, Cambridge University Press, 2017.

LE DANOIS QUI DÉCOUVRIT OÙ FRAIENT LES ANGUILLES

Carl H. Eigenmann, « The annual address of the president – The solution of the eel question », *Transactions of the American Microscopical Society*, vol. 23, mai 1902.

Walter Garstang, *Larval Forms, with other zoological verses*, 1951.

Giovanni Battista Grassi, « The reproduction and metamorphosis of the common eel (*Anguilla vulgaris*) », *Proceedings of the Royal Society of London*, janvier 1896.

M. C. Marsh, « Eels and the eel question », *Popular Science Monthly*, vol. 61, septembre 1902.

Bo Poulsen, *Global Marine Science and Carlsberg – The golden connections of Johannes Schmidt (1877–1933)*, 2016.

Johannes Schmidt, « The breeding places of the eel », *Philosophical Transactions of the Royal Society of London*, vol. 211, 1923.

Katsumi Tsukamoto et Mari Kuroki (sous la direction de), *Eels and Humans*, 2014.

CEUX QUI PÊCHENT L'ANGUILLE

James Prosek, *Eels – An exploration, from New Zealand to the Sargasso, of the world's most mysterious fish*, 2010.

Richard Schweid, *Consider the Eel – A natural and gastronomic history*, 2002.

Katsumi Tsukamoto et Mari Kuroki (sous la direction de), *Eels and Humans*, 2014.

INQUIÉTANTE ANGUILLE

Umberto Eco, *Histoire de la laideur*, traduction Myriem Bouzaher, Flammarion, 2011.

Sigmund Freud, *L'Inquiétante Étrangeté*, traduction Bertrand Féron, Gallimard, 1985.

David M. Friedman, *A Mind of Its Own – A cultural history of the penis*, 2001.

Günter Grass, *Le Tambour*, traduction Jean Amsler, Seuil, 1961.

E.T.A. Hoffmann, « L'homme au sable », in *Contes nocturnes*.

Ernst Jentsch, *Zur Psychologie des Unheimlichen*, 1906.

Karol Myśliwiec, *The Twilight of Ancient Egypt : First millennium BCE*, 2000.

Fritiof Nilsson Piraten, *Bombi Bitt och jag*, 1932.

Graham Swift, *Le Pays des eaux*, traduction Robert Davreu, Laffont, 1985.
Boris Vian, *L'Écume des jours*, Gallimard, 1947.
Edward Winslow et William Bradford, *Mourt's Relation: A journal of the pilgrims at Plymouth*, 1622.

LA VIE SOUS LA SURFACE

Rachel Carson, *La Vie de l'océan*, traduction Pierre de Lanux, Amiot Dumont, 1952.
Rachel Carson, *Cette mer qui nous entoure*, traduction Collin-Delavaud, Stock, 1952.
Ferris Jabr, « The person in the ape », *Lapham's Quarterly*, 2017.
Linda Lear, *Rachel Carson – Witness for nature*, 1997.
Thomas Nagel, « Quel effet cela fait-il d'être une chauve-souris ? », *Vues de l'Esprit*, D. Hofstaeder, D. Dennet, traduction Jacqueline Henry, InterEditions, 1987.
Rachel Carson, *Lost Woods – The discovered writing of Rachel Carson. Edited and with an introduction by Linda Lear*, 1998.

LE LONG VOYAGE DU RETOUR

Rachel Carson, *La Vie de l'océan*, traduction Pierre de Lanux, Amiot Dumont, 1952.
Jun G. Inoue, Masaki Miya, Michael Miller, et al., « Deepocean origin of the freshwater eels », *Biology Letters*, juin 2010.
Peter Munk, Michael M. Hansen, Gregory E. Maes, et al., « Oceanic fronts in the Sargasso Sea control the early life

and drift of Atlantic eels », *Proceedings of the Royal Society B*, juin 2010.

James Prosek, *Eels – An exploration, from New Zealand to the Sargasso, of the world's most mysterious fish*, 2010.

David Righton, Håkan Westerberg, Eric Feunteun, et al., « Empirical observations of the spawning migration of European eels : The long and dangerous road to the Sargasso Sea », *Science Advances*, octobre 2016.

Johannes Schmidt, « The breeding place of the eel », *Philosophical Transactions of the Royal Society of London*, vol. 211, 1923.

Graham Swift, *Le Pays des eaux*, traduction Robert Davreu, Laffont, 1985.

Friedrich-Wilhelm Tesch, *Der Aal – Biologie und Fischerei*, 1973.

Friedrich-Wilhelm Tesch, *The Sargasso Sea Eel Expedition 1979*, 1982.

L'ANGUILLE NOUS QUITTE

Rachel Carson, *Printemps silencieux*, traduction Jean-François Gavrand révisée par Baptiste Lanaspeze, Wildproject, 2009.

Martin Castonguay, Peter V. Hodson, Christopher Moriarty, et al., « Is there a role of ocean environment in American and European eel decline ? », *Fisheries Oceanography*, septembre 1994.

Martin Castonguay et Caroline M. F. Durif, « Understanding the decline in anguillid eels », *ICES Journal of Marine Science*, vol. 73, janvier 2016.

Julian P. Hume, « The history of the dodo *Raphus cucullatus* and the penguin of Mauritius », *Historical Biology*, janvier 2006.

Elizabeth Kolbert, *La Sixième extinction – comment l'homme détruit la vie*, traduction Marcel Blanc, Vuibert, 2015.

Linda Lear, *Rachel Carson – Witness for nature*, 1997.

Yoshitsugu Masuda, Hitoshi Imaizumi, Kentaro Oda, et al., « Artificial completion of the Japanese eel, *Anguilla japonica*, life cycle: Challenge to mass production », *Bulletin of Fisheries Research Agency*, 2012.

Alexander Melville et Hugh Strickland, *The Dodo and Its Kindred – The history, affinities, and osteology of the dodo, solitaire, and other extinct birds of the Islands Mauritius, Rodriguez and Bourbon*, 1848.

uicn.fr/liste-rouge-mondiale

Georg Wilhelm Steller, « Steller's journal of the sea voyage from Kamchatka to America and return on the second expedition, 1741–1742 », *American Geographical Society Research Series*, vol. 2, 1925.

V. Tremblay, C. Cossette, J. D. Dutil, G. Verreault et P. Dumont, « Assessment of upstream and downstream passability for eels at dams », *ICES Journal of Marine Science*, vol. 73, janvier 2016.

David Wake et Vance Vredenburg, « Are we in the midst of the sixth mass extinction ? A view from the world of amphibians », *Proceedings of the National Academy of Sciences*, août 2008.

DANS LA MER DES SARGASSES

L. Norton, R. M. Gibson, T. Gofton, et al., « Electroencephalographic recordings during withdrawal of lifesustaining

therapy until 30 minutes after declaration of death », *Canadian Journal of Neurological Sciences*, mars 2017.
Martina Svensson, « Histoire de ma famille », devoir scolaire, 2006.

TABLE

L'ANGUILLE 9
AU BORD DE LA RIVIÈRE 15
ARISTOTE ET L'ANGUILLE NÉE DE LA VASE 23
REGARDER UNE ANGUILLE DANS LES YEUX 39
SIGMUND FREUD ET LES ANGUILLES DE TRIESTE 47
BRACONNER 63
LE DANOIS QUI DÉCOUVRIT OÙ FRAIENT LES ANGUILLES... 69
NAGER À CONTRE-COURANT 89
CEUX QUI PÊCHENT L'ANGUILLE 95
DÉJOUER LA RUSE DE L'ANGUILLE 111
INQUIÉTANTE ANGUILLE 117
TUER DES ANIMAUX 139
LA VIE SOUS LA SURFACE 149
POSER UNE NASSE 179
LE LONG VOYAGE DU RETOUR 189
DEVENIR FOU 213
L'ANGUILLE NOUS QUITTE 225
DANS LA MER DES SARGASSES 253

REMERCIEMENTS 269
SOURCES 271

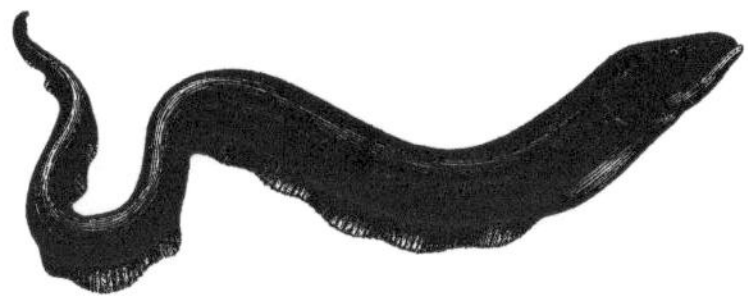

RÉALISATION : NORD COMPO À VILLENEUVE-D'ASCQ
ACHEVÉ D'IMPRIMER SUR ROTO-PAGE
PAR L'IMPRIMERIE FLOCH À MAYENNE
DÉPÔT LÉGAL : JANVIER 2021. N° 143487 (97064)
IMPRIMÉ EN FRANCE